火炬之光

胡汉超 主编

北京燕山出版社

图书在版编目（CIP）数据

火炬之光 / 胡汉超主编 . — 北京 : 北京燕山出版
社，2023.10
ISBN 978-7-5402-6784-1

Ⅰ.①火… Ⅱ.①胡… Ⅲ.①中国文学－当代文学－
作品综合集 Ⅳ.① I217.1

中国版本图书馆 CIP 数据核字（2022）第 254330 号

火炬之光

HUOJU ZHI GUANG

主　　编：胡汉超
责任编辑：杨春光
封面设计：邓小林
出版发行：北京燕山出版社有限公司
社　　址：北京市西城区琉璃厂西街 20 号
邮　　编：100052
电话传真：86-10-65240430（总编室）
印　　刷：三河市中晟雅豪印务有限公司
开　　本：710mm×1000mm　　1/16
字　　数：296 千字
印　　张：23
版　　次：2023 年 10 月第 1 版
印　　次：2023 年 10 月第 1 次印刷
ISBN 978-7-5402-6784-1
定　　价：88.00 元

序

　　岁次庚子，季在仲秋，迎来了中山火炬高技术产业开发区成立三十周年。

　　三十而立。三十年峥嵘岁月，三十年辉煌历程。三十年来，在区党工委、管委会的领导下，火炬区上下高举科技振兴的大旗，发扬敢为人先的作风，秉承艰苦奋斗的精神，在原本是纯农业的滩涂上建起一个令人振奋的科技和工业强区，一座现代化特色的海滨新城。时至今日，火炬高技术产业开发区已成为中山市经济社会发展的龙头，其各项社会经济数据在全国各地高新技术产业开发区中排名前列。

　　诗赋书盛世。为隆重庆祝中山火炬高技术产业开发区成立三十周年，火炬区文联组织了专题征文，区内外作家、文学爱好者用手中的笔，以文言志，以文寄情，抒发了爱国爱乡情怀，回顾了火炬区三十年的奋斗历程，歌颂了三十年来的伟大成就，展望了新时代的新蓝图、新辉煌。

　　文章合为时而著。2020 年，全球遭受前所未有的新冠肺炎疫情。在习近平总书记的统领下，全国人民排除万难，打赢了新冠肺炎疫情防控阻击战。同时，我国脱贫攻坚战取得全面胜利，创造彪炳史册的人间奇迹。全国决胜全面建成小康社会、决战脱贫攻坚的收官之年。我区作家、文学爱好者不仅深入脱贫攻坚一线，而且用文学作品再现了这值得铭记的历史时刻。

本书共辑录了优秀作品98篇（首），分赋、散文诗、散文、诗歌、纪实、小说等6卷。造诣有深浅之别，但从中可折射出全区文学艺术的光芒，并以此向中山火炬高技术产业开发区已过而立之年献礼！

目　录

第一辑 赋卷

火炬赋

胡汉超

伟哉！长风飙飙，海潮滔滔。朗朗乾坤，神州千载而永存；浩浩珠江，涛声依旧而南流。今日火炬，欣欣向荣而中天若日；未来新城，气吞万里而添翼如虎。雄州雾列，高擎博爱圣火，火灼灼薪传万代；俊彩星驰，穿越世纪风云，光灿灿彪炳千秋。华夏辉煌五千年，火炬灿烂卅余载。

壮哉！泱泱中山，锦绣火炬。霞帔九天，区位优越无比；雾漫八荒，形胜誉甲寰宇。接翼轸之位而星分，处南粤之地而发轫。濒临伶仃洋，高楼拔地兮鳞次栉比；位处珠江口，人烟辐辏兮摩肩接踵。南接珠澳，北抵广佛，东毗深港，西连五邑。南枕巍巍五桂山脉览八方，北挟汤汤横门水道通四洋。广珠城轨，连通南北，接入高铁通四方；深中通道，横贯东西，璧合桥隧联两岸。海上巴士，往来不断；跨城地铁，已入蓝图。

盛哉！浦江世泽牌坊，方显源远流长；黎村光绪铁钟，已见古朴悠扬。沙边碉楼群，名甲一方；濠头青云桥，利便两岸。大环佗庙，护佑一地健康；濠头石狮，威震四方邪魔。火炬吾邑，人杰地灵。近代以来，国门洞开。群贤振臂，灿若星辰。大岭庆余坊，领事辈出；濠头郑藻如，出使欧美。三山炮台，硝烟远去，抵御贼寇铭史册；横门海战，壮怀激烈，国共抗日传佳话。先贤咸集地，成就桑梓名。

喜哉！物华天宝，食在火炬。横门海鲜世人皆知，茂生香蕉名冠岭南。芦兜粽包裹历史底蕴，拉布粉融合市井风情。咀香园杏饼百年坚守，厨邦园酱油四海飘香。酒楼食肆闻香下马，农庄排档知味停车。美食节中西合璧，嘉年华南北交融。八大菜系汇聚齐，海外菜馆纷沓来。

乐哉！钟灵毓秀，文化乐土。慈善万人行满城欢歌，小区广场舞方兴未艾。东乡民歌咏叹古今事，濠头木龙舞出新韵律。林家班醒狮蜚声海外，私伙局粤剧声名鹊起。火炬讲坛精彩纷呈，修身学堂成效显著。

殊哉！兴业宝地，特色火炬。工业立区奠基石，生产总值执牛耳。卅载发展树伟业，九大基地铸辉煌。电展会云集万商，快递员走街串巷。码头货柜车川流不息，龙门起重机忙碌无比。外贸出口通四海，内连市场达三江。

美哉！园林之城，人居火炬。张家边公园闹中取静，中山港口岸游客如云。漫步康乐大道，四季繁花似锦；置身华佗山顶，终年林木葱郁。得能湖畔，领略荷塘月色；凯茵新城，见证山水胜境。绿茵高尔夫，高端大气；电梯洋房群，错落有致。五马峰上，看高铁风驰电掣；小隐涌旁，观鸥鹭翔集栖息。

幸哉！厚积薄发，今日火炬。教育强区，开启全市先河；体育劲旅，驰骋省内赛场。邓公曾寄语：不走回头路。敢为人先，"五个发展"担大任；锐意进取，创先争优谋未来。同在蓝天下，共建文明城。黄马甲已然风景线，志愿者引领文明风。争创高新区翘楚，提升综合实力；建设"四适宜"城市，再树发展标杆。

嗟夫，中山火炬高新名区，各方人才咸集，营商环境绝佳。留创园与创业馆齐飞，工研院共孵化器一色。创新之城，开启"二次创业"新征程；和美之城，全力践行发展新理念；未来之城，必将雄踞湾区新时代。

躬逢盛世，又遇嘉年。幸甚至哉，赋以咏志！

第二辑　散文诗卷

燃点辉煌
——中山火炬开发区放笔

黄刚

1.风动则云动，云动则心动。

伶仃洋畔，一把满载希望的火炬，烛照伟人故里这片热土，敢为人先的火炬燃点起科技强国、工业富民的使命。

天时、地利、人和，三个支点撑起一座熔铸思想的巨鼎。

三十个春秋探索，三十载不懈研读，将得天独厚的地理优势，古朴和美的民风民俗，锐意进取的风雨历程，融入一种探索、实验，最终熔铸了火炬开发区沧海桑田的传奇。

2.珠江，宛如一条银色的绸带缓缓飘过。这条南粤的母亲河以其卓越的自然之慧，孕育了珠江流域璀璨的文明史。

珠江口西岸，孙中山先生故里——中山，火炬开发区犹如镶嵌于珠江岸边的一颗璀璨明珠，独特的魅力辉映着新时代高新区的风采。

浪涛拍岸，火炬如裂空冲天的雄鹰，挟风翱翔，舞动彩虹。

崛起于珠江之滨的火炬高新区，绘就一幅壮丽的画卷：九个国家级基地，树起九大产业的旌旗，创建九大工业园区。

3. 百花香气赖东风，群鸟振翼恃风雷。

三十年栉风沐雨，三十载筚路蓝缕，火炬开发区以雄鹰奋飞的气势铺就一条创新创业之路。在这里，外向经济蓬勃发展，特色产业欣欣向荣，自主创新硕果累累，园区规划日新月异……

这里海纳百川，是国内外客商和创业者的乐土；这里平安和谐，是火炬区人民安居乐业的美好家园！

一枝独秀不是春，百花齐放竞纷呈。

火炬区包容的胸怀，不同的方言交汇成多阶的奏鸣，宛若小溪穿梭，嘤鸣不已。

蜘蛛用心编织的网在阳光下显得格外美丽，火炬人从中吸取灵感，用心构建如蛛网一样交错的道路，为前行的社会列车预备了无数的方向和可能。中山港，一座城市开疆拓土的经济命门，掌控了辐辏八方的发展契机。

浪涛拍打三十年，中山港集装箱年吞吐量，已然跻身世界百强。

4. 古朴和美的风韵流淌着、流淌着。

沙田上，敬老爱幼捐资助学团结互助慈善友爱蔚然成风；中秋重阳和春节，创业归来的村民解囊捐资慰问老人，壮观的"千叟宴"，摆满一桌桌幸福、一圈圈和美、一村村欢乐。

青山不语千秋画，绿水无弦万古琴。

走进农家小屋，墙上挂着葫芦丝，墙角摆着古筝，桌上放着二胡，大大小小的乐器，散发着浓厚的艺术气息。土生土长的沙田人信手拈来，情不自禁地拨弄出奔赴小康的昂扬音符。

火炬区，昔日的鱼米乡、桃花源。

今天，已脱颖成鹤立中山的特区。

5.百余年前，一位诞生在中山的世纪伟人建立了自己的理想国；三十年前，另一位世纪伟人亲笔写下了"发展高科技，实现产业化"的憧憬。

"有一位老人，在中国的南海边画了一个圈。"伴着《春天的故事》的旋律，火炬人洗脚上田，纷纷伫立在工业的潮头，栽种了品类各异的实业之苗，扔掉了贫穷，收获了富足。

春秋三十载，播撒的希望火种，渐成熊熊燃烧的火炬，迅猛燎原。小渔村变成了工业强区，荒芜的田野洼地崛起了摩登新城。

凭依的，是勇闯世界的国际胆识；看到的，是气势恢宏的时代图腾。

奔跑的火炬（散文诗　组章）

洪芜

奔跑的火炬

是改革开放的熊熊烈火点燃了这把火炬。

中山的东部，珠江口的西岸，一张新的名片，火炬高技术产业开发区，闪亮登场。

与潮汐相伴，与日月同辉。

这一把熊熊燃烧的火炬，照亮了你，照亮了我，照亮了他，照亮了千千万万火炬建设者。火炬人紧跟时代的步伐，脚踏实地，以拓荒牛精神犁出开发区灿烂新天地。

在火炬之光的照耀下，我看见：

一条条新的公路、铁路，在阳光下，在风雨中奔跑，跑出纵横交错、四通八达的交通网。

在火炬之光的照耀下，我看见：

一个个新的工业区在奔跑，跑出了电子基地、包装印刷基地、健康基地、中国电子（中山）基地，跑出一个日新月异、蒸蒸日上的工业大区。

在火炬之光的照耀下，我看见：

一幢幢大楼、一个个小区、一个个公园、一间间学校在奔跑，跑出了香晖园、健康花城、君华新城，跑出了张家边公园、得能湖公园、华佗山公园，跑出了开发区一幼、中心小学、火炬一中，跑出了开发区优美的居住环境、优质的教学资源。

在火炬之光的照耀下，我看见——

成千上万个我在奔跑，跟着燃烧的火炬，跑向健康基地，跑向中国电子（中山）基地，跑向高科技，跑向康乐大道，跑向粤港澳大湾区，跑向大海，跑向新时代。

工业区的早晨是一面面微笑的镜子

荡漾在脸上的，有阳光，有微笑，这自信的、充满活力的面孔，像成千上万面镜子，阳光照在镜子上，反射出钻石的光芒。

每一张脸都是一个小太阳，我喜欢看这样的脸，喜欢这样的早晨，喜欢融入到他们的光芒之中。

我也是其中的一面镜子，行走在队伍里，在这里，镜子与镜子间互相映射光芒。

我们走向那宽阔的厂房，走向那转动的机器，走向那熟悉的岗位。我们把早上的阳光带进来，带到车间里，带到机器上，带到产品中去。

这些产品将把我们的光芒带到世界各地。

得能湖公园让我们着了魔似的爱上它

周末的得能湖公园被翠绿的树、娇艳的花、飞来飞去的蜜蜂与蝴蝶撑开。它像一个永不会被撑破的巨大气球，有土地的胸怀和母亲的肚量。

我们是另一类树，另一类花，另一类蜜蜂与蝴蝶。

相看不厌，彼此映照。

得能湖安静如一面镜子。以湖为镜，修身养性。

有时候，这面镜子里盛满了荷，绿叶红花，似一块翡翠。

有时候，这面镜子里盛满了清澈，倒映着周边的楼宇，风吹皱湖面，宛若绸缎。

有时候，这面镜子里盛满了色彩，日出日落，一湖霞光，如一幅色彩斑斓的油画。

有时候，这面镜子里盛满了天空，明月高照，或者满天星星落下来，仿佛童话世界。

而得能湖高高的牌坊，像是一个矗立在湖边守望的巨人，守望着一湖的快乐、安康与幸福。

香晖园小区是镶嵌在康乐大道上的一颗明珠

香晖园小区是镶嵌在康乐大道上的一颗明珠。

小区的好、小区的美不只在地段、档次、大小这些外表，还在于住在同一个小区的人，他们是小区的灵魂。

从一个微笑开始，从一句问候开始，隔膜的纸一戳即破。

我们不约而同地选择了同一个小区，我们成了邻居。我们不是兄弟，却以兄弟相称；我们不是姐妹，却以姐妹相认。我们的孩子从小在一起，一起学习，一起玩耍，一起长大，他们有着兄弟姐妹的情分。

谁家的孩子丢了，大家一起找；谁家的父母忙了，忘了接孩子，邻居给一起接回来。

小区里的树一排排苗壮地成长，小区里的花一簇簇美美地盛开。

我把愿望写在康乐大道上

有人把愿望写在纸上，有人把愿望刻在心间，而我将愿望写在了这条康乐大道上。

从华佗山公园到中山港口岸，这条路不长，一天来来回回走，可以走好几遍。可我每天都走在这条路上，走了几十年，也没有把这条路走完。

康乐大道，越走越远，越走越宽，可以走进大海，也可以走上高山。

我的理想就在康乐大道上，它记录了我的奋斗，见证了我的成长，分享着我的幸福。

我每天都走在这条路上，走着走着，把一条路走成了穿在我脚上的鞋。

仰望蓝蓝的天，这是中山蓝、中国蓝

开发区的天是蓝色的天，那是比海更蓝的蓝，纯粹的、不带一丝杂质的蓝。仿佛一整块蓝玉镶嵌在天空。

蓝是一面镜子，它照出火炬开发区蓬勃的生机，照出火炬开发区优美的环境。

蓝是一个舞台，成群结队的云彩，从四面八方涌来，在开发区蓝蓝天空的舞台上展示才艺，创造了各种各样优美的图案。

我们仰望天空，把蓝纳入眼里，呼入肺里，存进心底。

这蓝让我们自豪，让我们骄傲，让我们张开双臂想去拥抱。

这是中山蓝，这是中国蓝。

第三辑　散文卷

南方冬天的树木

徐向东

一

昨日的脚步，还带着南方秋的热烈，一不留神，踏进 12 月的门槛，冬天真的便来了。

街头，不见了穿超短裙的美女，不见了穿 T 恤的帅哥。人们在手忙脚乱中，纷纷翻出去年的羽绒服，套上身子，脖子也缩进了高高的衣领里。

在南方，这是一个说来就来的冬天。

正如平常的雨季或者热浪，一夜间，不曾有过一声招呼，便让你感受到了四季的合唱。就像这南国冬天的树木，一天前还是一片苍绿，忽然被砍掉半截枝干，默默地，在连日气温骤降的寒风中，不生不灭……

那天，我在公园里散步，看到了这些被截枝的树木。

二

我有些悲伤。恰如 2014 年所经历的一些事——

这一年，我心烦意乱，好心帮助别人，却差点吃上了官司。

这一年，我很窝火，借钱给别人，讨债不还，还由此得罪人。我真想当众训斥他，让他知道，欺骗善良和诚信，是要付出代价的。

这一年，我签订一项意向书，因为自己的过失，白白赔了数千元。这是我白天必须睡觉养足精神，晚上干活才能获得的月薪，就这样"意外失去"。

这一年，我送人去广州南站坐车，一不小心丢失了钱包和证件。失财不说了，可怜我到如今，还没有办好一些证件。

三

2014 年，不是我的本命年。人们说，本命年最难过。可是，这一年，我比别人的本命年更难过。

这一年，我常想：为何如此倒霉透顶？

其实，我仅仅是如此想了一会儿，每次想一会儿，三两分钟光景，就如过眼云烟散尽。

我一点也没往深里去想。

我将烦恼抛于脑后。眼睛向上，脚步向前。我是一个佛系的人。人们不是都说，过去的就让它过去吧。

是的，过去的就让它过去。但是，自我安慰有时效果不佳。郁闷时，我也愤怒过。但更多的，我想平静自己。

四

此时，一朵花落下来。我拾起它，向着阳光嗅了嗅，远古传来声音。

老子说："上善若水。水善利万物而不争，处众人之所恶，故几于道。居善地，心善渊，与善仁，言善信，政善治，事善能，动善时。夫唯不争，故无尤。"

又说："载营魄抱一，能无离乎？专气致柔，能如婴儿乎？涤除玄鉴，能如疵乎？爱国治民，能无为乎？天门开阖，能为雌乎？明白四达，能无知乎？生之，畜之。生而不有，为而不恃，长而不宰，是谓玄德。"

孟子曾经说过"恻隐之心"。又说："君子莫大乎与人为善""老吾老，以及人之老；幼吾幼，以及人之幼"以及"爱人者，人恒爱之；敬人者，人恒敬之"。

从小，父母、老师教导我们……不一而足。

是的。没错。我一直相信。因为相信，所以不会改变一颗佛系的心。

五

脑海中，我想到了这些。但是，我也不往深处想这些。

正如此时南方的树木。于坚是这样描写南方冬天的树木的：无论是叶子阔大的树，还是叶子尖细的树，抑或叶子修长的树，都是绿的，只是由于气温不同，所以绿色有深有浅，有轻有重。从某一座山峰往下望去，只见一片葱茏。这时已是12月了，一点冷落的迹象也没有，偶尔有些红叶、黄叶冒出来，使山林的调子显得更为暖和。一直到来年3月份，这无边无际的绿色也不落去，它直接在树上转为了春天的嫩绿。[①]

---

① 此处引文有改动。

冬天的树木，并没有被抛弃的寂寞。在这美丽、伸手可触的树林中，它们好像躺下了。它们内心充满的不是孤独、反抗，不是忍受，而是宁静、沉思。

是的，2014年即将过去。此时，又一朵花掉下来，我再次拾起它，向着寒冬的阳光嗅了嗅。

公园里，除了小部分截枝的树木，其实，依然是满目葱郁。树们知道，南方的春天与短促的冬天只隔了一座山冈，迈一步，便可翻越而至。

融合

牧筠

工作在市区，但生活圈子起码一半还是开发区的我，有不少过从甚密的乡党在那里工作。我说的是那种较为体面，在人前可以晃来晃去的那种工作。譬如电视台的两个君哥，公安局的东哥，宣传办的恒哥等等。当然，还有传授国学的侄女，虽不是公务员，却也让人高看一眼。他们的工作无一例外都与文化极为关联，为开发区的文化事业倾注了不少心血。最为关键的是，作为外来建设者的一员，他们为这座城市各种文化的融合，做出的贡献有目共睹。

著名社会学家费孝通先生曾有过关于社会发展融合的十六字箴言："各美其美，美人之美，美美与共，天下大同"，这句话如果用在整个珠三角这几十年的巨大变化与发展上，中山火炬开发区，无疑会成为这个时代的亮点和缩影。

20 世纪 90 年代以来，涌向珠三角各城市的民工潮，数量之多，面积之广，时间之长，是中国历史上任何一次大迁徙都无法比拟的。这种大规模的迁徙，必然会牵涉到许多问题的方方面面，也必然会产生一些社会矛盾。究其实质，就是各个民族怎样和睦相处的问题。

民族融合，不仅仅是解决群居问题，也不仅仅是语言上的大一统，更不是饮食上的简单调和。它们的核心，实际上就是各种地域文化的相互融合。而文化的融合，首先便要做到"各美其美"，进而做到"美人之美"，再才能上升到"美美与共"，最终形成"天下大同"的美好格局。

如今的开发区，如果单单从语言上进行区分，已很难分得清本地人和外地人。事实上三十年前的开发区并非如此。众所周知，开发区的张家边话极具中山地方特点，如同在本地与外地人之间竖立起的一座界碑，让人很难逾越。尽管当时张家边的外资企业颇具规模，也有不少外乡人在此务工，语言基本上还是泾渭分明的。即便我曾工作过的多数人皆为外乡人的悦华机械厂，也还是操粤语者备受青睐，致使我等有着身份上不小的精神落差。如今的张家边，大人孩子开腔都是一口普通话，交流起来完全没有任何身份的尴尬和语言障碍。

除却语言，饮食方面亦可管窥当时外来建设者与本地土著的融合程度。那时的川菜湘菜等外来菜系，虽有，却并不多见。本地的粤菜、潮州菜、客家菜还是占据了重要版图，可见对外来菜系或多或少都带有一点排斥。当然，囿于经济上的差距，外乡人基本以租住民居为主，根本谈不上"群居"二字。如今，纵观张家边，饮食文化的融合表现在各种菜系的餐馆呈雨后林立之态，出入其间的，也不仅局限于外乡人，更不仅只限于某种乡愁的慰藉。这是张家边人对包容和兼蓄的很好诠释。

如果说当时的许多外来者能够发现自身之美，也仅限于自身的吃苦耐劳，毕竟生计问题当数首要。而张家边经济文化之所以能迅速发展，与这种地域文化的相互融合是成正比的。

有人说，广东人最优秀的品质就是务实。对此，我在五星借居的那几年颇有体会。它在某种程度上可以说又是开发区的一个亮点和缩影。

在五星这个地方，我不仅与房东和邻居建立了很好的关系，而且与邻居的邻居，甚至那条上巷正街的好多村民都很好。见面一脸笑，然后打声招呼，闲暇时甚至家长里短地闲聊。总之，我在五星那几年，几乎感受不到一个外乡人客居此地的尴尬。

如果要说开发区建区三十年感受最深的，我觉得就是开发区的融合程度之快之深之大，以及政府部门在文化继承与发展这块做的许多非常实际的工作，就像上述所言及的那些乡党，从上到下，真正做到了心往一处想，劲往一处使。

目前外来人数总量远超本地人的开发区，已经非常和谐自然地融合在了一起。他们就像费孝通先生所说的，不仅能做到"各美其美"，还能做到"美人之美"，更能做到"美美与共"，直至"天下大同"。说穿了，就是拧成了一股绳。

这，或许就是开发区三十年来不断持续发展的内蕴所在。

快哉，开发区教育人

聂苗枝

一算起来，我离开长江之滨的那所乡镇中心小学，来到珠江口西岸的火炬区已逾二十载。二十年，让我从初登讲台不久的青年，修炼成已逾不惑的中年。这二十年，我先后在区三小、二小、一小工作过，足迹差不多覆盖了开发区小教园地的"半壁江山"。

从科技新城出发，一路向西，来到濠头大街，经过建于光绪年间的兰桂坊牌坊，和那院门紧闭巴洛克式的碉楼荣业堂，不久便来到区三小门口。门前四棵细叶榕和凤凰木，给过往村民和师生带来一片绿荫。三小，背靠五峰山，面对濠头村民健身广场。始建于明天启年间的郑氏大宗祠，"荥阳派远，浙水支长"的对联，时刻提醒着濠头郑氏族人自己根在哪里。镬耳山墙，硬山顶，龙舟脊，宗祠带有典型岭南风格。宗祠前面，立有始建于明崇祯年间的"浦江世泽"牌坊，花岗石牌坊采用四柱三间三楼式榫卯结构。歇山顶，雕有鳌鱼、人物图案，精美绝伦，系广东省重点文物保护单位。

每天从这条古色古香、中西合璧的村巷经过，来到五峰山下的区三小，迎着山风，踏上那段悠长斜坡，在琅琅书声中，与孩子们一起成长，也算一种享受。

坐落在飞鹅山下的区二小，其前身是张家边中学。一进校门，文化气息扑面而来。一尊高大的孔子铜像映入眼帘，他在操场边上保持行拱手礼姿势。进校门右侧是艺术廊，左侧是文化廊。通往孔子像的校道两侧，宣传栏和附近楼房组成一个开敞小园。园内树影婆娑，枝丫横生，地面留有斑斑日光。园内铺设白黄相间的地砖，上个小斜坡，便走进棋艺园。花基边上镂空宣传架上有各种棋类模型，营造出浓浓的棋文化氛围。园内的中国象棋、围棋、国际象棋棋盘因势就形，或凿于树木圆形基座上，或刻于长条石凳中，一切显得如此浑然天成，毫无生搬硬塞之感。供弈者和围观者就座的凳子也不拘一格，有防腐木弧形长凳，有与棋盘连成一体的长石凳，也有单个圆石凳。

校道左侧小园中有条曲径通幽的鹅卵石路，东南角有座六角木亭，可在此静读，可在这里发呆，也可约人过来闲谈，和一旁那座手执长卷的欧阳修铜像一起，静静地度过一段慢时光，不亦快哉。

校道两侧尽头，有两段边坡，坡上分别安放着陶行知、鲁迅、孙中山、周敦颐、朱熹的半身铜像，它们簇拥在孔子像周围，给校园增添几许文化气息。

一路之隔的区一小，背靠文伟山。据说此山是为了纪念清朝张家边籍举人吴文伟的，想必近水楼台的一小也因此沾上不少文气。事实也如此，一小校友有考上清华的，还有考上"法国清华"的，真的是人才辈出。

进入一小大门，那堵"知书达理"的照壁墙挡住你的视线，也引发你浮想联翩。照壁墙背对操场，其背面写着"生命在于运动"，倒也贴切不过。大门右侧内墙为"古典文学石壁"，摘有中国古典文学的著名章节。左侧内墙为"经典书法石壁",展示了甲骨文、小篆、隶书、楷书、行书、草书演变流程及对应范本。在 A 教学楼顶竖立着"培育有教养的一代新人"的办学目标。在 A、B 教学楼一楼廊柱上,面对校道方向,分别贴上"友""诚""思""学""礼""德""劳""信""勤"等传统文化关键词,两侧各贴有三根木条,书写着含此关键词的古典金句。

美德园在 B 教学楼前方,园内植有高大挺拔的广玉兰、低矮错落的桂树、粗壮参天的水翁、簇拥一团的佛肚竹,最最名贵的当数那两棵海南黄花梨和沉香。它们环绕在读书厅和"成长"雕塑周围,给校园增添几分盎然绿意。树下有一些曲折石凳,供师生在此歇息诵读,还立有"孝""虚心"等字样的文化石。美德园侧边有个积微廊,廊柱挂有"不积跬步无以至千里""不积小流无以成江海"对联,其寓意不言自明。积微廊前面,分别安放着鲁迅、诺贝尔、华罗庚、爱迪生、李四光、爱因斯坦等中外名人塑像。在学校后门右侧角落里,还有个弈趣园,十几个石桌上分别刻有围棋、中国象棋、国际象棋棋盘,在树荫下,师生棋友可端坐在石凳上,过一把棋瘾也好啊。

这三所小学,差不多是开发区基础教育的缩影。博凯小学、八小、九小、二中相继投入使用。花城湾学校也在筹建中。这些年,开发区的公办中小学就像"下饺子"一样不时冒出,也如雨后春笋般茁壮成长。这对工作生活在此的广大外来人口而言,无疑是一大福音;能成为开发区教育人,也是人生一大快事。

最是工会暖人心

聂苗枝

尽管我所在的公司是一家港资厂，但是老板很开明，在管理机构设置上也注意和大陆接轨。工厂投产第二年，遭遇亚洲金融风暴，工人们主动要求暂发一半工资，减轻公司资金周转压力，帮公司挺过难关。老板很感动，着手筹划成立公司工会组织。每人一票，大家选出了工会组成人员。老板在成立大会上说，希望工会从成立之日起，要成为员工的贴心人。

俗话说，新官上任三把火。工会主席走马上任之后，第一把火就烧在提高员工素质上。工会与公司董事会达成一致，本公司员工，凡是拿到参加电大、函授、网络学院录取通知书的，就可以报销一半学费；参加自考，每通过一科，公司奖励300元。奖励新政出台后，大家跃跃欲试，空闲时间去溜冰、上网吧的人少了，学习的人多了。大兴学习之风后，员工们不光文化知识丰富了，道德素养也提高了。负责清扫我们公司这条街道的清洁工最有发言权。下班后，隔壁公司门前一次性泡沫餐具丢满一条街道，员工购买流动摊上的速食，是哪里吃完哪里扔，尽管垃圾桶就在一旁，大家就是不往里面扔。我们公司员工下班也有在门口吃速食的，吃完大家都排着队将一次性泡沫餐具扔进垃圾桶。

第二把火就烧在夫妻房上。公司有一些夫妻员工，以前要么是各自分居在男女员工宿舍，要么到厂外租房。考虑到在外面租房，会增加员工的开支，而公司只需重新排列组合，就可以在总量不变的情况下，人为增加一些夫妻房。只要在里面添上一点灶具，夫妻员工就可以将小日子过得红火起来了。有了夫妻房，员工们感到工会确实是想员工之所想，急员工之所急。

第三把火烧在给员工排忧解难上。每年公司都会给员工发20元开工利是，聊表心意。今年开工那天，大家觉得利是封很鼓，个个以为今年公司"加码"了。可拆开一看，原来里面都是10张面值2元的"争分夺秒"刮刮乐福利彩票。大家一头雾水，更是丈二和尚摸不着头脑了。接着拆第二个利是封，也是福利彩票。第三封，还是福利彩票。其他同事纷纷拆开利是封，结果全是花花绿绿的刮刮乐福利彩票。莫非工会领导和董事们今年约好了，团购了一批刮刮乐福利彩票？大家七嘴八舌地说道。

弄清刮奖规则后，大家纷纷刮起来，一开始，都是"切"声一片，都是"你的时间"大于"标准时间"。偶尔冒出个四等奖，中了50元奖金。奖金才两元的九等奖倒是有几个。大家纷纷泄气了，都说不刮了，正好下班时间到了，不如去饭堂吃饭吧。阿云将没刮的一沓福彩用袋子装起来，将袋子放到阿燕的抽屉里，等她来刮，看看她的手气如何。阿燕的老公年前就在老家住院了，她上午打来电话说，说要请几天假，在医院照顾老公一阵子。

过了几天，阿燕过来了。她说老公得了尿毒症，现在靠透析撑着，除非换肾，不然一时半会好不了。但换肾的费用高达数十万，她家中的积蓄差不多要花光了，下一步治疗只得东挪西借了，她还得辞工回家，专门照顾老公。大家唏嘘不已，工会主席对大伙说，阿燕有难，大伙要帮帮她。他带头捐了200元，大家纷纷解囊。阿娟说，众人拾柴火焰高，我们要发动全公司捐款才能帮阿燕家渡过难关。不久，在工会的倡议下，全公司行动起来，加上公司的互助基金，一下子就给阿燕老公募集到五万九千多元。正当阿燕准备去财务部结算最后一个月工资和加班补助时，阿云说，阿燕等一下，你办公桌最下面那个抽屉里有个胶袋，里面还有一沓彩票没刮。是前几天工会发给我们当利是的。你刮刮看，看看手气如何。阿燕刮到第二张的时候，就引来了一旁阿云的惊呼，"一等奖，一等奖诞生了，五万元，五万元得主出现了。不对，税后该是四万元。"平姐接过话茬，"老天爷知道阿燕家急需用钱，这张刮刮乐真是雪中送炭啊。"阿燕连连摆手，"这怎么成？这彩票是大家的利是，中了奖，我怎么能拿奖金呢？"平姐说，"阿燕家最缺钱用，而且是救命钱，让她拿彩票去兑奖，大伙有意见不？"大伙说："阿燕，你就别推辞了，就当是姐妹们的一片心意。"阿燕眼圈红了，动情地说，谢谢姐妹们，谢谢工会，谢谢工会买来的福彩。后面的彩票，也刮出了2个小奖。阿燕带着工会的募捐和福彩的馈赠，离开了公司。工会主席将她送到厂门口，说等她丈夫好起来，阿燕只要不嫌弃，还可以回公司上班的。阿燕感动得说不出话，只是一个劲地点头。

工会主席的火并不是烧了三次就慢慢熄灭了。在以后的日子，它还是保持着旺盛的状态，成为员工心目中的一座永不熄灭的灯塔。即便是工会主席换届了，新主席接过那熊熊燃烧的火炬，继续温暖着员工们的心房。

春光三十载，火炬正勃发

高飞

绿是春的底色，在岭南山水田园间铺排，也会点缀于粤港澳大湾区街道花园，给中山增添几分生机。这泛着春光的绿，也是中山火炬区公交车的流行色，跟着红绿灯的节拍，在马路上往来跃动。

打卡进站的火炬区乘客，在 BRT 站台静候那抹熟悉的"春色"短暂定格；待站台空无一人，这抹"春色"又重新流淌起来。这黄线专用道上，没有拥挤，没有堵塞，可以欢快地迎风飞驰。

跟随开往春天的公交，透过车窗，我竟看到了火炬开发区的千变万化。

许多街区，以前并没有学校，不经意间竟建起了小学。看到校园里的教学楼、绿茵场、红跑道，听到稚童们的琅琅书声，我仿佛看到区中心小学，2008 年才建起的后起之秀，在拔节生长。它初建时只有三到六年级，每个年级只有四个班的规模，后来逐年扩建，六个年级都有八个班级左右，而作为新秀的香晖园小学、博凯小学也步入正轨乃至崭露头角。八小、九小也即将投入或正在筹划中。

如今，无论是在火炬区的广场、路边或小区门前，一大片一模一样的共享单车几乎随处可见。人们不管去往哪个街区，都可以随意扫码开锁骑车漫游。

一个假日的黄昏，闲来无事的我，骑着共享单车去得能湖公园畅游时，发现这菡萏芬芳的小天地竟越发生辉——池浦浅处，不知何时增设了防腐木栈桥。斜阳下，人们信步桥上，赏一池荷色，孩童则聚在池边，观水中鱼儿嬉戏游弋；横堤之上，曾经的泥泞尘土、残花败草一去不复返，洁净的不规则大理石砖铺满一路，两边杉色青青，引无数游人流连忘返；佛肚竹旁，凤凰木下，也辟出一些小小的开阔地。有的空地安置了石桌石凳，桌上刻着棋盘，弈者坐在石凳上专注拼杀，也有的开阔地建成了健身场。许多小区的居民都舍近求远来到这儿锻炼，也许是想来蹭个热度，感受一下改造后的得能湖健体公园的庐山真面目，也许是抗拒不了那一池荷香的诱惑……

还没享受完得能湖公园的良辰美景，却听见下车广播响起，我该在位于濠头村的中山站下车了。昔日的城轨站已被扩建成高铁站！

说实话，自从中山高铁站投入使用以来，我们出省变得更加便捷，无须跑到广州、东莞等周边城市换乘火车，市民出行变得更加顺利。乘坐高铁，告别具有岭南风情的中山，带着一份愉悦和期待，穿过崇山峻岭，越过江湖水泽，去与诗和远方来一次亲密接触，感受祖国的江山如此多娇。

当我乘坐高铁暂别中山火炬开发区后，在他乡我能遇见不一样的风景，但我不会乐不思蜀，这横门水道之畔的科技新城，总会不时在我脑海中冒出。它亦如擎天的火炬，也如同灰炉、窈窕村口的那灿若红霞的木棉，三十年来一直在春光中，生机勃勃而又永葆活力地尽情绽放独特风采。我默念道，已过而立之年的中山火炬开发区，热情不减，芳华依旧。

氤氲酱香的火炬

黄建

霞光倒映在江面上，泛起层层金黄色的波浪，露珠在芭蕉叶上摇曳，鸟儿在水杉树上跳跃，叽叽喳喳，唤醒了沉睡的横门水道。

滨江公园的石径上，三三两两的年轻人，披着朝霞迎面而来，欢笑声跌落在浪花里，从很远的地方冒出来。岐江缓缓流过，两岸鲜花竞相开放，像俊秀的村姑，轻轻地推开闺门，一曲东乡的民谣，唱响了70平方千米的繁荣与腾飞。横门水道忙，火炬浪潮涌。

穿过中山港大桥，看到的是客货码头的无比忙碌和吊车的升降有序。漫步在滨江公园的花海里，驶向深港两地的客轮劈波斩浪，鲜艳的五星红旗迎着海风欢快地歌唱。嗅着醇厚的酱香，在微凉江风里，一排排井然有序的晒罐，静静地沐浴在亚热带阳光中，孕育着味蕾的新鲜和口味质感，一千多亩的现代化厂房，在健康基地沿江而立，把传统风味与现代科技融合，从这里，将美味送达祖国的大江南北。

坐在石凳上，就这么静静地看着一江碧波，从一片笔直的水杉、一株小树、一朵鲜花、一滴露珠、一片芭蕉林开始，氤氲在丝丝酱香中，它们和时光一起，安静地迎接阳光雨露，许多年来，我从来没有这样宁静过。

十多年前，我从江浙沿着海岸线南下，来到这个春暖花开的南方小城，怀着激动而迫切的心情，加入到美味鲜大家庭中。这是一个刚刚转制不久的企业，一个从百年老店发展成规模宏大的食品制造企业。作为初来乍到的外乡人，我想，在别人的城市，做个普通工人，奋斗十余年，回老家盖个房子，也就心满意足了。没想到，弹指一挥间，十多年，公司从几百人发展到现在的几千人，销售额从几亿到现在的几十亿，在不知不觉中，我就留在了这里，和企业一起成长。

2010年的秋天，我随公司从岐江边的员峰桥迁到火炬区的健康基地。虽说我来中山已有好几年，但对健康基地还是陌生的。只是在公司内刊上和开会时听领导提及开发区，怀着对新厂区的无比憧憬，我骑着摩托车，沿途不时询问健康基地在哪里。

转眼八年过去了，我们在工作中学习，在学习中进步。我不但没有打道回府，反而深深地爱上了伟人故里，在这里安家落户。同时，见证了铁杆兄弟的爱情长跑过程，从结婚到买房，从孩子的出生到茁壮成长。

2014年，厨邦酱油博物馆建成开放，占地一千多亩的阳西生产基地投产，公司吹响了迈向新起点的号角。百年酱园的传统工艺与现代科技的融合，深厚的文化底蕴和引进的八方人才，加快了迈向食品王国的步伐。

站在华佗山八角亭上，放眼远望，开发区尽收眼底。高楼林立，道路纵横，绿植披染，清澈的湖水与科技新城相依相伴，为这现代化的新区平添几分灵气和绚丽；漫步得能湖畔，荷花在悠扬的歌声中起舞，晨练的人们相互颔首微笑，小孩儿牵着风筝，在草地上撒欢。他们定格在这幅怡然自得的和谐画卷中。

一声汽笛，拉开了横门水道的晨幕，穿梭于中深港三地的渡轮迎风破浪往来穿梭，我仿佛看到这擎天火炬，在粤港澳大湾区的中心熊熊燃烧。

我和祖国话流年

黄建

一

一条蜿蜒的国道，在山脚下拐了几个弯，翻过垭口去了远方。

山风吹过垭口，孩子坐在国道边，小手撑着下巴，睁大眼睛，好奇地等待着。父亲说，这几天会有汽车经过。孩子好奇着问，什么是汽车？晌午开始，绿色的军车拖着大炮，一辆接着一辆，在小石子铺成的国道线上扬起阵阵灰尘，孩子站起来，挥舞着胖嘟嘟的小手，欢呼着。

孩子第一次看到汽车，他说长大了我也要当解放军。父亲摸着他的头说，等你长大了，做一个对祖国有用的人吧。

这年，孩子七岁。

二

五月的风拔高了村庄的玉米，水泥路藏在绿色的村庄里，父亲放下农具，坐在路边歇息，用手轻轻抚摸平整的路面，脸上盈满笑意。

在泥泞里蹚了一辈子的奶奶说，以后再也不怕在泥水里深一脚、浅一脚了，政府真的做了些实在事。

少年骑着单车从学校归来，一面小红旗插在单车上，迎风飞扬。母亲看着红旗说，国家政策越来越好，一头肥猪能卖了换来单车，你要好好珍惜，好好学习，长大了，做一个有用的人，做一个对国家有用的人。

这年，少年十七岁。

三

春节刚过，村庄的雪还没融化，他告别母亲，第一次踏上去江浙的路。火车票攥在手里，一遍又一遍地看，在他眼里，火车在电视里，在新闻联播里。

绿皮的火车从大山深处冒出来，在一望无际的江汉平原奔跑，远处的稻田望不到边，仿佛钻进了时空里，他看到了祖国的辽阔，看到了不一样的中国。

在江浙的工地上，青春年少的他们架起一座座桥梁。工期紧，任务重，国庆节的下午，工友把红旗插在桥墩上，晚风轻拂，红旗在夕阳的余晖里猎猎飞扬，他和工友们欢呼着、高唱着，我爱我的祖国。

这年，青年二十七岁。

四

十月的鲜花从员峰桥一路盛开，他从出租房骑着摩托车，走长江路，过蝴蝶桥，一路向东。下周在新厂上班，怀着激动的心情，他第一次走进火炬开发区。他是新奇的、惊奇的，科技西路的大王椰拔地而起，第五大道的鲜花在露珠里摇曳，飘扬的五星红旗和朝霞一起，奏响我和我的祖国。

公司走过的这二十年，是辉煌的二十年，从几千万到几十亿的年产值，从员峰桥边的手工作坊到今天的全自动化，他和祖国一起成长。

这年，他三十七岁。

五

在南方，在中山，在火炬，在风景如画的小区里，栀子花还在盛开，花香弥漫在幸福的心田。清晨，开着小车沿着整洁宽敞的道路，一家人的笑声透过车窗跌落在花丛里。

老人在得能湖漫步，青年在跑道上奔跑，孩子在草地上嬉戏着。钢琴响起，人们开始聚集在观莲亭，红旗飘飘，歌声悠扬。我和我的祖国，一刻也不能分割，无论我走到哪里，都流出一首赞歌。

四十年，弹指一挥间，从大山深处的孩子，到上市企业的员工；从村庄的泥泞小路，到中山宽敞明亮的道路，从租房到买房，从外地人到中山人，他一路奔跑，和祖国一起成长。

是年，他四十七岁。

家在火炬

黄建

小区几棵高大的凤凰树开花了，火红色的花朵开在树冠上，一片片、一簇簇。妻子说，这么壮观的凤凰花少见，就像我们的生活，过得红红火火。

回想这些年，虽说一路坎坷，但现在的生活，是多年前做梦都不敢想的。我的老家在湖北的大山深处，群山逶迤，山连着山，出来打工前，去得最远的地方便是尘土飞扬的小县城。看到满街的单车，心想，我这一生，要是能买一辆单车，我就是世界上最幸福的人。

成年后，陆陆续续从南方回来的人，告诉我关于沿海的打工故事，心里甚是羡慕。由于书读得少，没有学历，一直想逃离贫穷的村庄。2000年，坐着一辆绿皮火车，随着打工的人群，一路上翻山越岭来到了中山。不久，在中山，我不但收获了爱情，也找到了心仪的工作，没想到，我居然也可以从农村走进城市，进到一个不错的公司。

这些年，在不断学习和进步中，我也从流水线走到办公室，和公司一起进步。随着公司的逐渐壮大，2010 年，公司从员峰桥迁至火炬开发区。在这之前，火炬开发区于我来说是陌生的，虽说来中山近十年，由于生产忙，经常加班，平常少去周边镇区走动。

搬迁的前两月，骑着摩托车，沿着岐江河开往火炬开发区，从长江路过了蝴蝶桥，便开始走走停停，边走边询问开发区在哪里，健康基地在哪里。车到科技路，一排排高耸入云的大王椰让我感到新奇，道路上干净整洁，与我在港口居住的村子有着天壤之别，得能湖的荷花开得正艳，阵阵清香弥漫在空气里。

一年后，公司整体迁移完毕，每天骑着摩托车，我从港口镇到开发区的沿江路，每天穿梭在干净整洁的道路上，看云朵从大王椰上飘过。

由于学历不高，休息时间基本上在家看书、码字，2008 年，第一篇散文发表在《恩施晚报》上，学习的动力越来越强。2010 年加入市作家协会，接着加入了开发区文学协会，这些年，陆陆续续在报刊上发表了一些文字，我和公司一起成长。

两年过去了，妻子说，每天跑这么远，也不太安全，要不，我们在开发区买个房子吧。买房子，说起来是一件轻松的事，可是钱呢？这可不是一笔小数目，但长期在外面打工，儿子在家成了留守儿童，孩子不在身边，我们以后怎么和孩子相处？恰好这时，公司给员工留下的福利房开售，这是难得的机会。和妻子商量，把这几年的积蓄拿出来，借一些，倒也勉强够了首付。收房前的一周，五岁的儿子从老家过来玩，带着孩子去未装修的新家，在房间铺一张纸皮，我们躺着计划着，他的房间应该怎么装修。我告诉他，这里，以后就是你的家。

生活就是这样，在紧张而有序里，紧紧巴巴地过着。

公司搬到开发区以后，逐渐从手工作坊转换到全自动化，产值从几千万到一百多亿突飞猛进，我也在学习和进步中，从生产线走进了办公室。工作从体力转为脑力后，生活节奏逐渐慢下来，有了更多的时间和家人在一起。清晨，一家人爬上华佗山，看朝霞从地平线缓缓升起来，火炬氤氲在霞光里。牵着妻子的手在得能湖漫步，放风筝的孩子风一般从身边掠过，一串串笑声跌落在得能湖，唤醒了湖里的鱼儿，硕大的露珠晶莹剔透，从荷叶上滑落在湖中，荡起阵阵涟漪。妻子回头一笑，说，这就是我们的家。

是的，火炬开发区就是我们的家，多年来，我们早已把自己融入在这里的每一寸土地，每一条河流中。我们就是一滴水，把自己融入在这热带水果飘香的南粤，把她建设得更加美丽。

微风吹过，火红的凤凰花轻轻摇曳，远看像一把火炬，领着我一路向前，迎着曙光，在幸福的道路上奔跑。

画·家

库阿静

十四岁时，我反复画过一幅水粉画：码头、归港船只、集装箱、澄蓝天空、白云。迷恋于画面的静美和谐。

九年后，火炬开发区濠泗村金剑小区，充沛阳光，酣畅雨水滋养，细叶榕垂着整齐纤长气根，大王椰挺拔俊美，阔叶紫薇绽放粉紫色花朵。我迎着橘色朝阳上班，周末晾晒被子，去沙边市场买新鲜蔬菜，乐滋滋做饭，然后在小村庄里溜达。这里工厂林立，年轻人聚集，秩序与活力并现。濠泗村在厂房包围中保留一份安逸悠闲，古朴树皮房屋，小巧士多店，龙眼树下有闲聊或者默坐的老者。我设想着工作七年后的样子：小家，有真爱和希望。

四年前，海傍新村，燕子筑巢，来来回回喂养叽叽喳喳的雏鸟，阳台上的绿豆藤蔓攀着栏杆，开出花朵，结出豆荚，我们租住的小巢，南边是外国语学校以及一大片菜园，北边是菜市场和村委会广场。周末我依然喜欢穿过整齐新村，经由香蕉林小路，去海傍村，看豆腐坊、池塘、鸭群、小门窗的碉楼。窄巷，水泥外墙，石板路，苔藓台阶，许多这样的南国小村，受益于改革开放春风暖阳福祉，友好接纳外来人口，新村诞生。在海傍新村，女儿出生，学步学语。会在窗台上和对面玩伴问好，在纵横村路中惹猫逗狗，观察村民种菜煮粽，关注婚丧嫁娶，也兴奋不已地乘坐始发站快速公交去往她的远方。女儿一岁半，我们搬往新家那天傍晚，一群麻雀挨挨挤挤地站在路边电线上，女儿挥手与它们再见，与海傍新村再见。

两年前，润和花园，我们的新家朝北，楼下是一片鱼塘，不远处就是中山港码头，蓝天白云，集装箱，归港船只，和我十六年前反复画过的水粉画如此接近。鱼塘岸上，是大小形状不等的菜地，原有的几口农业灌溉水井持续发挥作用。附近小区居民在这里种上了各种蔬菜，翻地点种，挑水浇菜。菜叶鲜绿，花朵摇曳，蜂蝶飞舞，这片沧海变成的桑田，承载起了天南海北的故乡情。比我七年前设想的家的样子更好。阳光爬上书架唤醒我们，含羞草和知了或腼腆或热情，雨后一朵朵小蘑菇，圆蛛、蜗牛、青蛙、蝴蝶、蛐蛐、萤火虫，还有恼人的蟑螂，紧张忙碌脾气火暴的蚂蚁。天空缓缓的飞机偶尔遇上晚霞，月亮一天天长胖，远山，近湖碧水，中山港码头的鸣笛和灯塔与我们打着照面。最幸运的是那些偶遇的友好善意、依赖信任。比如包粽子比赛意料之外的大奖，素不相识的小孩舍不得与我们分别，失而复得的车钥匙……每天下班，看到被移动到房间各处的玩具，啃剩一半的苹果摆在沙发扶手上，将家中的凳子排成排，茶几下面卧着一只拖鞋，袜子团在水杯旁边，水杯里泡着积木，书本画笔展开在床上，黑板上是弯弯曲曲的线条和圆圈，女儿在洗手池里打着肥皂帮我洗了一只桃子捧出来，还催着我快吃快吃。我总是被这混乱、这无辜、这胖嘟嘟的可爱而逗笑。

伴随着孩子长大，我们见证着开发区不断的成长：得能湖公园、开发区图书馆焕发新活力，绿道、共享单车、共享电动汽车及充电设施、全民公益园、新开发区医院及社区门诊，我们享受到越来越多的便利舒适。广场舞队阿姨们也在感谢社区帮她们解决场地灯光问题。

全家去灰炉村看木棉花，去咀香园了解"豆在中山有异香"的原因，去厨邦品尝酱油版冰激凌和感叹盛大的集体婚礼，去爬华佗山，在微风花香中俯瞰开发区日新月异。或者站在小区门口，看一趟趟接送员工上下班的大巴，看载有装备制造业产品的车辆经过中山港大桥，有电梯、游乐场设施，还有风力发电机叶片；感受初冬国际城市马拉松所诠释的城市活力韧力……也更充满信心耐心等待修路架桥、等待红绿灯、参与垃圾分类、参与家园共教育、竭尽全力工作，描画出且实现最理想的家、小区、开发区。

火炬三十年，我三十岁，何等幸运与火炬同龄，感恩火红橘红金黄的火焰燃烧带动起来的南国滨海活力新区，予我幸福拥有画中家，予我希望继续出发。

一树树花开

库阿静

红花羊蹄甲

花期最长的洋紫荆，一直开到元宵过后，花朵是明艳双桃红，精美五瓣。在枝头如展翅欲飞的火烈鸟，或独自优美，或团簇溢彩，叶如羊蹄，是美是善的脚步，是万人行的足迹。她们盛开在火炬区的清净街道，最美的是雨后，满地芳菲，不掺杂落叶的落花，让人不忍心踩踏。

火炬树与瓦松

儿时总被苔藓地衣瓦松蘑菇吸引，没有肥沃土壤滋养，却散发新鲜安静的生命力。我甚至一直认为瓦松就是火炬树的幼苗。曾经不起眼的海滨小县，安静的香山，跟着时代潮流勤劳致富，擎起一把火炬，自然环境优美的海滨小城，火炬开发区，国家健康基地那座 DNA 双螺旋雕塑，华佗山上的华佗像，雅柏路两侧人行道上布满苔藓，阳光透过叶隙，就像是童话绿野仙踪里的路。是它们吸引了九大国家级产业基地进驻。

三角梅

三角梅的花，形状和质感，与叶子一样，颇有大道至简的风范。当这种素简聚集在一起时，又是另一番景象。咀香园公司门头上一树三角梅热烈开放，见证这个让"豆在中山有杏香"的百年老字号的与时俱进。

榄仁不开花

作为南国最常见的道旁绿化树，榄仁与榕树、橙树挺立，遥望致敬中央绿化带里的大王椰。榄仁树形犹如强劲大伞，细密小叶，撑开大面积绿荫。春节后，榄仁完成一整年使命一般簌簌落叶，树下一层金黄。又迅速换上一身新绿，整装待发。疫情之下，多少志愿者、社区工作者、安保人员、快递员在春节团聚后，迅速换装。疫情得到控制后，全面复工复产，公交车司机、公司安保人员也都投入到日复一日的疫情监控中，他们的加倍付出，为开发区的三十岁安全稳定运转提供保障。

木棉逆行

英雄花盛开的时候，我们隔离在家，遥望大王头山下的木棉燃烧，山腰也有几棵。往年可以去灰炉村、东利村观赏拾花，今年只能遥望。疫情肆虐时，广东多支医疗队赴鄂支援，逆行的木棉，带着大爱救死扶伤，重重防护服，也掩盖不了木棉花的美。接下来的半年，抗疫持久战，开发区医院发热门诊，身着绿色防护服的医护人员每天耐心接待引导几百个发热病人，他们是千千万万个医护人员中的一员，是木棉花香滋养出的时代英雄。

美丽异木棉

台风过后秋凉下来，美人树最美的时候，台风吹裂的伤痕还在，她们又热热闹闹相约开花了，深粉或浅粉，蓝天绿叶映衬下更是风姿绰约。广场舞阿姨们早晚相约在美人树环绕着的大小广场，练舞，精神抖擞，笑靥如花。在照顾孙辈的闲暇，尽情舞着，圆年轻时候的舞蹈梦。异木棉也陶醉在夕阳红的舞姿中跃跃欲试，有几朵还飘落在车顶，准备去旅行。美丽异木棉是城市的疗愈者，是怀抱，是踏实的后方。开发区少了美丽异木棉，就少了五成的真、六成的善、七成的美。

凤凰于飞

"叶如飞凰之羽，花若丹凤之冠"。凤凰花的迷人之处在于整齐的羽状复叶、热烈花色、鲜红翠绿、色泽和谐。学校近旁，凤凰花树与教学楼相映成辉，整齐有序的叶子，秩序井然的教学。线上教学成为 2020 年的回忆，坐在教室听课的幸福更觉珍贵。

一树树花开，记忆氤氲。当初贫穷封闭的小镇，横门水道静静流入伶仃洋，勤劳火炬人民，新老中山人，汇聚改革春光，踏踏实实打磨自己独特的气质。一棵棵花树是他们精心挑选的代言人，春夏秋冬接力发言。

我见证了火炬开发区从 22 到 30 岁，让我念念不忘的是快速公交的方便快捷，是路口的文明礼让，是车钥匙失而复得的惊喜，是就医得到的和善指引，是台风过后迅速清障，是对自然环境对空气加大治理，是全民健身广场的火热晨练，是开发区图书馆的绘本讲解，是志愿者活动中心和老年人活动中心的盈盈笑意，是得能湖公园的焕然一新。这些我们享受到的，是开发区孜孜不倦植出的树开出的花。

　　三十而立，我们的火炬，我们的开发区，能抵挡更多的风雨，也能撒下更宽广的绿茵。

萍水相逢火炬情

胡凯

十几年前，我大学毕业，网投简历求职时，被中山火炬区纬创资通公司通知前去面试。

舟车无休歇，关山正苍茫。经过一段疲惫又满怀期待之旅，大巴车载着我上了长虹卧波般的中山港大桥，终于到了陌生却又充满新奇的中山火炬区了。放眼远眺，此地车水马龙，一家家的工厂鳞次栉比般整齐排列，一派生机勃勃、活力四射的景象。

在城东车站下了车，随后赶到纬创旁边，发现自己早已饥肠辘辘。于是拖着疲惫的步履来到一家小食馆，它面积虽小但很洁净。收银台那里，还兼着售卖福利彩票。听老板娘口音，她该是本地人。

我点了一盘炒河粉，端上桌后，很快被我消灭干净。尽管觉得还没吃饱，但思忖自己所剩的盘缠已经无几，只好起身去买单。

此时，老板娘面带微笑地问我："以前没见过你，是第一次来这里吧？"

我有些腼腆地答道："是的，刚过来，明天要去纬创资通公司面试。"

"哦，纬创在这里可是一家好公司呢。听说那里的工作环境舒适，给到员工的福利待遇很不错的呢。"她侃侃而谈，"好好准备吧，祝你好运哈！"

见我有离开之意，老板娘说："小弟稍等一下，我这里要对首次光临的客人免费加送一份餐的。看你光了盘就知道你……初来小店，我们再送你一盘，你吃饱后，养好精神，明天顺利通过哈。"

让她一眼洞穿了我的窘迫，我颇感难堪，却又羞赧得手足无措。

"不用不好意思啦，马上就好。"

没有想到，初来中山火炬开发区，人地两生，萍水相逢，竟会遇到当地这样一位古道热肠之人，刹那间，一股暖流涌上心头。

无功受禄，实感不妥，见到她还卖着彩票，我灵机一动，于是掏出六元钱，正好是一盘炒河粉的价钱，"老板娘，也请您帮我买几张彩票吧。"

"你不是正找工作手上缺钱吗？彩票可不是一买就能中的呢。"

"不差这点钱，我也想碰碰运气，中不了也没关系，就当是支持了福利事业。"

"哦，那好吧。正好可以买三张刮刮乐，不过今天全都卖完了。这样吧，明天我给你留三张，你要记得过来拿哈。"

我的本意不在于此，只求心安而已，于是用完餐后就向她道谢并离开了。

第二天的复试进行得很顺利，我被录用了。一时之间，心中狂喜，想不到火炬区竟是我的福地！

我十分珍惜这次难得的工作机会，入职第五天，是个周末，我还是去到生产线上巡查，回来得晚，错过了公司餐厅的用餐时间。

这时想起几天前那家小食店，就前往那里。老板娘见到我，起初有点意外，但很快就笑着问道："你怎么今天才来呀，被纬创录用了吧？"

我微笑着点了点头。

"祝贺你！上次你在我这里买了三张刮刮乐，我给你留了并做了登记，可就是不见你过来取，眼看快到期了，我又没你的电话，就帮你刮了。知道吗，其中一张中了三千元呢，运气不错哟！我这就去给你拿哈。"

我有点愕然了，原先压根儿就没把这件事情放在心上，更没想到她还一直在找寻我。这种彩票是不记名的，她完全可以将其据为己有并自行兑奖的。

当我拿出五百元来酬谢她时，她说："谢谢你！但我只能收下你的饭钱。"

"弱水三千，只取一瓢饮"的古训，竟被一位平凡而质朴的火炬人如此真实地诠释、践行着。晶莹的泪花已湿润我的双眸，我不禁被淳朴、善良、博爱、包容的中山火炬人感动了，火炬这片热土，是这般善待着每一个来此逐梦的异乡之人。

青山一道同云雨，明月何曾是两乡。心既安好，他乡岂不也是故乡？感激、感悟之余，我暗下决心，定要在此勤恳工作，也要为这片氤氲着浓郁厚重人文气息的和美之地，传递一份源自我自己的正能量，方不负与火炬区萍水邂逅后的一世情缘。

咀香园，火炬区发展的见证者

郭凤屏

经过 30 年的奋斗，火炬人发扬敢为人先的精神，把一个靠天吃饭的乡村，打造成一个令人振奋的科技型工业强区，初建成一座具有现代特色的滨海新城。没有改革开放，就没有火炬区今日的辉煌。30 年过去了，火炬人创造了一个个不朽的传奇。

2002 年 12 月，咀香园公司搬迁至火炬区珊洲村建厂。那时珊洲村是个交通不便、经济落后的小村。民间有这样传说，城里小女孩哭闹厉害时，妈妈总吓唬说"再哭，等你长大了，把你嫁到珊洲坑挨苦"。据说，女孩就不敢再闹了。那时的珊洲，一片蕉林蔗地，掩映着稀稀拉拉几间老房子，一股荒凉感油然升起。

短短一年，咀香园新厂落成投产。那时在咀香园旁边，只有美捷时喷雾阀、三才制药、辉凌制药等屈指可数几家企业，庞大的健康产业基地园区显得冷清苍凉。由于行业特殊性，中秋前夕，我们要加班很晚，下班只敢结伴回家。现在的健康基地厂房成林，幢幢厂房如雨后春笋拔地而起，中国 500 强及世界知名企业陆续落户。如咀香园、美味鲜、珠江啤酒、格兰泰等等。作为健康基地普通一员，我心中的自豪感难以自禁。尤其是那座寓示为健康产业的华佗塑像，更是从曾经的荒凉，一步步走向繁荣与兴旺的见证者，生活与工作在这里的人们，享受着从未有过的富足与幸福。

如今珊洲已发生了巨变，幢幢楼房相继拔地而起。"楼上楼下，电灯电话"，已无法满足人们的需求。液晶电视、品牌电脑、小轿车，仿佛一夜之间"开"遍乡村，很多外来媳妇愿意落户珊洲了。"有女莫嫁珊洲郎"已成历史。健康基地也从原来的砂石路，脱胎成沥青、水泥大道，道旁绿树成荫。

在火炬区发展史上，健康科技产业蓬勃发展。一些"老字号"企业在时代大潮中，展现出改革魄力和发展定力。它们扎根火炬区，依靠科技创新的力量，精雕细琢，静静发力，由"老字号"变身为"高新技术企业"。不管岁月如何老去，仍然根深叶茂。如咀香园曾在国内众多食品行业中创下多个"第一"。第一个院士工作站、第一个博士后创新基地、第一个全国中小学质量教育社会实践基地、第一个全国工业旅游示范点……咀香园近20年的巨变，不正是火炬区30年翻天覆地变化的缩影吗？

不知不觉中，我已在咀香园工作了16年。伴随火炬区改革开放的步伐，我逐渐走向成熟，已将一生中最美好的青春年华都献给了这方热土。

应该说我是幸运的。我生逢其时，沐浴着改革开放的春光，惬意自在成长，有幸经历火炬区蒸蒸日上的辉煌时刻。

30年，是一个结束，但绝不是终止。30年，是一个新的起点。我坚信，在火炬区发展征程中，必将涌现出一个个辉煌的30年。而每一个30年，都是一个让世人仰望的全新高度。

如今，已不再年轻的我，仍在这块热土上耕耘着。期待着在火炬区建设发展的历史画卷上，能描绘出更浓重、更绚丽的色彩。相信未来的咀香园，未来的火炬区，一定更加美丽，更加辉煌！

"火炬之眸"——得能湖

邹小红

　　傍晚，幕帘微垂，太阳西沉。须臾间，火炬区得能湖是那么美，那么柔，那么地静与绿。它结合了大自然与建筑者的力量，没有天然湖泊的粗犷辽阔，当然也就不会那么野蛮与不羁；没有人工湖泊的精致细腻，当然也就不会那么纤弱与娇贵。

　　很多人怀疑，在广、深、中这样的城市中央还能找到清与绿的自然湖？其实不然。得能湖本不深，雨季过后，经过一段时间的沉淀，原本浑浊的湖水亦渐趋透亮，亦清亦绿。在没有沙石却遍布污泥底色的衬托下，绿得让人觉得有点不可思议。那种墨绿的颜色就像少女的眼眸，看一眼就叫人痴心，从这块翡翠晶石中，我们能够读出她的纯真、善良，感受到她的从容、淡定乃至于温文尔雅。在这善睐之眸中，周围景色尽收其中。此刻，我蓦地发现，在湖南面的那一圈与清风游戏、与日月争辉的青杉抑或松柏，不正像一圈浓密的眉毛铺在上眼圈上吗？

　　依稀记得得能湖在改造之前，还有一座歪斜的台阶式的石桥把湖一分为二，这石桥如同飘动的白练横跨于湖面之上，又似湖面上腾起的一道波浪。我时常想，石桥的歪斜到底是怎样来的呢？是设计的新颖之作，是湖底淤泥的沉降使然，抑或是每日至此游玩的赏湖者——特别是因感到新鲜有趣而蹦跳的孩童，把台阶踩得前俯后仰？平时，湖的西面尽是夏季红粉斗艳之后残留的荷叶与带刺莲茎，如今那些枯枝败叶已然没入湖中，偶尔有几根高高在上的能够探出头来，却也不时在微风中瑟瑟发抖。没有风时，湖面是平静的，不时从湖中蹿起的小鱼、虾米又或者是水蜘蛛，在水中央划出一道道湖的年轮，随即逐渐散去、散去……

　　中山的天气是多变的，骤然之间又起风了，此刻的少女之眸瞬间变成了稚童的眼睛，没有了温柔，没有了深情，但有的是灵动，有的是闪烁，同时还带着些许捉弄。可不是，看，那天上雪白雪白的"小绵羊"原本自由自在的，却不料被这双"眼睛"盯上，马上就被染成"绿绵羊"了，这个"罪魁祸首"却依然我行我素、自得其乐！可怜的"小绵羊"奔跑起来，一不小心将太阳过早地推下了山，奔跑时卷起的风把沙砾卷进了这调皮的眼睛里。眼睛难受了，泛起了涟漪，"小绵羊"跑着跑着委屈地哭起来，眼泪嘀嘀嗒嗒地落下来，直奔这只淘气的"眼睛"，毫不留情地把它砸了一个个坑坑洼洼。

　　突如其来的雨点，让前来观赏她的人们随即离去，湖面倏地只剩下茫茫一片。一盏茶的工夫，原本一个个硕大的雨点变成了丝丝细雨飘落在湖面上，犹如从苍穹顶端垂下的柳枝在风中摇曳，无数个细小的晶莹的琉璃弹珠在湖面跃动、翻滚，让人觉得湖底像有一股神秘的力量，把整个湖面都震得颤动起来了，使这原本柔美的水墨镜子顷刻之间变得面目狰狞。

　　但这毕竟只是小绵羊的恶作剧罢了，等它依然开心的时候，风止雨停，得能湖又恢复了昔日的风采——此刻的得能湖又宛如青年双目，炯明如炬、灿若星辰，澄澈之间夹带着神采奕奕。突然间，西沉的太阳透过云朵，把那仿佛出鞘的利剑投射到被抚平的湖面上。这时你会发现那墨绿的得能湖把那金黄的颜色成倍地反射到你的视野中，天地之间笼罩着一种神圣的光泽，湖畔的一草一木被每一缕阳光滋养着。假若此刻有相机，我想你会毫不犹豫地将这瞬间定格，看看那暂停的记忆，定会让你折服于大自然的神奇。

当你还沉醉于照片上的浮光跃金时，周边已华灯初上。得能湖收敛了一天的激情与放纵，重归了平静。此时的她恰似白叟之瞳，慈祥、睿智，深邃如海，包容万物。

清亮的得能湖，我想，那应该是火炬之眸吧！

搬家的日子好风景

余俊

掐指一算，自 1997 年来到中山，一晃就是二十三年，如今更迎来了火炬建区三十周年。我搬家就已经历过六次。每搬一处，打开新的那扇窗，我看见不同的风景，和风景里不同的我。

还记得第一次搬家，是 1997 年，那年，我如愿以偿地因工作调动来到中山。初来乍到，我没有房子，没有一针一线，简单到只有我这么一个人。多亏管理区的领导很热情，给我添置了厨具、床具，还特意给我在村民家里租了一个套房。那天，艳阳高照，我叫了村民一辆手扶拖拉机帮我搬家。小小的拖拉机真有个大胃口，我所有家当搬上去还没有填满它的一角。到了新家，村民的热情驱散了我潜在的"寄人篱下"的紧张和不安。我打开那扇已经擦亮的窗。一片片茂密的香蕉林，绿绿的，挂满了沉甸甸的香蕉。海风带着丰收成熟的清香，迎面吹来，拨乱了我的黑发，轻抚着我的心灵。那晚，我好似头枕着波涛，睡梦中露出甜蜜的微笑。

整整一年后，我因工作的需要调到新的单位。我叫来一辆小四轮搬家。锅碗瓢盆、油盐酱醋、电视风扇生活物品，摆满了整个小四轮。那一次，我才体会到搬家要有点诀窍才行。什么东西要先摆，什么东西要靠角摆，哈哈，那也是学问！第二次搬家又是多亏管理区领导的支持，给了我一套房住，还重新里里外外装修了一番。搬了一个下午总算搬好了，看看我的家，一个不太大的地方有了些家具和电器，妻子忙着摆放衣服和用具。再看看窗外：夜渐渐来了，灯光一盏一盏地亮着，一条新修好的水泥路沿着灯光绵延着，在那暗黑暗黑的天空中，星星眨着眼，好像对着我笑。

岁月匆匆，半年之后，因工作的需要，我又开始忙着搬新家。我租了辆大四轮，兄弟姐妹都叫齐了。这回可让我费思量了，沙发衣柜、电视冰箱、饭桌厨具等等，大大小小，形态不一，靠以前那点经验不行了，幸好人多，大家凑在一起出主意，终于把家当都搬上车，浩浩荡荡地出发了。所谓的新家是单位提供的一套房子，虽说房子不新，感觉却很新，每一次的搬家都是伴随一次的工作调动，每一次的工作调动给了我新的考验和成功。劳累的我躺在床上，探望窗外：五莲山上郁郁葱葱，三棵百年榕骨身苍劲，带着岁月刻下的道道年轮，在苍天之下，在白云之间，如诗似画。

多年后，我终于连续买上了一套又一套房。当新房钥匙拿在手中的时候，我仿佛才真正找到家的感觉。是啊，我至少有了一个安稳的家，至少让一家三口有个温暖的避风港。闲暇时，我可以在书房里看看书、上上网；回家了，夫妻可以在厨房里大展厨技；天真的孩子有一个小小的公仔天地；疲乏时，宽大的床托我进入梦乡。我看到窗外：繁花似锦，厂房林立，路路畅通，车辆匆匆，好一派生机勃勃的景象。

我仿佛看到，那些关爱我的人亲切地向我走来，第二故乡的巨变扑面而来，美好的生活拔节生长。

随着经济的不断好转，幸福生活逐渐走来。如今，我已在盛华园购买了一套复式楼房居住十多年，周边的环境发生了巨大的变化。原先偏远的茂生、马安村如今成了深中通道的要道。中山火炬也从当年的低价股成了炙手可热的高价股，周边处处高楼林立，夜生活丰富多彩，公园到处都是幸福的人们……

日子如步履，人生就是一条长长的路，有好多好多驿站。前进的路上，在驿站歇息时，你抬眼所见的，就是生活与时代的风景和风景中的你。脸上带上笑意，眼中闪烁激情，让我们都向着下一个驿站前行。

被人误解的动物

余俊

在孩童时代，美人鱼就给我留下很多美好的遐想：鱼的身子，却有着一个美丽的脸庞，温柔，善良，充满人性的魅力。终于有一天，我到海洋公园观赏动物。在我匆匆地走过之后，有人在身后惊叫起来：啊，原来是美人鱼！

我转过头去再看那个让一群人都惊呆的动物：成体头小身大，体长可达 3 米，体重可达 1000 斤。头上平平，吻部前伸，嘴向下张开，密生髭须，雄性门牙突出口外，状如獠牙，上唇较厚，形成一个圆筒状，很像猪的口鼻处，但比猪的更大，鼻孔则被挤到了头顶上。眼睛、耳朵都很小，没有耳郭，棕灰色的身体上只长着一些稀疏的硬毛，皮肤褶皱很多，厚度达 2.5 厘米。身体呈纺锤形，前肢变成了鳍桨状，后肢已退化，与尾平行，形成两头尖，唯有中间凹的新月形尾鳍，与鱼尾相像。

天呀，这怎么是美人鱼呢？再看看介绍，文字写得非常清楚："美人鱼"是一种终生生活在热带、亚热带水域中，或者在近海游弋的大型水生哺乳动物，它的名字就叫儒艮。因为雌兽乳房丰满，高高隆起，还生有一对 4 厘米至 5 厘米的乳头，当它给幼仔哺乳时，常用两个肥大的胸鳍抱起幼仔浮出海面，所以在傍晚或朦胧的月夜，使人们产生了错觉。如果没有亲眼看过，你是怎么也无法相信，这个丑陋不堪的动物，就因为传说而变得如此美丽。

无独有偶，一次综艺节目中有一道题：有一种动物一旦自己的伴侣死后，就终身不再寻找伴侣，直到老死。有四个备选答案：鸳鸯、杜鹃、天鹅、猩猩。嘉宾用排除法，排除了觉得应该是花心的动物，选了鸳鸯。主持人笑着说：答错。正确答案是天鹅。答案经过动物饲养员证实，鸳鸯并不专一。鸳鸯并非如人们所说那样恩爱情深、生死与共。相反，雌雄鸳鸯在热恋期间的确情深意长，形影不离。但交配后，雌雄鸳鸯便分道扬镳，抚育重任全由雌鸳鸯承担。当鸳鸯中的一只死了之后，没过多久，另一只便不甘寂寞另寻新欢了。

动物园里最痴心的原来是天鹅。"姿态优雅的天鹅总是出双入对，当它们的另一半去世后，它们就会变得郁郁寡欢，有的绝食殉情，有的撞墙自尽，甚至有的天鹅飞至高处，突然快速冲向湖水之中，跳水而死。"

世事因传说变得美丽，也因传说变得丑陋。名实相谬的动物还有很多，相思鸟并不相思，它们朝三暮四，经过几天的"恋爱"，就愉快地夫唱妇随，繁殖起后代来。彩蝶双飞不是爱，它们完成交配后，雌蝶会马上展翅高飞。当雄蝶腾空直追时，就已经到了"彻底决裂"的境地，情断义绝了。

遭人冤枉的是狼，残暴、邪恶、贪婪、丑陋，这样的概念可是根深蒂固的。然而人们对狼多年的研究观察已证明，狼的配偶关系，是所有动物中最稳固的。两只狼一旦交配成了夫妻，就会终身坚守这种关系，从此繁衍生息，生死与共，绝没有再另寻配偶的可能，即使一只狼死去了，另一只也终身不会再寻找新的伙伴。

曾经有一个关于狼的故事。雄狼掉进了猎人的陷阱无法逃脱，雌狼不肯离去，并且不断地为雄狼送来食物。天亮的时候猎人来了，雄狼为了让雌狼离开，凄厉地嚎叫着，果断地在陷阱里撞断自己的脖子。而雌狼却最终从它藏身的树林里走了出来，在冬天早上温暖的阳光下，迈着狼特有的那种优美的步伐，迎向了陷阱边猎人的枪口。这就是所谓"暴狼"的坚贞爱情。

　　鸳鸯愚弄了人们几千年，人们侮辱了狼几千年。很多时候，世事就是这样，觉得好的，不一定就是它的本来面目，而人类传说却不断地丑化、中伤别人，最终的结果是愚弄了自己。

　　因此，面对生活中的种种传说，信与不信，就看你用一种怎样的智慧了。

幸亏根没有眼睛

余俊

眼前的这棵细叶榕，像一个慈眉善目的老人，在跟我近距离接触，我们似乎彼此能够听得到对方心跳。它并不高大，也不粗壮，只有那嫩绿的新叶在春风细雨中茁壮成长。说它像老人，是因为树上垂挂着一根根苍老的细根，黝黑的，经历了年岁的磨炼直垂下来，虽然绝大部分最终没有够着地面就已衰老，成了树上的一道风景，甚至有人嘲笑着把它们打成了一条条死结。然而，我惊喜地看见每一条粗根竟然都有刚发出的细根，嫩黄色，那么执着与坚强，仿佛在用尽最后的气力向下爬去。

我理解它们，作为根，如果不在土地上汲取养料，扎根成长，又能做其他什么呢。当我再把眼光移到它们的脚下，我猛然间心里一阵抽动：天呀，这是谁的主意，竟然为了美化道路，用水泥路封住了榕树的四周，除了那头从地里冒出的粗根，其他的就算垂下来也无法亲近一点土地。那些还在自信生长的细根，它们的努力与艰辛都是徒劳的，因为下面就是死路一条。

如果根有了眼睛，一双明亮的眼睛，不知它看到此情此景会产生多大的心理障碍，不知它看着地下的水泥块还会不会渴望生长下去。

　　然而，幸亏根没有眼睛，它无法看到周围一切与想象中大不相同：不仅没有它生长的温床，而且还要忍受风霜雨雪的摧残；不仅无法得到安慰，还要遭到白眼。所有的努力在苍老，很多的向往在凋谢时，它全然不知，只有一个意念在支持它——伸下去，那里就是土地，就是梦寐以求的目标，就是希望与理想所在。

　　那些细小的生灵触动了我，它使我想到人生：一个人的历程也就像一条根那么短暂，为了身边的那棵大树，用尽一生的光阴伸展下去，扎好脚步，寻找土地。所不同的是，我们一直在睁大双眼，观看四周与环境，感知现实与理想的距离，在时空中偶尔退却、彷徨、无奈、悲哀甚至失去信心。双眼给了我们明亮，也给了我们迷茫。

　　幸亏根没有眼睛，幸亏我睁大眼睛也看到有那么一部分根弯弯曲曲，最终成功地扎入土地深处。

　　它在无声无息地告诉我：不要用眼睛走路，就像那根一样漠视所有，心中只有一个意念——伸下去，不管下面是不是土地！

香气是藏不住的

余俊

小区门口，每到夏天傍晚，就有一位种瓜大伯，推着一车的香瓜在那里摆卖。

如何挑选香瓜，大伯有绝活儿，正如他自己说的，他看一眼就知道其品种、成熟度、口感、施的是什么肥，瓜地前一年种的是什么，田间管理如何，瓜地杂草多少，是否沙土地，近期是否浇过水，是否喷过农药，等等。

听过他的介绍，大家都会放心地让他帮忙挑选瓜，每次都挑得让人满意。

一天晚上，我又来到他的小摊上买香瓜。我请大伯帮忙挑选。大伯借着昏暗的灯光，熟练地从一堆香瓜中拿出几个，又逐个凑近瓜的底部闻着。我好奇地问："你为什么这么挑选？"

大伯说："挑瓜先看表面。一般看那瓜是乳白色，说明它是在瓜苗上长大长熟的，这种瓜又甜又脆。如果是金黄色的，那种瓜一般是先落了地，经过太阳晒熟的，有充足的日照，这些瓜自然会甜。不过，现在光线不好，大伯的眼神也不太好，有时候也看不准，所以我还会凑近瓜底来闻瓜香。

"凑近瓜底闻瓜香，是最好的办法。香瓜的香虽然是在里面，外面也有厚厚的外皮包裹着，但是香气是藏不住的。你从瓜的底部闻闻，就能闻到一种自然的幽香从瓜瓤里透出。因为香瓜的种子周围裹着一层甜甜的、富含养分的黏液，这层黏液除了引诱鸟儿啄食种子外，也可以提供种子萌发时所需要的营养。通过闻出这种甜香，我们就可以准确地判断这个香瓜的成熟度。"

听着他的介绍，我赞赏地说："难怪大家都放心地让你帮忙挑选。你生意这么好，原来你懂得其中的奥妙。"

大伯说："瓜肯定有好有坏，帮别人挑选时我把握一个原则，就是人家信任我，我就一定要对得起这份信任，先给他选最好的。挑选得多了，时间长了，我也就悟出了其中的秘诀。记住，瓜香是藏不住的！另外，小伙子，记得回家之后，要把你认为最好的瓜先给你的爸爸妈妈吃，把最后的瓜留给自己。"

是呀，瓜香是藏不住的，这是一个多么直观而又深刻的道理。人何尝不是如此，内在的才华，执着的理想，高尚的情操，向上的品格，文明的举止，传统的美德，时代的精神，这些不就是人内在的香气，它会透过你的一点一滴、一言一行、一举一动散发出来，给人愉悦和享受。

因此，任何时候都不用担心别人不识你的香，而在于用时间和光照酝酿出属于自己的体香，为自己，为他人，也为这美好的世界！

唱好四首歌

余俊

人生如歌，你唱得哀怨，心中便会郁闷；你唱得激昂，你的胸中豪情满怀；你唱得缠绵，你就无法走出情感的困境；你唱得爽直，你眼前就是金光大道。

走向人生，当唱好《国际歌》，"从来都没有救世主"，只有靠自己奋斗。这世界上没人和你一样在意你，生命掌握在自己手上。如果自己都不救自己，没人能帮助你。有个故事讲的是：佛印禅师与苏东坡来到一个小庙，东坡看见观音菩萨手中握珠像在念着佛号，就问禅师："我们常拜观音，口中念着观音菩萨，可观音也在念佛。她到底在念着谁的名号呢？"禅师笑曰："她也在念自己的名号，因为求人不如求己啊！"

在人生的长途中，当高唱《义勇军进行曲》，不断地用号角呼唤自己"前进前进前进进"，拥有一颗坚强的心，坚持不懈地做，坚持到成功的那一天。正如曾经学业不良的丘吉尔在成功后的一次演讲中说道："我的成功秘诀有三个：第一是，决不放弃；第二是，决不，决不放弃；第三是，决不，决不，决不能放弃！"

在前途渺茫的时候，当唱响《敢问路在何方》，"敢问路在何方，路在脚下"。《西游记》的白龙马取经回来，很多想成功的驴马都去找白龙马，询问自己为何这样努力却一无所获。白龙马说："其实我去取经时，大家都没有闲着，甚至比我还忙还累，只不过我认准了方向，十万八千里走了来回，而你们却在磨坊原地踏步而已。"想来，人生何尝不是如此，方向比努力还重要，只有知道自己的目标是什么，瞄准了自己的目标，为你的终极目标而努力，就一定能到达成功的彼岸。

面对扑面而来的种种机会，当唱《好汉歌》，"该出手时就出手"。世界上有两种人，一是让机遇发生的人，二是看着机遇发生的人。机遇之光只照有心人。《道德经》云："故物或行或随，或嘘或吹，或强或羸，或挫或隳。"这是在告诉我们，任何一件事情的取舍，都要拿定主意，不能事到临头，还在那里犹豫不决，人就要有主见，该决断时就应当机立断。从来只有人去把握机会，没有机会去等某个人的。

讲起来，人这一生无论在怎样的境遇里，还得老老实实唱好这四首歌。

昭通三章

胡汉超

邂逅昭通

2019 年 11 月的一周送教之旅，让我喜欢上了这座建在山腰上的大关县城。这里山峦叠翠、云蒸雾绕，雄浑磅礴的乌蒙山时而撩开神秘的面纱欲说还休，时而苍翠欲滴，让浓情绿意与白练飞瀑一起从天而降。

从那时起，有个念头便在我心头挥之不去。那就是以后有到大关支教的机会，我一定要报名，得好好深度体验一下这"仙境生活"。

2020 年 6 月，单位转发了到大关支教的通知，服务期限有一个月和一年两种。我申请支教一年，结果被安排为一个月。

在桂花飘香的 8 月下旬，我再次踏上大关的土地。可能是因为脱贫攻坚有很多鲜活的故事有待挖掘，作为广东省作协会员的我，被安排到大关县扶贫办负责对外宣传和《脱贫攻坚大决战实录》编纂校对工作。

每天我都要经过飞流直下的银瀑，倾听跌宕轰鸣的岁月絮语，见证山水交融的生命传奇，在金桂、银桂、丹桂交替列队的回环坡街上往返。微微有些紧张的膝关节告诉我，这便是传说中的山民生活！

在桂花雨飘零的日子，我们一个月的支教期戛然而止。一个月的支教期，实在太短了，才刚刚起了个头儿，就要匆匆画上句号。

几经周折，中间仿佛经历过山车式的几起几落，我延长支教期至一年的愿望最终尘埃落定。

国庆假期结束的当晚，我再度飞回昭通。尽管第一次使用的新拉杆箱抵达时已伤痕累累，但想着能有机会赶上脱贫攻坚与乡村振兴有效衔接的第一趟班车，付出这点小代价也值得。

这次重返，我被留在中山驻昭通的广东省第六扶贫协作工作组。来时有点仓促，我忘记带上眼镜布。在租住的房子里，我发现卧室墙上的插座口外都带有三角弧形的凸出部分，试了几次，手机和手提电脑的充电器都无法插入充电。先到的支教同事说买个转换插头就可以给它们充电了。我想起 6 年前去菲律宾支教时，宿舍里也得插上转换插头，才能将插头的"菲律宾模式"转换成"中国模式"，才能给从国内带过去的电脑和手机充上电。

去到新天地购物广场，遇到一家光明眼镜店。我问店员眼镜布多少钱一块，店员问："你配眼镜不？"我说："我眼镜是好的，只买一块眼镜布。"店员说："那就送一块给你吧！"我有点不敢相信自己的耳朵，接着问她："三元钱够不？"她说："不收钱，就送你一块。"我还是半信半疑。一位讲普通话的顾客，到了个人生地不熟的地方，人家不"宰"你才怪呢，反正是一锤子买卖。咱又不是回头熟客，店家指望不了后续生意，干吗会白送呢？我打开微信准备扫码付款，店员连忙伸手挡住收款二维码。我这才相信人家说的是真的。

致谢后，我看见前方街道拐角处，有个公牛插座店的招牌，便走过去。到店后，我才发现店里不卖五金产品，卖大关月饼。

老板娘用当地方言说，原店主已搬到通往趣马门方向 30 米左右处。我接着往前走，果然看到一家悬挂公牛插座广告牌的五金店。门面不大，老板是个 30 多岁的男子。他问我要买啥，我说买个转换插头。看着他一脸茫然的样子，我连忙打开手机图库。幸好出发前，我将墙上带有三角弧形凸出部分的排插拍了下来。我指着照片给他看，说买个转换插头，插在这凸出部分上面，手机和手提电脑便可以通上电了。

老板说，你不用买转换插头也能充电的。我愕然地看着他，他伸出食指，指向那三角弧形凸出部分说，你只需拿个小刀插进这凸出部分，轻轻一撬，它就掉下来，你就可以充电了。不用时，再将它塞回原位，能起到防护作用。

我十分惊讶。想不到这墙上的插头更新换代这么快，自己都赶不上时代的趟儿了。更想不到的是，在这个物欲横流的时代，竟然在昭通城区遇到这么古道热肠的店主，放着送上门的钱不赚，还去给顾客"指点迷津"。

熟悉周边环境后，我开始乘坐公交车上下班。下班又不用赶时间，我经常选择步行回宿舍。好在路程不远，就三站路。我发现不少公园、市民广场、小区出入口、交通干道边的人行道上，还建有高矮不一的洗手台。洗手液、擦手纸和垃圾桶是标配，有的洗手台还配有镜子。昭通虽曾是国内贫困人口特别多的地级市，但城市建设还是很人性化的。洗手台花钱不多，却很便民。

一滴水里见太阳。在枫叶和银杏叶惹来人们纷纷驻足的金秋，在乌蒙山区最大的昭鲁坝子臂弯中，周末遥望省耕湖的音乐喷泉，看光影变幻中的喷泉和着音乐的节拍，扭着腰肢，摆动出光怪陆离的造型，时而高亢，时而轻柔，时而缄默，直让人惊呼今夕何夕。

当地人知道我的工作性质后，便马上接口说："你们是来帮我们的。"

为这座民风淳朴、有着人文关怀的城市，搭建东西部扶贫协作的桥梁，善莫大焉。即便是10月下旬，就要穿上羽绒服，我依然觉得来昭通帮扶实为此生之幸。

烟火昭通

来到昭通城区工作已逾两月。每天都要踩着钢琴琴键般的加厚版水泥镶边楼梯上到5楼，开始扶贫协作工作。住的地方步行单程要35分钟，坐公交车尽管只有3站路，但等待时间较长，有时要等20多分钟。买了枕头和太空被，我中午就在办公室休息。

午饭后，我在单位门前的罗炳辉广场溜达几圈，才回办公室午休。时间久了，这不大的广场也熟稔了。

瓦红的名人墙，镶着一溜儿昭通籍名人头像。从春秋时期的望帝杜宇，到"云南王"龙云和宣布云南和平起义的卢汉，再到一代国学大师姜亮夫，他们比邻相望，诉说着这座城市的前世今生。头像旁边的说明文字凹槽里，没有嵌色，看起来有些吃力。

看过几次名人墙后，我想换换口味，去探寻这座城市的"毛细血管"。我顺着门前的崇义街，一路往左，经过仿古建筑的步行街，两旁店铺多以服装店为主，还有些手机配件店。路中间有卖苹果、烤洋芋的商贩，或挑着担子，或推着推车。

经过一家"膜族"手机配件店，左拐上个斜坡，便进了一条挑水巷。刚刚还平整的街砖被切换成有些凹凸的街砖。巷口是几家米线店或冒菜店。店内摆放着几个座位，临门或装着面条、米粉的袋子，或分层陈列着木耳、菠菜、丸子、猪血、香肠等自助食材。

问了店家，说这种带有自助餐性质的冒菜每份起步价8元。几位俊男靓女拿着筷子，在玻璃隔层中捡拾自己心仪的食材。炉上有着两口咕嘟咕嘟冒着热气的大锅，厨娘手提着装满客人自选菜的竹篓，在锅里一提一放，速度快慢有度，直到竹篓里的菜"冒"熟后，便迅速地倒进碗里，再舀上一勺香浓的汤汁和鲜亮的红油，一股浓郁的麻辣鲜香味便四处飘散开来，撞击着过往行人的味蕾。

再往前走，在一个旧书摊边，小巷分成两条岔道。看到右道边上几家店铺挂着"专业代写"的广告牌，我感到有些好奇，便择右前行。靠近一看，这专业代写的业务还很丰富的，有专业代写祭文、庚书、申请、合同、协议、诉状、控告、举报、答辩等，就连书信也在"专业代写"之列。有的店家横幅上代书的范围还有申辩、复议、约定、论文、取名、答辩状、祝寿词、哀悼词、择吉期、质证意见、辩论意见、陈述材料、宗亲家谱等。这些广告牌可谓是穿越古今，代写内容也五花八门。

代写店往前，是几家农用铁器店。一位系着围裙、戴着套袖的中年男店主如打坐状，盘坐在一溜儿铁器中间，手里拿着不知啥印刷品在看。他坐在类似于我老家安庆乡下冬天常见的火桶中烘火，膝盖以下被一件旧棉袄围住。在他周围平放着火钳、菜刀、牙锄、抹子、钉锤等器具，还有好多我没见到过的劳动工具。

店主头顶铁丝上还悬着一些铁链子、鼠笼子、杆秤等物件。铺虽小，但立体空间都被充分利用起来了。店主就在五行八作使用的铁器包围中露出上半身。这景象，让我一下子穿越到 20 世纪 80 年代家乡繁盛时期的小镇，农家用品啥都能买到，真的有点恍若隔世。

想不到这样一条挑水巷还能与市政府大院比邻而居，且相安无事。小巷与现代生活近在咫尺，毫无违和感。就这样守望着，烟火着，市井着，乡愁着。

走出巷口，到了和我老家安庆一条街道同名的北正街，右行便是一个辕门口广场，广场不大，南侧有个牌坊，朝向广场这面坊额上书"得天独厚"四个大字，朝向南陞街那面坊额上书"人杰地灵"四个大字。

广场中间偏北有个"共赴国难"的石雕，石雕基座周围分县（市、区）镌刻着民主革命军第六十军昭通籍阵亡将士名单。名单密密麻麻，可见昭通当年为抗战牺牲巨大。广场东北侧是大门紧闭的昭通镇署衙门。沿着云兴街，途经昭阳区古城恢复建设指挥部，往东走便是新建的抚镇门城楼。

回到作为新华书店分店的钟楼，沿着北正街北行，看到一家店铺前有位中年妇女，正在街边神情专注地纳着鞋底，全然不理会南来北往的人流车流，仿佛这一切都和她无关。她只想将脚底的温暖缝入这一针一线中。想不到这定格在岁月深处的画面，此时竟与我撞个满怀。

拐进一条无名巷子，经过一家"专业西服""专业修改衣服"的裁缝店，门口放着老款缝纫机，门边自制衣架上挂着两件手工制作的西服和中山装。在工业化生产已无孔不入的当下，这些小巷裁缝师傅还在做着最后的坚守，不知道他们还能守多久。

再往前蜿蜒蛇行 20 多米，就看到门额上刻有"昭通市衡器厂"的一栋二层旧楼，楼门已锁。我推开门环缝隙，发现里面空空如也。门前右侧方形石碑上写着"广东会馆"。会馆系昭阳区政府重点文物保护单位。会馆建于清乾隆年间，木架结构，单檐硬山顶，板瓦屋面，筒瓦屋脊。这是个由正殿、配殿、前殿、厢房、戏台组成的四合院。奈何年久失修，现已成为危房。我这新广东人驻足门前，也无法入门寻找当年粤商沿着茶马古道演绎南方丝绸之路商海传奇的岁月痕迹。

沿着崇义街、挑水巷、云兴街、北正街，终点再回到起点，走过昭通这座城市的千年文脉。从朱提到乌蒙山，再到如今的昭通，那岁月深处的茶马古道上马蹄声声，依旧在挑水巷里的麻石街砖上回荡着。这人间烟火，这市井生活，安放着不曾远去的乡愁，温暖着一位客居于此的新广东人的记忆。

难舍昭通

2020 年 10 月 8 日晚，我结束在大关县的一个月支教扶贫期，来到昭通市主城区昭阳区，接续为期一年的支教扶贫生活。

在满城尽披银杏黄的时节，我开始往返于省耕山水小区与崇义街工作地点。昭通古城中，几排青砖商铺方方正正，鳞次栉比又素颜朝天，散发着浓浓的烟火气息，让我对这座云贵川三省交界的"苹果之城"一见如故。

次年元月的一个夜晚，有些寒意袭人。我在饭堂吃完晚饭后，步行返回宿舍。穿过北正街，途经环城北路南方电网公司宿舍大门右侧，昏暗的灯光很难穿过绿化树浓密的叶冠，在马路牙子上留下大片的黑影。门口第一个窨井盖有些松动，我毫无防备一脚踩空，掉了进去。我第一时间本能地用手撑在井盖两侧边缘，谁知翻起的井盖迅速向右一弹，将我的双腿牢牢卡住，我动弹不得，只能"撑以待援"。

在我热切盼望的眼神中，一对情侣走近了我。我马上请那位帅哥帮忙，让他向左压住弹起的井盖，好露出些缝隙，让我的双腿得以抽出。

出了南京彭宇案后，当时我担心自己的呼救会碰壁。谁知那对情侣并未绕道，小伙急忙伸手压住井盖左侧边缘，我从窨井里抽腿而出。姑娘还问我伤得重不重，我说应该是皮外伤，没大碍。

道谢后，我立马在微信好友中找到市政府的一位副秘书长。我在对话框给他留言，请他尽快通知市政部门来给这个窨井盖加个护垫，我刚踩空掉进去了。幸有路人将我拉上来。小伙放下盖后，我踩了几下，发现还会翻立，便让井盖保持竖立状态，还能提示过往群众，别重蹈我的覆辙。我还发了地址定位、竖立的窨井盖及附近的路牌照片给他。

他很快在回复中表示歉意，问我伤得严不严重。我说，刚才忘了发这张图片，那个"坑"人的窨井盖在英才商务酒店对面往洲豪酒店方向走五六米的人行道上。因为旁边的南方电网公司宿舍大门上没挂单位名称招牌，马路斜对面正好有家英才商务酒店。我将英才酒店照片也发了过去。

回到宿舍，我才发现裤脚沾满泥污，右边的鞋子已被剐破。卷起厚厚的裤脚，我发现左腿有些擦伤，右腿有点淤青。我将照片也发给了报社记者，看看能不能借报纸一角让市政部门尽快来善后。记者说糟糕的市政设施让我受苦了。我又给副秘书长回复，两腿有些擦伤，已经万幸了，谢谢关心！他回复说，非常歉意，已安排马上处理。我将"挂彩"照片发给同事，同事问我严重不，还发来保佑的表情包，让我以后走路离窨井盖远点。一会儿副组长也打来电话询问我的伤情。

想不到我在他乡一次不经意的"失足"，不仅得到热心路人的援助，还引来这么多朋友同事的关心关怀，让我感到很暖心，早已淡忘了隐隐的伤痛。

第二天上午，去加班途中，我在那个窨井盖跟前停下来，用脚踩了几下，发现它不再翻动了。显然已被处理过，尽管有些不平整。至少行人不会掉进去了。

过了几天，依然是傍晚，瑟瑟冬风中行人将手塞进口袋里，踽踽而行。我途经环北小区 37 号，发现院门右侧内凹处，一位环卫阿姨围着围巾，双手插袋蜷缩其中避寒。都快七点半了，这位阿姨也实在敬业了吧。

我刚拿出手机，便感觉到手瞬间变得冰冷。我准备拍下这感人场景，让市民知道，哪怕华灯已上、寒气逼人，清洁工阿姨仍坚守岗位、默默付出，守护昭通城区马路的清洁。她见我拍照，慌忙起身，拿起扫帚在已很干净的马路牙子上扫起来。

这条川流不息的街道，每天都会有感人的瞬间出现。

正月十二，早上步行上班途中，我在洲豪酒店路口，遇到一位大叔，约莫七十多岁，推着一辆载重单车，左右竹筐内装满大白菜，高出筐口一大截，估计有百八十斤。往前正好是个斜坡，老人佝偻着身子，纤夫般用脚抵住地面，以免车子溜滑，行进十分艰难。这让我不由得想起六千里外的老父，他已是肺癌晚期，此时正躺在安庆市立医院呼吸危重症科病床上。我赶紧上前，扶住大叔车龙头右把手，和他并行到目的地才停下。大叔轻松了些，在他致谢的笑容中，我仿佛看到父亲久违的舒缓神情。

那天，我收到昭通日报社寄来的汇款单。中午在市政府饭堂吃饭时，获知清官亭公园正门斜对面的邮局离这最近。午饭后，我直奔过去，工作人员让我明天过去，说系统今天在维护。我拿起柜台上的手机塞入左边口袋，发现口袋里居然还有个手机。我将两部手机并排放在柜台上，发现两者外形尺寸都差不多，就连侧边皮套颜色都是相同的黑色。我摁住左边手机右侧摁键，发现屏幕背景是位美少女。显然这手机不是我的。我摁开右边手机背景，果然是我跟儿子的合照。

我将左边手机交给工作人员，说这是我刚捡到的。她将手机交给大堂经理。我有点不放心，担心大堂经理不及时寻找失主。谁知这位马大哈的失主连开机密码都没设，她很快在手机通信录里找到失主儿子，用他爸落在邮局柜台上的手机打过去，让他尽快来取走。我这才放心地离开邮局，尽管明天还要来一趟，心里还是觉得此行很值得。

一晃，我在昭通城区待了半年多。其间，我以中山民进会员的身份，写了三件"编外提案"。其中有一件被昭通民进作为集体提案提交2021年的昭通政协大会提案委。

2021年年初，上级部门将全国东西部协作结对省市进行了调整。上海市与云南省结对协作，广东省分别与贵州省、广西壮族自治区结对协作。中山所在的广东省第六扶贫协作工作组从昭通撤出，移往贵州六盘水开展东西部协作工作。

银杏树开始泛绿，杜鹃花已凋零，在刚刚过去的人间最美四月天，是我们挥手告别昭通的日子。别了，昭通；别了，昭鲁坝子；别了，盐大永绥四县。我会在乌蒙山东麓深情地凝望山那边，默默地祝福那里淳朴善良的人民日子越过越好！

龙腾东方再昂首

胡汉超

2014年6月12日，对我而言，是个值得终生铭记的日子。这一天，我接受国侨办的选派，告别下半年上初三的儿子，带上治疗贫血症的药物，前往时称"亚洲绑架之都"的马尼拉，到粤侨兴办的马尼拉爱国中学支教，为当地华人华侨子弟教授中文，传播中华文化。

靠近飞机舷窗，下面错落有致、高楼林立的粤港澳湾区城市群已远去。越过浩瀚的南中国海，飞临马尼拉上空俯瞰下方，杂乱无章，铁皮屋顶的低矮楼房比比皆是。

这一去，就是两年。

刚到马尼拉，我充分感受到"亚洲绑架之都"的称号并非浪得虚名。学校保安都佩带真枪；学校附近金饰店店门两侧，站着两位手持长柄步枪的保安，他们时刻用警惕的眼神扫视着每位路过者和进店者。就连超市里浓妆艳抹的女保安，腰间都被手枪和警棍环绕。怪不得我们华校陈校长在给中国支教老师接风时告诫我们，上街要做到"四不"，即不独自一人上街，上街不戴首饰，不当街拨打手机，在街上若财物被人抢去不要去追。

果不其然，学校有位女英文老师一次下班途中，乘坐当地常见的"吉普尼"私营公交车时，亲眼见到歹徒将枪顶在一位男乘客头上，让他掏出手机遭拒，立马一枪使其爆头。她第二天上班谈起此事，还是后怕不已。

和国内相比，菲律宾不光治安差，基础设施也不好。记得2015年9月30日下午，我们几位中国支教老师被告知要去菲律宾国际会议中心，参加中国驻菲律宾大使馆和菲华各界联合会举办的庆祝中华人民共和国成立六十六周年晚宴。校长让我们正装出席，我一放学就洗了澡，换上干净衬衫和裤子。当天早上，台风尾巴刚过，原以为，已停雨一个白天，现在该没了积水吧。谁知一出校门，就看到小车、三轮车都降速了，车轮分出的两道长长水痕呈"人"字形，向车后轮两侧分开。

校车不敢开到地势较低的学校门口，我们只好折身回校内宿舍，带上一个塑料袋，塞入毛巾。然后个个卷起裤脚，将袜子和皮鞋放进塑料袋，深一脚浅一脚地蹚着水，行进在马尼拉中国城曲折蜿蜒的街巷中，向停在高处的校车靠拢。街道两旁电线杆被电线、光缆五花大绑，它们缠绕得如一团乱麻，都没蜘蛛网那么有规则。国内多数城市早已将这些线缆埋入地下，市容市貌要比马尼拉整洁多了。

平时只要四十分钟的车程，那次抵达宴会场竟花掉两个小时。上车后，大家拿毛巾擦干腿脚上的水，才穿上鞋袜。马尼拉作为菲律宾首都，不光基础设施乏善可陈，市民的公德意识也不敢恭维。本是台风多发之地，容量有限的下水道该被市民呵护有加才对。去附近阿郎街市场买菜时，我时常见到小商贩将剩菜叶、包装袋等杂物，往下水道钢格栅缝隙里扫。怪不得市场门口，积水最深。

不光下水道成为生活垃圾的收容所，一些内河涌更成了生活垃圾的天然储存场。距离中正学院很近的一条河涌，上面横七竖八地搭满违建的低矮木棚，这该是一处贫民窟。大人进进出出都要低着头，下面的河水黑得发臭，差不多被厚厚的塑料袋、泡沫饭盒等一次性生活用品填满，那白白厚厚的"泡沫盒毯"，在热带猛烈阳光的直射下，白得格外刺眼，与缝隙里黑臭的河水形成极大反差。市政部门打捞队的工作效率，似乎永远赶不上市民乱扔的速度。菲国政府部门的办事效率，普遍要比国内慢几拍。

马尼拉中国城缺少公共厕所，这些河涌成了当地菲律宾男人理想的小便池。我曾亲眼目睹一位菲律宾男子，屁股对着人行道，在护栏和河涌的缝隙，若无其事地飞泻一阵"尿瀑"。还有一次，前往菲律宾商联总会参加培训途中，我看到一位菲律宾大姐走到下水道钢格栅口，押开肥裙两侧，形成一个大布罩子，然后蹲下来，估摸是在"偷排"小便。我差点儿惊掉下巴，而她脸上没有丝毫羞赧之色。

在菲支教两年，正值阿基诺三世执政，中菲关系进入低谷。仅有的一次外出旅游，是跟校车去了大雅台。路上华人总务主任说目的地风光如何了得。抵达后，校车差不多开到山顶。山顶有个菠萝造型的大水泥球，中间露出两人宽的缝隙，旁边有个电视台发射塔，对外不开放。顺阶往下，是个纪念品店。放眼远望，一个小湖躺在群山怀抱中，倒有几分湖光山色。若放在国内，该适度增加一些人造景点，方不负游人的美好期待。

1946—1965 年，独立后的菲律宾进入经济发展的"黄金时代"，人均国民生产总值在亚洲仅次于日本，居第二位，堪称"亚洲明珠"。那时马尼拉有"小纽约"之称，就连亚洲开发银行总部都设在马尼拉。到了马科斯执政后期，政治腐败，贪污盛行，贫富悬殊，经济萧条，昔日的"亚洲明珠"黯然失色，至今仍起色不大。

相反，与之一水之隔的中国，七十年来，从站起来，到富起来，再到现在强起来，一直蒸蒸日上，无论是基础设施，还是国民素质都让世界为之侧目。进入新时代的中国，发出共建"一带一路"倡议，让包括菲律宾在内的沿线国家，搭上中国这条东方巨龙发展的顺风车，朝着人类命运共同体的美好愿景迈进。

很荣幸，我成为中山火炬区有史以来第一位外派支教老师。在菲律宾支教期间，遇到祖籍中山火炬区黎村的潘丽娴大姐。她是菲律宾中山同乡会副秘书长，待人很热情，遇到菲律宾中山同乡会或菲律宾广东侨团总会举行活动，都会邀请我去参加，还推举我为菲律宾中山同乡会文教委员。希望潘大姐回祖籍国看看，感受到位于粤港澳大湾区的黎村、火炬区乃至中山市发生的巨大变化，见证祖籍国的沧桑巨变，作为海外炎黄子孙体会到那种发自内心的豪迈之情。潘大姐，我在中山火炬区等候您全家归宁！

传递火炬的力量

胡汉超

2004年夏天，我告别长江下游北岸那个小镇，举家搬迁到珠江口西岸那个热情似火的高新区，开启了人生第二个征程。

在这块敢为天下先的热土上，我与来自五湖四海的同事和邻居共同擎起熊熊燃烧的火炬，将事业和生活经营得有声有色。如今的伶仃洋不再弹奏孤寂落寞的曲调，新时代大湾区同频共振绘就的恢宏画卷已惊艳世界。

2014年夏天，我不顾贫血症还没痊愈，带上药物，接受国务院侨办的派遣，沿着伶仃洋奔流的方向，来到一水之隔的"千岛之国"菲律宾，在粤侨兴办的爱国中学支教。尽管每周要上二十多节课，工作量是国内的两倍，只想着能向当地的华人华侨子弟多传授一点中华文化，一学年结束后我没有因累退回，反而应华校之邀，还将支教时间延长至两年。

闲暇时间，我积极参加菲律宾中山同乡会活动。看到我的粤语水平不高，老华侨们便转而用普通话和我交流。让身在异国他乡的我感受到来自第二故乡亲人的温暖，我的思乡之情也随风消散。看着他们传阅从国内寄来的《中山侨刊》《东镇侨刊》，尤其遇到我发表在上面的同乡会活动新闻稿时，那股兴奋之情让我倍感欣慰。尽管天各一方，中山海外乡亲翻开"集体家书"时的那份虔诚，让我感同身受。看到自己参加活动的照片被配在文字中间，再看到作者就是坐在他们身边的我时，祖籍火炬区黎村的潘丽娴等老华侨禁不住伸出大拇指。我心里乐开了花。

来到火炬开发区，我被这里浓厚的志愿者文化所感染。总想着施比受更好，能为社会做点额外贡献才不负这个时代。

2020年，新冠疫情暴发之初，我不顾即将踏入天命之年门槛，主动顶替了一位年轻同事，去区内重点路段做联合检疫工作，协助进行交通管制，完成引导车辆、询问信息、测量体温、登记放行等工作。2月16日晚寒潮来袭，中山最低气温仅7℃，出现了7级最大阵风。狂风拍打着执勤棚顶啪啪作响，暴雨在狂风的裹挟下，冲进执勤棚，路面迅速形成积水，鞋子很快浸湿，冰冷的寒意蔓延至全身。想着要为火炬区抗疫工作做一点贡献，我仍坚持到凌晨3时换岗时刻。

我还主动联系到中山好人工作室，获取了一批爱心护目罩，先后捐赠给火炬区公安分局、区教育事务指导中心、区一中、区中智药房、石岐区社区卫生服务中心等单位，为广大抗疫一线人员提供安全保障。

次年暑假，中山进入创文攻坚阶段。我走入中山港社区七八个小区，入户宣传创文工作的非凡意义，回收调查问卷；来到街头巷尾，清洁环境；踏入得能湖公园，为游客提供景点介绍、维护秩序、保洁环境等志愿服务。

8月28日，我几经辗转，来到一千多公里外的云南省乌蒙山区的大关县，开启第二次支教模式。2016年，大关县被列为火炬区牵头的东西部协作发展的扶贫对象。2019年，我参加学校组织的送教一周活动，对这个"卧在山腰上"的县城留有深刻印象，感受到全县师生对优质教育的渴求，这一切让我铭记在心。

　　一周的送教期实在太短，我想到大关支教更久一些。有空走遍大关的山山水水，去体验毛主席笔下"乌蒙磅礴走泥丸"的那份豪情。能赶上国家扶贫攻坚的末班车，与大关的新同事共事同行，将爱的火炬点亮乌蒙山区的天空，真的很幸运，也很欣慰。

　　因为太爱脚下的这块滚烫的热土，我觉得再怎么用心去呵护都值得，都不为过。即便是自己的星星之火不够炽烈，我依然愿意将它传递下去，汇聚成强大的火炬力量。

得能湖三题

阿树

爱莲

2009 年夏天，我出差路过中山火炬开发区得能湖，从车窗望去，窗外是满湖莲叶随风起舞，碧如绿浪。想不到在高楼林立的城市间有这么一个小镇，有这么一湖碧荷。这让我对火炬开发区不由得心生向往。

2011 年年底，我如愿来到开发区工作。闲暇，我喜欢到得能湖散步，因为，这里的莲，总是让人惦念。

春来，蛙鸣阵阵，在细雨春阳中，莲叶探角，嫩如小娃娃的手指，拂春风而生长。

夏时，莲叶如盖，挨挨挤挤，晨露凝结叶上，宛如星子，映日生辉。叶间的莲花，是趁人们不留神一夜间冒出来的，含苞者羞涩，怒放者张扬。烈日如火，莲花的美，让夏日生凉，使蝉鸣生韵。

秋冬，霜气逼近，莲叶枯卷，枝干消瘦，莲们在夏天绚烂之后，归于安寂。看似形如枯槁，实为收蓄，叶茎浮沉于水中，归于水土，蓄势安养，以待春风。

我乐于和这满湖的莲感受四季寒暑流转，冷暖交织；莲们用无声的姿态生生不息，不妖不染，亦乐于与我倾吐心音。

一年又一年，莲如友人。

钓者

得能湖的水边，常坐有几个沐风浴阳的钓鱼人。

我曾遇一花甲老者，无论寒暑，常常一早就持竿备椅，端坐湖边垂钓。老人性情随和，和谁都能聊两句。

"大爷，渔获如何？"

"天热，在水边乘凉，有鱼没鱼无所谓的。"

"大爷，这么早，不怕冷？"

"天冷小鱼不闹。"

有一次，我发现老人钓上来的都是一些小鱼，他钓上一条，又放回湖中，钓上一条，又放回湖中。

我心生好奇："大爷，是不是嫌这鱼儿太小了，不想要？"

老人微微笑了一下，此时，水中的浮标猛地一沉，老人没有来得及回答我，他熟练地一抽竿，很沉！鱼竿都成了弯弓！水中的大鱼在往荷杆密处冲，老人沉着弓着鱼，大鱼几次用蛮力冲击，都被老人像打太极似的操作巧妙地化解了。斗了近十分钟，大鱼没了力气，浮出了水面，侧翻了——是一条大鲤鱼！大鱼终于被老人征服了。老人用抄网小心地把这大家伙抄了上岸，估计有七八斤重，老人小心地摘下了鱼钩。鲤鱼挺着大肚子，翕合着嘴巴，像在喘气，一旁的路人见了纷纷过来围观赞叹。

却见老人双手抱着鱼，向湖边走去，"咚"的一声，他把大鲤鱼也放回了湖中。

一旁围观的众人不解其意，惊叫着："怎么这么大的鱼都放了？"

"钓到大鱼都不要，这老头儿太傻了！"

"这条鲤鱼肚子这么大，里面全是鱼子，是条母鱼，放了。"老人笑了笑，看了看腕上的老式手表，开始收拾钓具进渔包，在众人的目光中，离开了湖边。

老人远去的身影，悠然，从容。

乒乓

得能湖畔有足球场、篮球场、羽毛球场……打球健身的人可真不少。喜欢乒乓球的人们，在这里挥拍切磋，银球飞舞，痛快淋漓，不亦乐乎。

我常见到一个父亲带着七岁左右的男孩到这儿打球，那父亲从教孩子握拍、发球开始，总是轻声细语，耐心十足。男孩很快掌握了乒乓球的基本要领，挥拍起来越来越有力量，还学会了杀球，左旋，右旋，侧旋，防守反击……

男孩总想把父亲打败，那父亲却总能接住孩子的扣杀，在险中把球救起。男孩越打越起劲，球技也进步得飞快。一年后的一天，男孩把那位父亲打得落花流水，他乐得手舞足蹈。也许随着年龄的增长，他会明白：他的进步，是父亲在喂球给他，托着他，给了他"打败"父亲的信心。

每天早上，我还见到一对头发花白的老人来打球，老大爷喜欢防守，老太太喜欢进攻，乒乒乓乓，你来我往，打得娴熟，根本不像是两个老人在打球。

不少路人惊叹的是他们的球技，我却瞥见老太太偶尔漏球没接住或是球被打飞时，老大爷总是一路小跑去捡球，即便是球掉在老太太那一端。

有路人问："老大爷，怎么总是你去捡球啊？"

"我老伴儿腿脚不好，我捡球方便一点。"

这老爷子真贴心，老太太真有福！我心里升起一股羡慕之情。

得能湖畔，曲径回环，树木成荫，清风徐来，荷香幽微，人们在这里散步健身，是个美好的去处。

这也许是我喜欢这个小镇的原因吧。

大城小事

阿树

白云自由地飘着，天空是湛蓝的，天空下是一座美丽的城，叫中山。

一、甜玉米飘香

2008 年 5 月。中山兴中道。微风吹拂。

一阵甜玉米的清香随风飘来，一位妇女推着一辆卖甜玉米的三轮车，在沿街叫卖。

新近，人们赶着尝鲜似的，对这飘香的甜玉米也挺感兴趣，所以生意不错。整锅的甜玉米卖得就剩下一个了，那是她特意留下的。她把锅盖上，擦擦脸上的汗水，拍拍身上的烟尘，推着车子向学校方向走去——她要去接女儿。

一个扎着小辫子的小女孩出了校门，蹦蹦跳跳来到她身旁："妈妈，今天老师奖了我三朵小红花！"

"还是我的乖女儿棒！走，妈今天带你去吃肯……那什么鸡来着？"

"妈，那叫肯德基，嘻嘻。"

"对对对，用嘴啃的，是叫'啃的鸡'。"

"妈，肯德基挺贵的，我还是不吃了。"小女孩摇着头，头上的小辫子也跟着晃了晃。

"你今天得了小红花，多高兴的事啊。走，上来吧！"说罢，她把女儿一把抱上了三轮车："坐稳，走了！吃'啃的鸡'去！"

母女俩来到假日广场肯德基店门口，人真多。广场的大屏幕上播放着新闻，四川地震了，一群穿着雪白T恤衫的志愿者忙碌着。

"妈，那边穿着雪白T恤衫的哥哥姐姐在干吗呢？"

"他们在为汶川地震灾区做募捐呢。"

"妈，我还是不吃肯德基了。"

"为什么？"

"我们把买肯德基的钱捐给地震灾区好不好？"

"你真的不馋了？"其实，她知道女儿老早就想吃这个"啃的鸡"了，上次还闹呢。

"不馋，真的。"孩子抿了抿嘴。

"那妈妈想吃啊！"她故意考验一下女儿。女儿正抬头看大屏幕上放的新闻，正放着一幅幅让人心痛的画面，今天女儿在学校一定听老师讲了地震灾区的事……

"那……就给你买一个鸡翅吧，我不吃了。"孩子看了看妈妈，咽了咽口水。

"哈哈，你不馋嘴，妈也不馋了！"

……………

她们向那穿着雪白T恤衫的志愿者们走去，把一份小小的心意投进去……

"听听，你的肚子咕咕叫了，看，我还留了个什么给你？"她将那个准备好了的甜玉米递给了女儿。

"哈，妈妈真好！我最喜欢吃的甜玉米！"孩子接过甜玉米大口大口地啃了起来。望着脸上沾着玉米屑的女儿，她略显疲惫的脸上露出了幸福的笑容。

她凑近了小女孩的脸，甜甜地亲了一口。

哦，甜玉米飘着清香……

二、菜市场里的笛声

我到东区工作后，在这边住下，所以经常去库充菜市场买菜。这市场的菜不错，多，鲜，不贵。

我记得第一次到库充菜市场买菜，卖菜和买菜的人都挺多，市场很热闹，讨价还价，各种声音都有。我还听到了笛声。

笛声？是的。

有人在市场吹笛。笛声不远，从卖蔬菜的区域传来，时有时无，若隐若现，但听着很有韵律感。嗬，吹笛的人是谁呢？

我的脚步循着笛声而去。

在一个卖西红柿和青瓜的摊档不远处，我停下了脚步。吹笛人是那摊档的主人——一个上了些年纪的阿姨，她短黑的头发中间夹杂些银丝，面容祥和。这时正有人在档口买瓜，称完，收钱，找钱，忙碌了一阵，闲下来了，她持一支素色竹笛，横在唇边，悠然自得地吹了起来。

一阵悦耳的声音随之传出，是《一剪梅》，一首很久没听到的曲子，声调和谐，滑音、颤音动人。她吹得很投入，笛身上的手指如几个小精灵在活泼地跃动，似乎有点物我两忘，但又不像——有人来买菜，她的笛声会戛然而止。

"老板娘，这青瓜怎么卖？"

"一块五，早上进的，水灵灵的，新鲜！"

呵呵，吹笛和做生意两不误，这是不是另外一种境界？

我也乘着间隙走过去，称了两根大的，一斤余。我一边付钱一边搭讪："刚才听您吹笛子了，好听。"

"吹着玩而已。小伙子你也喜欢笛子？"

"平时有空也吹着玩，喜欢。"

"那就好。我年轻时……"这时，一位白领女士过来买西红柿。又来几个人……

"您忙，我要回家做饭了……"阿姨今天生意不错，我先告辞了。

……………

之后买菜，总会听到那阿姨的笛声，我时常光顾她的菜档，和她聊几句。她笑容可掬，很和善。有次她竟笑问我有对象没有，要给我介绍对象什么的……呵呵，她是个热心的人。

买菜的人们在物色自己喜欢的菜，菜老板们在招呼着各自的生意，他们习惯了这笛声。遂想起一句话：大音希声，大象无形。

这市场里的笛声是不是也算一种有趣的菜？

三、憨憨的笑

天色暮，华灯初上。

我乘坐 6 路公交车回家。在一个巴士站上来一位携着一个小女孩的外国妇人，她有点慌忙地投币后，抱着孩子在我前方相隔稍远的一个座位坐下，琥珀似的眼睛带着异国色彩，像是一个东南亚人。

车开了不一会儿，那妇人的眼睛不时焦急地看看车窗外。她向身边一位阿婆问询什么，讲的不知是哪国语言。

那阿婆一脸懵之后，呵呵笑着说我老人家听不明白你讲什么。

情急之下，她开始连比带画地向旁边的几个人问询，她比画得很投入，却无济于事，可能是正巧旁边的那几位都听不懂。她显得有些急了，眼睛里除了焦急又多了一分无奈。怀里的小女孩紧紧地拽着母亲的手指，噘着嘴，用大大的眼睛看着车内的乘客。

6路车是无人售票车，她一定是在问下车地点，我离她有些远，想过去帮她，可现在人多车挤，我要不要挤过去帮帮她？正思量着，这时，我前面一个胖胖的老伯站了起来，他向拥挤的人们借了借道，挤到了那外国妇人跟前。

我心想：这老伯反应比我快一步啊！他还会外语？

没想到，老伯也不会外语——他做了一个打手机的手势，外国妇人立刻领会了，掏出手机拨通了一个号码，说了几句后把手机递给了老伯，他接过边听着对方说着，边点头："嗯，我帮着提醒你这位外国朋友是在长江路口下车，明白了。"

他说着中山口音的粤语，嗓门儿挺大——隔几个座位都能听到。

老伯挂了手机后，让司机在长江路口提醒外国妇人，司机点头了。事情解决了，阿伯把手机还给妇人时，外国妇人一脸的感激，如释重负地笑着说："Thank you！ Thank you！"

"嗯……No Thank you！ No Thank you！"阿伯脸上是憨憨的笑。

这一句很强的中式英语让我扑哧一笑，外国母女和车上好几个人也扑哧一笑。不过，这笑容映着这城市的夜景，很美。

现代的高楼，典雅的旧居，可爱的人们；洁净的街道，车水马龙，绿树成荫，花儿常年次第开放……这是伟人的故里——中山。这里大街小巷都洋溢着和谐，充满着活力，人们在这里快乐地生活着，工作着。

我曾漂泊了不少城市，来到这座城已三年了。现在想想，这是一座我喜欢的城。

感动火炬的人民教师

周锦文

沿着中华上下五千年孔孟之道的儒家之路，体会着"仁、义、礼、智、信、恕、忠、孝、悌"的儒家思想，我闭目遐思：师者，在古老的华夏大地上，究竟演绎着怎样的传奇故事。

从夫子、博士到先生、教谕、学究，乃至于今天的园丁、春蚕、蜡烛、人梯。变迁的时代，也无法让"诲人不倦"的师者本性泯灭。孔子的"弟子三千贤人七十二"，让我们感受到师者桃李满天下的骄傲；水镜先生司马徽的"卧龙、凤雏，两人得一，可安天下"；让我们体会到师者无与伦比的价值；陶行知的"捧出一颗心来，不带半根草去"，让我们明白了师者"吃的是草，挤出来的是奶"的奉献；而如今，感动火炬人民的那些人民教师，则让我们读懂了"春蚕到死丝方尽，蜡炬成灰泪始干"的真谛。

一位教师，一根拐杖，一支粉笔，一心为了孩子，即使身患红斑狼疮却一直与病魔抗争并坚守三尺讲台的一名英雄——她，就是火炬区教育名师陈丽副校长。从她步入讲坛的那一刻起，她就把自己的全部身心奉献给了教育事业。正当她在自己的园地享受从教之乐，享受师者之尊时，2010年却被查出患上了红斑狼疮，为此她得不断地接受检查与治疗，心里却始终放心不下经常抱着她的那群孩子。魂牵梦绕的滋味，让她在与病魔抗争的同时，她再度回到了课堂。然后让她和孩子们接受不了的是，本以为接受一段时间治疗，就能全心重返教坛时，却又因为服用了大量的激素而导致其他一些恶性反应，她全身浮肿，极易劳累……即便这样，她还是放心不下她的"孩子"，于是校园中多了一道独特的风景：办公室、廊道里、课桌旁，总能看到病情稍好一点的陈副校长给孩子们传授知识的身影，她柔弱的双手擎起了孩子们心中的梦想，她心中的梦想，蹒跚的步伐中隐藏的却是坚定的决心。陈副校长曾经说过，即便疼痛使她彻夜难眠，但只要看到孩子们天真的笑脸，听到学生们一句"老师，我们爱你"，就会给她带来无比幸福的力量。有了孩子的力量，她就能屹立于三尺讲台上！

2015年7月，陈丽副校长因为病情以及年龄的原因退休了，学校在教师节期间，为她举办了一场退休欢送会。一首首老师们自创的诗词诵读，一支支自编自演的合唱和舞蹈，一次次让她眼眶中闪满了泪花——而这些节目的创作编排技巧很多都是她以前教给大家的。一句句的祝福，一句句的问候，一次次的拥抱，一次次的掌声，铭刻在每一位教师的心中。教师节过后，陈丽副校长并没有因此杳无音信，她时常和以前的同事们在QQ和微信朋友圈中互动交流，时常能看到她来到学校与年轻老师促膝谈心，时常通过讲座、沙龙培育后起之秀……我们感觉到，退休后的陈丽同志依然是火炬教师队伍中的一员！

感动火炬的人民教师还有很多很多，陈丽副校长只是师者星河中被人发现的那一颗。钟海清，集公民办教育理念于一身、星夜兼程驰骋教育疆场的一匹奔马；胡冬梅，有机会就上、有困难敢拼、在火炬教育战线上做到身先士卒的巾帼英雄；胡汉超，中山支教队伍迎风飘扬的一面旗帜，为菲律宾马尼拉点燃华文教育的一盏明灯……这一个个火炬教育工作者的鲜明事例，无不给我们以真情的感悟，给我们以生命的启迪。柏春菊让我明白，年轻的教师也能够成为新一代教育的风向标；吴玲让我明白，一个好教师也可以是一个好母亲，一个好妻子，一个好女儿；周锦连让我明白，什么叫三十余年如一日，什么叫"在校如在家，爱生如爱子"……

　　这一个个发生在现实生活中平常却又不平凡的故事，不仅在 70 平方千米的火炬开发区为人传颂，我想，在广东中山 1800 平方千米的伟人故里每一位教育工作的内心深处，早已烙下了深深的印迹。母亲在孩子出生时，赋予他们健康的体魄，赋予他们娇美的面容，给予他们健壮与美丽。而师者呢，则在孩子成长的道路上，送给他们渊博的知识，送给他们无穷的智慧，给予他们坚强、自信、雄辩乃至于诚信、节约、细致、稳重……犹如一棵屹立不倒的参天大树，为孩子们遮挡夏天的阳光，抵御冬日的风霜；又似茫茫大海中的一盏航标灯，照亮前进的方向，指引孩子们一步步走向辉煌。而此时，师者的额头却爬满了皱纹，银丝缀满了发丛。即便这样，当他们老去的时候，依然仿佛是一片不停地为红花输送养料的绿叶，待到秋天果实满枝头时，自己却随风飘落黄土上，化作春泥更护花。

明珠长廊的变迁

余童茜

　　多年前，我从破旧的楼房搬进了新的小区明珠苑，原以为这里鸟语花香，环境优美，买东西方便，没想到小区的那条臭水沟使我们苦不堪言。这沟虽然离小区很远，但是臭气照样弥漫过来。若是买东西经过那条又长又黑的小沟，难闻的味道扑鼻而来，一回到家就有一种想呕的感觉。

　　时间慢慢过去了，不知不觉地，来了一批工人在那里动起了工程。挖淤泥，填水泥，添器材……几个月下来，一个崭新的明珠长廊出现在我们面前。

　　热闹的长廊成了我们散步的最佳地方。每天晚上，我去琴行弹完古筝后，就要到那条长廊上散步，玩耍。月色迷人，夜风习习，可爱的小狗肥肥总是在我的前后。我荡秋千玩跷跷板时，总是带着它一起玩。一开始，它害怕地汪汪叫，但时间长了，它不仅不害怕，还开心得乱蹦乱跳。在那里，健身器材带给人们很多乐趣，有三三两两打乒乓球的，有踩着太空踏步车的，有训练仰卧起坐的，还有走在石子路上按摩脚底的……如果你累了，还可以在旁边的石凳上小坐一番，看看别人悠闲地锻炼也是一种享受。

长廊正中有一个又大又高的舞台，那里经常举行各种文艺表演。有一天，姥娘从南昌来到我们家玩，散步时，她惊讶地说："这里不是一条很臭的水沟吗？是谁变魔术似的把它变得这么好。"这时，跳舞的音乐响了起来，姥娘平时最爱唱歌跳舞，一听到这音乐马上走进人群中，乐曲悠悠，伴着月色，连绵起伏。人群也像飘动的朵朵莲花，在月光下悄悄绽放。听说，为了让这里舞蹈气氛更好，还专门由文化部门安排专人负责音响和专业舞蹈老师免费训练。从此，姥娘每天晚上总是最早去了长廊，她说："过了大半辈子，第一次有政府请人来免费教我们舞蹈，我呀，要好好补上这些课。"说着，不禁开怀大笑起来。

如果要说谁笑得最甜，那要数长廊边上的商店店主了。过去，商铺虽然有，因为那条臭水沟的存在，几乎没有一间店可以开。就算有一两间，也几乎没有人去光顾。现在可大不一样了，散步的人到小店小憩一番，跳舞的人也会到店里光顾一下。卖漂亮衣服的，卖清香茶叶的，旅行社，水族馆，电脑行，烟酒行……琳琅满目，应有尽有。华灯闪烁，人来人往，一派繁荣景象。

一条臭水沟，摇身变成了一个人见人爱的明珠长廊。我想：伴随着我的长大，不知家乡将来还会有哪些翻天覆地的变化呢！

谱一曲火炬礼赞，与祖国共享盛世华章

卢淑梅

中山火炬区，这是一片古老而时新的土地。光辉岁月弹指一挥间，一路走来，继往开来，从永乐乡、得能都、东镇、张家边、中山港、出口加工区到火炬开发区，历尽沧桑八百年。

南宋时期张凤岗举家南迁珠江出海口滩涂处，开启了张家边数百年的风云变幻。东镇沃土，人杰地灵。17世纪起，为了摆脱饥饿和贫困，一批批"自卖猪仔的契约劳工"们，冒着生命危险漂洋过海到遥远的异国他乡寻找活路。在动荡的大时代背景下，许多游子华侨成了中国革命的先驱。清末民初，大岭村欧阳家族四位外交官，英名永垂史册。一群仁人志士，朱会文、张惠长、姚观顺，一生追随国父孙中山，毁家纾难、至死不渝。可歌可泣的横门烈士，齐心共御强敌，保家卫国，甘愿抛头颅、洒热血。

火炬人凭借着逢山开路、遇水搭桥的智慧和勇气不断开拓前行，把一件件过去想也不敢想的事变成了现实，一座座令人望而生畏的山峰化为继续攀登的阶梯。灰炉人家，蚝壳建炉烧灰、建屋造船，百年红棉见证几多兴衰成败。旧时的"山焦坑"，如今的秀美村庄——珊洲村，山林密茂、溪水潺潺、鸟语花香，山旮旯孤岛变身现代都市的世外桃源，正是：希言自然风水林，婷婷白鹭去又来；龙飞凤舞新生活，琅琅书声梦还真。

中山港，新港扬帆，实现了孙中山先生《建国方略》中的"港口梦"，让中山从江河时代迈向海洋时代，带动中山外贸快速腾飞，从珠江西岸一个普通农业县一跃成为以外向经济为导向的现代化城市。火炬高新区，高瞻远瞩的风云际会，高举科技大旗，为中山经济、社会长远持续发展找到了正确方向并奠定了坚实基础。

岁月如歌，奋勇拼搏争先；雄图伟业，书写辉煌成就。火炬人风雨同路30载，凭借自己的智慧和力量，画出了一幅美丽的画卷：在原本一大片纯农业的滩涂上建起一个令人振奋的科技和工业强区、一座现代化特色的海滨新城。种种风霜磨砺，从未阻断前进道路；火炬人勇于冲破思想的桎梏，发扬敢为人先的作风，秉承艰苦奋斗的精神，沐浴着改革开放的春风，让昔日的梦想照进现实！

筑巢引凤，开启工业新纪元；创建出口加工区，抢占时代发展先机。腾笼换鸟，发展绿色经济，实现凤凰涅槃，数十年精耕细作，智造突围，打造珠江口西岸先进制造业城市。健康产业，艰难中孕育，搭建专业平台，塑造品牌形象，寻找国际合作，终于在湾区时代迎来了发展的春天。

"东方风来满眼春，珠西潮头又立新。"在美丽湾区建设大潮中，共同描绘一幅"幼有善育、学有优教、劳有厚得、病有良医、老有颐养、住有宜居、弱有众扶"的盛世画卷。安全高效的生产空间、舒适宜居的生活空间、碧水蓝天的生态空间，是现代火炬人的美好愿景，"百舸争流、奋楫者先"，火炬人共同拼搏奋斗，努力实现这片沃土天蓝地绿水清，打造美丽中山典范。

山河为证，岁月为名，我们迎来祖国 70 年华诞，70 年披荆斩棘，70 年风雨兼程，站在历史交汇点的深情回望，凝结着对伟大历程的无比珍视。鲁迅先生说过："我们从古以来就有埋头苦干的人，有拼命硬干的人，有为民请命的人，有舍身求法的人——这就是中国的脊梁。"当代火炬人一路跋山涉水的历史，就是一部中山人民敢为人先的奋斗史、精神史。

目前正处于伟大社会变革大好时机，只有看准了方向，拿出排除千难万苦的决心和斗志，才能用自己的脚步走出行者无疆。因为始终坚信，只有跋山涉水者，才能真切感受山川的壮丽；只有奋力攀登者，才能亲眼目睹最美的日出。

火炬代表着创世、再生和光明的。如今，火炬人充满着万丈豪情，谱写一曲礼赞之歌，与祖国共享盛世华章。

岁月静静淌过灰炉人家的小河

卢淑梅

沧海桑田，岁月如歌，横门水道旁的小村庄，历经数百年的风雨飘摇；而今的灰炉人家依然过着安详、宁静、幸福的生活。

灰炉村位于火炬区烟管山背面，横门水道南岸，古时原为海洋，后淤积成为陆地。乾隆年间，陈姓人迁入；光绪年间，何姓人迁入，因灰炉村近海，随后各地渔民到此垦荒，聚居成村。此处盛产蚝，村民用蚝壳建炉烧灰，用于建屋造船，日久形成河涌，因此地名初为"灰炉涌"，后改称为"灰炉村"。近百年来，当地人以耕种与出海捕捞为生。20世纪70年代末，烧灰业全然消失了；随着捕捞业的萎缩，村民们纷纷洗脚上田，陆续上岸定居，生活逐渐稳定。在小隐涌的两旁，房子沿河而建、错落有致；小河弯弯曲曲，清澈的水流缓缓流淌，逐渐汇入横门水道，流向伶仃洋。

桥头两边有三棵百年红棉树，以"品"字三角形的形态矗立，枝繁叶茂，满树花开时像一把张开的红罗巨伞，大有庇佑人间祥瑞之气。大树的"品"字布局形态寓意深刻，告诫村民："做人要以立品为先。"阳春三月，木棉花陆续红遍了枝头，远看好似一团团火苗在枝头跳跃燃烧。木棉花落时也壮烈、决绝，犹如高空坠物，花瓣像螺旋桨般一路旋转而下，啪的一声落到地上，依然鲜艳完好，保持着其在树上的姿态。被村民视为灰炉村标志和圣物的红棉树，伴随着灰炉人家度过多少个安然岁月。如今，每当红棉绽放的季节，这里便成为村里一道亮丽的风景线，游人纷至沓来，一睹百年老树的飒爽英姿。

小隐涌北边的大树下有座绿瓦古寺，那是天后宫，里面供奉着妈祖娘，旁边的天龙社供奉着土地公。每年农历八月初二，灰炉村举办盛大的土地诞祭拜活动，舞龙庆祝，祈求风调雨顺、百姓安康。该习俗从清朝时期，一直延续至今，历史悠久；跟随时代变迁的步伐，每年土地诞亦不断地注入了敬老爱幼、助学帮扶的新时代元素。

随着改革开放的深入，各个镇村纷纷办起来不少企业，开始了从农业经济向工业经济的转变。灰炉村周边也聚集了不少外来投资企业，外来务工人员不断增多，当地人把自建房改为公寓套间出租，租金成了灰炉人家的重要收入来源。在市场冲击的当下，世世代代勤恳耕作的灰炉人家充满韧劲，勇敢地走出小村子，积极寻找工作机会。

"请大家尝尝我亲戚种的粉蕉，很香很清甜，树上熟、无污染，不加催熟剂的。"公司保洁工阿彩提着一大袋粉蕉，分派给我们吃。阿彩的家就在灰炉村的小河边上，是20世纪90年代建造的一幢砖瓦房。她的父母、爷爷奶奶都是土生土长的灰炉人家，靠种香蕉、稻谷维持生计，以前他们一家子老老少少就住在一个河边的小茅棚里。阿彩父亲小时候喜欢偷偷地到河塘摸鱼抓虾，但爷爷奶奶很担心他的安全，总害怕他被"水鬼"带走，所以不准他下水。父亲是村里种植香蕉的技术能手，后来与村民一起到海南承包了大片土地种植香蕉、甘蔗等瓜果。虽然种植农作物很辛苦，但也赚了一点钱，后来回到村里修建房子。

政通人和，心系民生，秀美乡村建设如火如荼开展，小区面貌焕然一新。晌午时分，沿着小河走一圈，村容整洁，家家户户门前都栽种花花草草，小狗也不到处乱窜乱叫，几个老人坐在大树下乘凉、下棋。房子虽然有点老旧，反而增添了不少古朴之趣。有一家老房子被改造装修变身为咖啡屋、茶室，临河边架起一张吊床，惬意地领略"枯藤老树昏鸦，小桥流水人家"的气韵，悠闲而宁静；古朴的环境与现代的生活方式结合，令人驻足、流连忘返。当地人与外来务工人员和谐相处，成为新时代的灰炉人家，和和美美地过日子。

　　时光流逝，在百年参天大树的庇佑下，这个小村变得更加秀美。碧空蓝天下，灰炉人家清澈的小河静静地流淌着，装满了岁月的静好。

等待花开灿烂

卢淑梅

一段舒缓、轻快的钢琴曲《秋日私语》在餐厅久久回荡，中午时分，偌大的餐厅也没见几个客人。高温炎热退去，南国秋意渐浓，绿树依然是郁郁葱葱、朝气蓬勃。

后疫情时期，饮食业慢慢复苏，人们逐渐到餐厅消费。通过一个消费平台推荐，我订了这家餐厅的优惠套餐。试营业期间套餐价格很便宜，饭菜的味道也还不错。

餐厅老板阿路是江西人，长得非常精神，看起来很年轻。"这么年轻就当老板了，很了不起啊！"我们看他亲自端菜过来，忍不住就称赞起来。

餐厅面积有几百平方米，装修风格虽然有点过时，但设备与材料还是优质的。外面还有一个大花园，花草疏于打理，一片衰败凋零景象。餐厅位于开发区中心，周围楼盘众多，人流量很大。阿路是在6月份接手这家餐厅，由于前任经营者急于转让，阿路几乎是零成本获得餐厅经营权。

"如果按平时的行情，这么大的餐厅转让费起码要100万元。"别人对他在这个时期接手餐厅充满怀疑，阿路却有非同一般的想法。餐厅的租金不高，位置优势，还有他对饮食文化的热爱，让他对餐厅未来经营充满了信心，他已请了几个厨师，准备好一整套经营方案。他打算年底投入一些资金，重新装修餐厅，营造气氛，广泛宣传，招引顾客。

"我2004年大学毕业后，到了深圳一家大型国企入职，后来到下属企业当总经理。"我开始猜想阿路以前是做餐饮生意。但没想到阿路的背景那么强大，他以前做过企业招商、投融资、企业管理。去年辞职后，从深圳过来中山寻找商机，原来他是看中未来深中通道带来的机会。

一说起深中通道，阿路的眼睛里仿佛充满了光亮。"我做餐厅生意，纯属是一种爱好，这里是结交朋友、沟通交流的平台。"阿路告诉我们，他准备与风投公司合作，参与某央企在佛山高科技产业园区的建设、运营、管理。他会陆续从深圳引进高科技企业到粤港澳大湾区周边城市落户。目前先做前期布局，逐渐选择项目孵化培育，一方面帮助当地政府产业引导，另一方面赚取运营管理费以及风投未来可观的收益回报。

闲谈中，可看得出阿路对于金融资本运作非常熟悉，而且他有来自深圳的前沿信息以及人脉资源。正当大家谈兴正浓之际，也许会涉及商业机密，阿路欲言又止。

真没想到，原来高手在民间，这位餐厅老板竟然是个投资运营高手。把握先机，触角灵敏，是生意人特有的性格。深中通道在2024年前建成通车，路通财通，对位于珠江口西岸的中山，这里就是一个桥头堡，有一定的地域优势。在粤港澳大湾区融合发展背景下，能有效把握机会，掌握各种资源要素，充分利用人、财、物等资源信息，那无疑蕴藏着巨大的投资机会。

金融产业是经济发展的风向标，也是各行各业的助推器。围绕着产业链多样化的生产经营环境，连接各行业的信息流、资金流。深中通道的开通，对周边地区经济发展影响巨大。不管是资源"外溢"还是"虹吸"，关键是如何把握机会。疫情给经济社会带来严峻考验，许多行业陷入困难境地，在苦苦挣扎当中。

"雄关漫道真如铁，而今迈步从头越。能抢占先机，预先谋划，就能有重新出发的希望。"阿路对未来信心满满的，机会总是给予那些准备充足的人。

我们饱餐后离开，再回望餐厅，也许在不久的将来，那里将会是繁花似锦、热闹非凡的花园式餐厅。"有梦最美，希望相随"，祈愿阿路能美梦成真。

特别的战士

黄熙然

有些战士，不是生来就勇敢的，至少在绝境前，他们并不勇敢。经历了暴风雨后，彩虹便会脱颖而出。

2019 年是一个与众不同的年份，这一年是中华人民共和国成立 70 周年。10 月 1 日，首都北京的天安门广场举行了一次无比盛大、隆重的阅兵仪式。同年，一次史无前例的瘟疫席卷而来。

它悄悄地来，不带来一丝云彩；它悄悄地走，不带走一丝哀痛，但它却带走了几万人的生命。2020 年，注定是不寻常的一年，它的春天，不像其他年份一样，充满鲜花，莺歌燕舞，街上人头攒动；它是孤独的、寂静的，甚至还有点可怕。这一切的根本，都是新型冠状病毒惹的祸。

2020 年的春节，当全国在庆祝时，武汉发现了一例又一例由肺炎引起的病例。2 月，新冠病毒以极快的速度传播、蔓延，侵占到一个又一个的城市、省份。我国人民上下一心，一支支从全国各地赶来的医护队伍赶往武汉，他们没有犹豫，在"请战书"上写下自己的名字，仿佛给自已立下军令状——不完成任务，坚决不回家！

在这场没有硝烟的战争中，医生、护士们用尽全力，将病人从死神手中救回。他们也是人，一个普通得不能再普通的人，他们没有超能力，他们也会恐惧，他们并不是生来就是战士，但严峻的现实把他们推到了崖边，是救自己，还是救他人？

没有退路了。

身上的防护服就是最坚固的铠甲，手握的手术刀就是最尖锐的武器，祖国和人民就是最坚实的后盾。战争已打响，3月，火神山、雷神山医院完工，许多危重症患者住进医院，有的不幸被死神夺走性命，"战死沙场"；有的幸运出院，重新回家继续与病毒作斗争。疫区中的医护人员每天都会接到各种各样的病人：有因肺炎引起各种杂症的，有拒绝进食、拒绝治疗的，也有求生欲特别强，还劝别人的……医护人员连轴转，还需要应对不同的突发情况。

5月，各中小学开学。全国确诊的人数从几千人慢慢地下降到几人，乃至清零。正因为有像战士一样的医护人员夜以继日抢救病人，所以中国才不会陷入恐慌。

2020的春天也许会迟到，但它永远不会缺席。虽然中间有一个小插曲，但是有一群特殊的战士在前方负重前行，所以这个春天，因他们而明媚，他们永远是我们心中的"超级英雄"！

我与火炬开发区

刘英

我与火炬开发区的不解之缘，源自一次房展、一则招聘启事和一个电话。

来开发区之前，我在中山三年期间辗转了多家广告公司，换了 N 份工作，足迹遍及中山市的中心城区，甚至连沙溪镇都去过，只唯独没去过开发区。

有一天，我在中山市图书馆的电脑上（那时条件差，四家合租在人民医院附近莲峰新村的出租屋里，还没有能力购买电脑），看到一则来自火炬开发区的招聘启事，不禁眼前一亮。

此前，我知道火炬开发区这个地方是在一次房展上。当时我还在市体育馆底层商铺的一家广告公司上班，而那次房展就在市体育馆举办。周末没事，我跟同事们约着逛房展。那时的中山房地产还没有今天这么多外地的大牌云集，在一众本地相似风格的烘托下，突然一家以清新的翠绿色为主色调的展位，远远地就把我吸引过去了。

其他展位上人员稀少，这家展位上却是熙熙攘攘。好不容易挤进去，听到工作人员介绍说，这是位于中山火炬高技术产业开发区的一个小区，是开发区首家全电梯的楼盘，开发商是从深圳来的……中山火炬高技术产业开发区？哇，这名字，高大上！深圳来的？那可是改革开放的前沿，一定是最高大上的吧。

嗯，火炬开发区，记住你了！

都说人有第六感应，看到那则招聘启事时，我瞬间有了种预感，难道这次我要到开发区去工作？再定睛一看那份招聘启事，竟然就是上次房展时看到的那家房地产公司！！这也太神奇了吧？

更神奇的是，我想起来，那次房展之后，一次偶然的机会，我还跟着老板一起去拜访过这家公司呢。翻出记录工作的小本本，那个销售经理的联系电话，赫然就记在上面……

冥冥之中自有天意。

我毫不犹豫地投出了简历，满心期待着面试电话的响起。然而，世间之事总是无心插柳柳成荫，有心栽花花不开。等了大概十天，我苦苦等待的这家公司的电话没等到，完全没期盼的另一家在中山更知名的房地产公司的电话，却来了。

没什么可说的，当然去面试。面试也很顺利，看情形录用的可能性也蛮大。正当我准备放弃对开发区这家公司的希望时，电话又来了，通知去面试。不管怎样还得去看看，多一个机会，万一另外那家出于什么原因最终又不录用我呢？

去了后，跟面试官一聊，还挺对路，看得出来他对我也很满意。我当时想，这是不是意味着板上钉钉了，很快就能通知我上班了？

然而并不是。一周后，我等来了开始那家公司的录用通知，要求一周后去上班，而这家公司，却又一次杳无音信。转眼间，就到了一周的最后一天，这家开发区的公司，依然毫无动静。

我问自己，要怎么办？一个是不喜欢但已确定的工作，一个是虽然喜欢但等下去可能会落空的工作。怎么办？

　　最后，我决定主动出击，打个电话给开发区这家公司的行政经理。没想到，电话一通，一听是我，行政经理说，你下周来上班吧，最近事忙，忘了通知你。

　　天哪！试想一下，假如当时我不打那个电话，假如我第二天就直接去了另一家公司，我现在在哪里？在干什么？生活得怎么样？都是未知数。但有一点是可以确定的，那就是我的人生轨迹，我这后面的十五年，至少是跟火炬开发区没有瓜葛了。

　　入职的时候，我对公司负责人说，因为自己之前太辗转流离，希望在这里稳定下来，能一直工作至少十年。没想到，梦想成真，我这一停留，居然就是十五年。

　　十五年来，开发区发生了巨大的变化。作为一名外来务工人员，我参与了开发区的建设，也见证了开发区的发展。就拿公共交通来说吧，十五年前，从这里去全国各地，必须先坐大巴车到广州，再从广州转乘火车去目的地。而如今，轻轨中山站就设在开发区，从中山站坐轻轨到广州，只需要半个小时。这两年，随着粤港澳大湾区的发展，中山站的地位越来越高，由中山站直达全国各地的线路也越来越多，我们终于实现了不用转车就直接从中山回到老家的愿望。

　　十五年来，我走惯了开发区干净宽敞的道路，看惯了得能湖公园的花花草草，爬惯了华佗山，习惯了全民健康广场那些运动的身影，习惯了开发区的宜居环境和慢节奏，爱上了它，也慢慢地离不开它。离开了它，去了其他城市旅游，回来还是觉得它好。

　　十五年来，我自己也在开发区落地生根，快速成长。2006年，来开发区工作一年后，我搬离出租屋，住进了自己的第一套房，并终于有了自己的电脑；四年后，按照人才迁入政策，全家户口从湖北迁入中山，变成"新中山人";五年后，通过竞聘，我成为公司的一名管理人员；八年后，我有了人生第一台车，生活品质得到进一步提升……

总之，开发区越变越好，我们的生活也越来越美好。

火炬开发区成立三十周年，其中十五年我与它共成长。为此，我无比自豪。

而人生能有几个十五年？最重要的这个十五年，我在中山火炬开发区度过，我深以为傲。

这十年，与火炬区同行

李瑞湘

这十年，我在中山火炬开发区工作，见证了这片热土喜人的变化。

最初几年，对火炬区的印象并不好，来火炬区上班走的是北外环转濠江路，再进入火炬路，几条道路的通行状况不理想，尤其是濠江路与火炬路、濠江路与沙边村道的连接处，红绿灯都没有，车多人多，每天胆战心惊。偶尔做回网约司机，经过或到达中山城轨站，人车抢道、摩的横行、乱停乱放现象更让人苦不堪言。

记不清具体日子，就在不经意间，火炬区的城市道路、环境卫生、交通秩序、人的精神面貌，渐次有了可喜的变化，视野所及，暖心的亮点、美点和焦点越来越多。久而久之，这种点滴变化从量的阶段跃升到质的层次，积淀为一种城市内涵、一种文化张力、一种精神图腾、一种城市品位。

这十年，火炬开发区变靓了。公园绿地提档升级，社区环境和谐安宁，文化活动精彩纷呈，经济发展与生态文明建设相互促进、相得益彰、相辅相成。得能湖的清波荷韵、华佗山的俊秀挺拔、珊州生态园的"花"样繁多、世纪广场的大气逼人、文体中心的人气爆棚，让新时代的火炬区阔步前行，风度翩翩。

我感受最深的，是火炬区生机勃勃的发展活力。

十年前，我来到火炬区工作，成为明阳集团的一员。2010年10月1日，明阳集团在美国纽交所主板上市，成为纽交所上市的第一家中国风电企业。明阳集团的张传卫董事长被评为2010年度CCTV中国经济年度人物。这两个具有重大影响力事件的叠加，在中国风电产业刮起了风头强劲的"明阳旋风"，也成为当年中山乃至广东经济发展的响当当事件。长期在企业做品牌宣传和文化建设的我，以近在身边的火炬区培育出这样一家实力超群、前景广阔的新能源高端装备制造企业倍感振奋。机缘巧合，从一位朋友处打听到明阳的企业文化宣传部门正在招人，通过面试、笔试，竟然顺利地应聘上了。

十年后，我仍在明阳集团工作，我的人生与这个企业、与这片热土结下不解之缘，一路同行，身心系之，感恩至深。今天的明阳集团，业务涵盖风电、光伏太阳能、高端芯片、智能电气、可再生润滑油五大产业，已经成为新能源行业的领军企业，正朝着千亿产值的战略蓝图奋力前行。明阳集团生产的陆上、海上风机遍布国内各省、自治区、直辖市，各类新能源高端装备制造产品销往国内外，为人类文明进步提供源源不断的绿色、清洁能源，造福社会，造福子孙后代。

实干兴业的初心，知行合一的执着，产业报国的信念，涵养了明阳人的能动作为、能动创造和能动超越。明阳集团以万元资本在中山创业，扎根伟人故里，从一个微不足道的小企业发展成国际知名的新能源新锐企业，除了几代"明阳人"的艰苦奋斗和能动创新外，离不开火炬开发区这块热土的支持与呵护。

树高千尺不忘根，明阳集团始终把总部建在中山火炬开发区，以此为指挥中心和总部基地，统筹明阳新能源事业的全国布局和全球战略。明阳的经营壮大和迅速崛起，只是火炬区三十年来快速发展的一个缩影。明阳等一大批知名企业的群英荟萃，将成为火炬区打造中山经济发展高地、珠西装备制造发展重地的强大引擎。

这十年，不一样，因为我有幸与火炬区同行。明阳这个优秀的企业，火炬区这块创业发展的福地，让我有了稳定的职业、有了温暖的家庭、有了满满的幸福感和获得感。一个人、一个企业、一个城市、一个国家的命运紧密相连，我为这个企业、这个城市、这个国家的繁荣发展感到骄傲自豪，也将继续兢兢业业地努力工作，表达真挚的感激和感恩。

祝福未来三十年的火炬开发区、祝福未来三十年的伟人故里、祝福我们伟大的祖国在风雨兼程中创造更辉煌的成绩，在砥砺前行中展现中国精神、中国文明、中国力量、中国智慧。

两代人的火炬情
——出走半生，合成生物学让我重回火炬

付镕豪

"妈，我找到工作了，我就不回去（火炬）了。"

这句话是我去年大学毕业时候和母亲微信聊天的一句话。

相信每个年轻人都向往北上广深，希望能在那里工作、生活、定居，甚至落户，我也不例外，在广州读大学的四年里，我无数次幻想自己毕业后在广州打拼的场景，或痛苦，或难熬，或委屈，或一败涂地，但是我愿意为此付出代价，至少我努力过。

而相比起我的家乡火炬区，却是我一生都想逃离的地方。我不想被别人嘲笑为乡巴佬，哪怕火炬区在外地人看来是高新技术开发区，但对于本地出生的我而言，城市差距还是存在的，就像我在南朗读高中说自己来自火炬区时，常遇到同学们投来的鄙夷目光，这种差异曾给我带来深深的伤害。

以至于上了大学，去了另一个城市，这种害怕被伤害的情愫依然让我说不出口自己的家乡是火炬。大学里我读的是生物学，一个很空泛、很杂很大的学科，比如细胞生物学、结构生物学、植物学、动物学，等等。因为生物学是一门交叉学科，需要有其他理论学科的理论支持，所以，会学到很多基础课程，而这也是我当初填志愿所想的，我想走出来，走出火炬。

但是父母想我留在火炬。我父母都是清远人，20世纪80年代，从老家来到了中山，那时候中山还只是中山县，更没有火炬开发区。记得我小时候，父母还是喜欢叫这里（火炬）是张家边镇，他们在此地相识相恋，再到结婚生子定居，火炬区见证了他们的半生，而他们用大半生建设了火炬区。

所以父母也想让我留在火炬，建设火炬。虽然如今火炬区是国家级开发区，有很多创业项目和新兴产业基地，比如包装印刷生产基地、国家健康科技产业基地、绿色健康食品产业基地、装备制造产业基地等，但是儿时埋下的自卑依然让我不愿回来。

毕业后我在广州找了一份技术研发的工作，工作重心是食品合成生物学方向，我如愿以偿地留在了广州。说到合成生物学，大家一定觉得很陌生，因为它是一个特别前沿的科学领域。但我必须要说，合成生物学的未来会跟每一个普通人发生联系，以后我们可能会吃到生物合成的肉，用到生物合成的购物袋，甚至住进生物合成的房子里……这是一个新兴产业，留给我创造价值的地方太多了，换言之，我不用回火炬了。

可这真的是我想要的生活吗？难道这不是一种逃避吗？建设家乡不应该是每一位年轻人所秉持的理想信念吗？父母那一辈兢兢业业、勤勤恳恳建设火炬，不就是为了能让下一代有更好的资源和能力建设家乡、回馈家乡吗？

我不敢再往下追问自己了。父母亲是"火（炬）一代"，对火炬区的感情无异于对待自己的孩子一般，他们用青春和汗水铸造火炬，期盼下一代薪火相传。记得 2008 年北京奥运会，我 11 岁，父亲每看到电视直播奥运火炬传递的时候总是很骄傲地说："火炬设计我都有份！"然后转过头对我说："豪仔！以后火炬睇你嘅（就交给你）啦！"

9 月 7 日，我在广州的实习期满了，公司对我的工作很满意，一份正式入职的 Offer（录取通知书）发送到我的邮箱里。我很惊喜，也很激动，可是我毅然决然地在文件末尾"No"的一行打了钩。

我想成为"火（炬）二代"，我要建设火炬，用我所学到的知识建设火炬，回馈家乡，报答这个养育我的地方。我把目光瞄准了火炬区的"中国绿色健康食品产业基地"，我要用合成生物学，打造新的市场格局。

"妈，今晚我加班，就不回家吃饭了。"

我挂断电话深吸一口气，凝望窗外风景。

还是家乡的夜空迷人。

因为有你，不负同行

谢莹莹

我不是同龄人眼里成就斐然的存在，更不是腰缠万贯的富二代，但我绝对是中山奋斗的新一代。不知从什么时候起，我渐渐认可自己是新中山人，或许十年真的让我磨平了棱角，或许这里没有格格不入的歧视，或许是那个夏天，温暖了我的心田。此刻那个画面再次浮现在我的眼前，是那么亲切，那么熟悉，仿佛就在昨天。

记得那是 2013 年夏季，有一天产品出现意外状况，待我处理完所有工作事项，发现已是凌晨十二点多。我骑着电动车从公司出来，发现不知何时天空下起了瓢泼大雨，地上全是积水，而雨水并没有减弱之势。我不由得倒吸了一口冷气，但归家似箭的我迅速从储物箱取出雨衣穿好。出公司门口不远，右转的第二个红绿灯路口，往豪力士公司方向约一百米的路段，积水已经没过我的膝盖，我唯有下车推着电动车靠路肩走。突然，看到一处水流很急而且有窝状回旋，常识告诉我该是下水道口附近。而这时我的电动车轮子不知道被什么东西卡住了，无法动弹。那一

116

刻心里既害怕又着急，饥寒交迫。无尽的黑夜，空无一人的马路，还有倾盆大雨，貌似除了这冷清的路灯做伴，我无所依靠。正在这时，马路对面驶过来一辆铁骑，这熟悉的车辆给绝望的我带来了希望。

"你需要帮忙吗？"铁骑上的辅警问道。

"需要，我的电动车被卡住了，我推不动。"我焦急地说道。

在他的带领下，我慢慢走出了积水重灾区，他还提醒我前面有哪些路段积水不深，而且路面没被断枝挡住，而且嘱咐我要注意安全，如果有事可以拨他电话。

我还没有来得及说声谢谢，他便转身离开了。

这个雨夜，因这些"最可爱的人"而倍感温暖。

2018 年，火炬开发区政府对科技东路附近大片区域道路及排水进行改建，在某些交通繁忙的路段更是增加了隔离护栏。今年夏天的雨季应该没有没过膝盖的积水，也没有因雨天拥堵抢道狂按喇叭的汽车。

如果说中山火炬辅警是在我急需救援时挺身而出，那么机关单位带给我的却是满满的温暖。

2015 年 5 月，中山市政府发布职工生育保险办法公告，我便是中山新生育政策福利的享受者。

当时，为了办理相关报销手续、准生证等相关事宜，需要跑多个单位。每每想到要跑这么多流程，我就脑壳疼。当时我挺着七个多月的大肚子去开发区行政服务中心办理相关手续，鉴于许多年前跑机关单位办事的种种流程或态度不愉悦而产生的阴影，心里有点忐忑。

"请问你要办理什么业务？"刚刚推开玻璃门，就有门卫问我。

"我是来办理准生证的。"我气喘吁吁地回道，时值盛夏而且孕妇怕热，我热得汗流浃背的。

"好的，您把身份证给我拿号，您找位置坐下来休息一下。"她非常体贴地说道。

顿时，我被这亲切细心、关怀备至的服务态度深深地感动了。那天，在去各种单位、社区办事的过程中，单位工作人员都非常友好。我不明白的地方他们还会用纸将需要准备的资料以及流程写下来。那一刻，我真真切切地感受到火炬政府对人民群众的关怀。我不会因为不懂或因为反应慢了多次询问而被嫌弃。从行政服务中心出来的路上，我非常感动。记得，那天的天空是那么的蓝，微风徐徐，小鸟在树上欢乐地歌唱。这样的天空，应是中山火炬独有的魅力。

曾经有许多的选择放在我面前，或广州或深圳，我没有选择这些大城市。十年以后，很多人问我如果给我一个重来一次的机会……

我想我依然坚定不移地说：中山火炬，你是我今生无悔的选择！

中山，位于大湾区的几何中心地带，火炬开发区已然成为中山市未来的城市副中心。得能湖，是我们茶余饭后的心灵归宿，湖边树上的鸟儿流连忘返，因为这里也是它们的家园。中山城轨站，是我们开始远行的起点，轻轻地带我们出去放飞梦想，缓缓地载我们疲倦归来，因为这里是我们心灵停泊的港湾。留创园，是我们梦想的孵化器，也许不远的将来，这里会成为"中国硅谷"。

有人说中山是珠三角的洼地，有人说中山是被遗弃的存在，有人说中山是尴尬的延续。深中通道却告诉世人，中山是深圳梦想的后花园。哦，别人却不知道，我们已经是这座花园的主人。我们是幸运的，我们面临着机遇与挑战，我们的使命尚未完成。

中山火炬，一座充满爱与文明之城，安放了我的乡愁，放飞我的梦想。因为有你，以梦为马，不负韶光，砥砺前行！

薪火之势，而立之年

谢莹莹

中山火炬开发区，正如它的名字一样，充满光明、孕育希望。高新技术产业开发区是中国改革开放进程中的伟大创举，中山火炬开发区秉承孙中山先生"敢为天下先"的创新精神，顺应潮流，顺势而为。正如《乘风破浪》所言，三十而立，一切过往，皆为序章；直挂云帆，乘风破浪！

火炬开发区，是我的第二故乡。改革开放前沿的中山，突飞猛进，日新月异。

20 世纪 90 年代，中山火炬雏形初现。放眼珠三角，火炬的规划如今都是屈指可数的典范。纵横交错的市政规划道路，犹如打通了任督二脉。人车分离，繁华而不喧闹，这是火炬开发区真实的写照。年少的我从妈妈的工作经历得知，90 年代服装外贸加工是中山对外的一张名片。中山，彼时已经在我心里刻上了一个记号。2007 年夏天，是我第一次和中山火炬的亲密接触。那年高考结束，我对外面世界的好奇，对未知社会充满了兴趣；中山火炬快而不躁的节奏安抚了我兴奋却焦灼的内心，同时打开了我全新的世界。虽然没有高楼林立，夜幕降临，还有蛙声一片的田园乐趣。这是我第一次认识中山。那时候的开发区，乘着改革开放的春风，一切都有条不紊地蓄势待发。下班到处逛逛让我心旷神怡，街道上车水马龙的画面总是洋溢着欢声笑语，热情淳朴的乡亲，讨价却不翻脸的商贩，简单却不单调的公园，这是流连忘返的饭后茶余生活。这里的人没有拒人于千里之外的冷漠，这是我对中山最初而美好的印象。短暂的暑假工不知不觉就结束了，我怀着不舍的心情踏上了归校之路。我暗下决心，中山火炬，我会再回来的。

20世纪90年代的中山，没有富士康，也没有佳能等世界名企。服装加工依然是支撑发展的龙头行业，还是家庭作坊或者小规模的发展模式。织布、绣花是人工操作，熟悉客户图纸也是靠人脑记忆，费时且容易出错。在工作车间，还可以看到一排排员工在左右、左右地拉动机器的手柄，员工手脚并用，很有节奏感，远远看去恍如一群人的机械舞。刻在脑海里的有时不仅仅是往事，也是科技对我的启蒙，同样是对世界的认知。知识就是力量，科技才是第一生产力。此时的中山，才刚刚拉开经济快速发展的序幕。

千禧之年，加入世贸组织，祖国开创了历史先河。中山火炬迎来井喷式发展的黄金时代。人类的发展需要科技文明的推动，中山火炬也紧紧跟随世界科技的脚步。从2010年开始，电脑横机和绣花机的迅速引进推行，给传统的纺织业带来新的冲击，我曾经短暂工作过的工厂，也逐渐抛弃老设备而投入新的电脑自动纺织设备，减少了许多人力成本。中山火炬的生产革新，再一次站在了世界的舞台。光电、通信行业的巨头供应商纷纷慕名而来，并以此为根据地，为中山火炬的发展迈出了坚实的一步。世界名企迎着这个契机踏足中山火炬，给中山火炬注入了世界工业革命的基因。此时的我已经大学毕业，这不是偶然或者突发奇想，我怀着坚定的信念和中山火炬再续前缘。这次没有小时候的陌生感与距离感，相反充满了期待，对未来充满了信心。我在这里获得了成长，推动了公司的技术变革，让公司的产能、品质大幅提高，交付能力得到充分的保障，技术的突破也得到同行的认可和尊敬，在通信行业的地位得到提升，同时见证了中山火炬的发展。后来，在这个城市有了落脚点，这更让我充满了归属感。

位于广东自贸区三大片区中心位置的中山火炬区，如今随着粤港澳大湾区建设的加速推进，作为中山经济和创新"双龙头"的中山火炬区再次迎来技术产业升级突破。光电、生物医药、风电三个省级战略性新兴产业基地，健康医药产业获批"国家级创新型产业集群试点"和"国家现代服务业数字医疗产业化基地"，光成像与光电子信息产业获批"广东省创新型产业集群建设试点"。目前已形成的先进装备制造、健康产业和光电三大产业集群必将让中山火炬开发区实现新的突破，迎来再一次的腾飞。珠三角国家自主创新示范区建设不仅仅是契机，而是不惑之年的再一次敢为天下先。每一次的机遇与挑战，都化作成长的步伐。一代伟人的孜孜以求，屡挫屡奋，越挫越勇的精神影响了一代又一代的中山人。让每一个人在这座城市安居乐业，是这座城市的使命，是每一代火炬人的精神传承。

华为的无芯之痛，对我们中山火炬来说是警醒。这需要长期坚守工匠精神方能突破重围。新冠疫情全球肆虐的背后，是中山火炬坚定健康产业的信心和力量。物联网的崛起，也是我们中山火炬坚持产业孵化的特色之路。

过往的三十年，弹指一挥间，却历历在目，掠过眼前。铭记历史，方能继往开来，砥砺前行。如果过去是一幅幅浓缩的黑白却充实的水墨画，告诉我们要脚踏实地，那么现在就是天边那一抹亮丽的遥远的彩虹，提醒我们成功都是暂时，这一刻的荣光铭记于心。我们相信中山火炬，是薪火，更是那跳动的字节，触动着你我的脉搏，那熊熊燃烧的火焰，必定再次划破长空。中山火炬，薪火相传，而立之年，重新出发！

我与火炬区共成长

郭海晨

随着火车的一声声轰鸣，蔚蓝色的天空逐渐向我靠近，一眼望去的深邃，让我着实想变成天空中奇形怪状的白色云朵，随风飘浮，无忧无虑。在这漫无边际天空的背后，是广阔无垠的宇宙，太阳的光芒让满天的耀眼星辰黯然失色。

我从北走到南，来到广东中山市火炬开发区明阳智慧能源公司参加工作，很荣幸能够来到这座以伟人孙中山先生名字命名的城市。我骑着单车，路边走来一排排饱经风霜的行道树，虽不知是什么品种，但是树木年轮告诉我它有些年头了，街道上的熙熙攘攘，有凉茶摆放在店家门口，免费供路人饮用，时不时几个孩童窜出来，对着空气摆出动画里英雄人物中的动作，也着实让我会心一笑，且想起自己的童年时光，也体会到了别样的烟火气。

在等公交车去孙中山先生故居时，站台上的一句"中山没有异乡人"的广告词深深地触动了我。或许对于一个独自离家的打工仔来说，这句话让其思乡的心得到了些许的温暖。来到孙中山先生的故居，"天下为公"四个大字映入眼帘，这是他毕生追求的政治理想。置身故居院落中间，我仿佛看到了那位致力于民主革命四十年，求中国之自由平等和世界大同的伟人身影。伟人的力量支撑起了整座城市的文化与灵魂。

成立于1990年的火炬开发区，经过近30年的建设和创新发展，至2020年，已在169个国家高新区中综合排名第46名。同时成为国家级"双创"示范基地，拥有国家级孵化器和众创空间5家。在这里，我很珍惜能够与公司共成长，与火炬开发区共成长的机会。在这里培训、学习包括工作，除了学习专业及职场知识，积累工作经验，更多的是学会做一位能够发光发热的中国人，且不忘公司"创新清洁能源，造福人类社会"的光荣使命。犹如鲁迅先生所言："愿中国青年都摆脱冷气，只是向上走，不必听自暴自弃者流的话。能做事的做事，能发声的发声。有一分热，发一分光。犹如萤火一般，也可以在黑暗里发一点光，不必等候炬火。"

当每个人发光发热之时，火炬开发区也会正如其名成为火炬，在黑暗中照耀着前方的道路，成就人们的未来。

既来之，则安之。热爱生命，热爱生活，热爱火炬。聚焦当下，面向未来，我们的前景光明而美好。大时代有大担当，团结一心，努力奋斗，共建未来。我们将带着希望与梦想，执着与追求，奋发与有为，不断前进着，我们与火炬共成长！

牵挂

王玉菊

2016年6月1日，吃过午饭，回到办公桌旁，她发现手机上有两个未接来电。一个响了35秒，一个响了45秒，是同一个号码打过来的，号码所属地是四川。

她看着手机，沉思良久，才拨通那个陌生的号码，问："您好，请问是哪位？"接电话的是位女士，说："我是你的老同学，连我的声音你都听不出来了吗，猜猜我是谁？"她猛然想起公安部发布的防骗公益广告，里面说骗子使用频率最高的就是这句话。她顿时提高了警惕，冷冰冰地说："我听不出来，抱歉。"那位女士说："我是某某系某某班的刘同学呀，你不记得我了吗？"离开学校太久，她早忘记自己的班级序号了，她老老实实回答："我忘记我在哪个班了。"

那位女士说："某某老师，你还记得吗？他实习时带我们的，现在去美国了。他每次回来，我们都会聚一下。"某某老师没有带过她所在的组，她对他没有任何印象。她实话实说："我没有印象了。"

125

电话那边又说:"景同学,你记得不,蔡同学,你记得不?"景同学,蔡同学,她当然记得,但她仍然不敢放松警惕,回答说:"都不记得了。"这回,那位女士真的急了,一连串报了十几位同学的名字,这些名字,她全都记得。这位女士的声音,也越听越熟悉,应该是她的大学同学了,她亲切地说:"刘同学,你好,我记起你来了。"电话那边的刘同学这才松了口气。

相隔二十几年,刘同学是怎样找到自己的联系方式的,谜一样地困扰着她。她决定问个究竟。她问:"刘同学,你是怎么找到我联系方式的?"刘同学说:"这个嘛,你就不要问了。"她又问:"你现在从事什么工作,是保险、直销还是传销?"刘同学说:"反正,我不是骗子,怎么找到你的,请不要再问了。"她后来才了解到,那天,刘同学为了联系上她,中午饭都没来得及吃。她居然在电话里冷冰冰地说,对刘同学没有丝毫印象,还盘问了对方一通。刘同学听得心都快凉了,又气又急又饿,差点儿晕倒。

毕业时的情形,又在她的脑海里回放。吃散伙饭那天,大家都喝了不少酒,畅想毕业后各自的工作生活,说要多保持联系,还要做儿女亲家,然后都伤心地哭了。尤其谈恋爱的几对,天各一方,此地一为别,再也不见君,哭得更是稀里哗啦。

第二天男生帮女生们把棉被、衣服、书本等装好箱,打上打包带,搬到校内的托运点。他们任劳任怨,四处奔忙着,个个满头大汗,累得腰酸背痛。理工科的女生本来就不多,最后一次做"护花使者",他们觉得这点辛苦,不算啥。

她很害怕,离别时,会再度伤感流泪,就没有通知同学们来送行,也没有为任何同学送行,买了张回程的车票,挥一挥衣袖,不带走一丝云彩,悄悄走了。

她的思绪又被拉了回来,心里美滋滋地乐着:我同学找到我了,我找到我同学了。接连好些天，她都像打了鸡血一样，眉毛眼睛鼻子都在笑。

同学们还说，快找到她之前的那些天，大家都在班群里问，找到没有。以前同寝室的同学，还将她们读书时的合影发到了朋友圈。男同学们留言说："岁月是把杀猪刀，刀刀催人老。"

这一份牵挂，让她很是感动。几十年如一日地找她，也让她非常愧疚。这么多年来，她总是忙忙碌碌，从不曾停下。也不曾问过自己，内心真正想要的是什么。也没有好好关心所有牵挂她的人。

多少年来，爸爸的嘱咐，她坚守得很彻底。女性，要独立，在精神、经济上，都要双重独立，不要依赖任何人。她外表温柔、坚强、勇敢，却欠缺温情，欠缺同理心，甚少主动同朋友、家人联系。

同学们的牵挂，让她的心慢慢地柔软下来，深切体会到人间最宝贵的是人与人之间的真情，以及常保持联系的可贵。她也学着牵挂身边的人，开始关心他们。以前，她从不在微信里"冒泡"。现在，她积极去朋友圈点赞，但有时也闹笑话，朋友去医院输液打针或是堵在高速路上，她也去点赞，朋友惊讶地问她赞什么。过节时，她也常打电话祝福家人和朋友。

找到她后，同学们推测另几位至今仍杳无音信的同学，极有可能在广东啥地方"藏着"。她和同学们互相鼓劲、打气，说继续努力，一定要找到他们。

话语不多，酒量却不小的她

王玉菊

　　一次吃饭时，她安静地坐在饭桌边，微笑地看着大家侃侃而谈，但每一次举杯祝酒，她都一饮而尽。大家问她，怎么不说话。她说，我话语不多，酒量不小。众人皆乐，纷纷朝她竖指点赞。

　　那年开春，在一次聚会上，她优雅地品着葡萄酒。那时我们因为共同的爱好加入了文学协会，我们一起做着很多琐碎的事情。

　　她是一个斯文安静的女子，身材娇小，说话亲切温柔，让人不由得产生强烈的保护欲。有的聚会，如我不在，就会拜托旁人帮她挡酒，担心她会喝醉。在协会里遇见很多厉害的文人，我们一起拜师学习，开心得像买彩票中大奖一样。文人们大多言语犀利，经常在微信群里争论不休，他们才华横溢，滔滔不绝，字里行间尽是迸射的火花。她就说，他们男同胞吵吵闹闹，我们女同胞可要相亲相爱哦。后来我们一起办微信公众号，每天乐颠颠地撰写和编辑文友们的文章，发到微信群和朋友圈。有人调侃，一块石头掉下来，会砸到十个微信公众号小编。可我们还是乐此不疲。

在一次烧烤活动中，邀约的主人请我帮忙准备食材。她知道后说她也去。她果真如约而至，我们一起准备食物，洗洗涮涮忙个不停。那天晚上聚会很迟才结束，我送她回家，她说："你知道我为什么会去吗？我知道他没有家属在身边，你一个女的去的话，我担心别人会误会你，所以再忙我都会去陪你。"每每想起，我心中总有暖流涌动。

每次有需要喝酒的场合，她都能喝上几杯，让人实感惊讶。与她不同，我是个正儿八经的家伙，滴酒不沾。每逢聚会，朋友们免不了要喝酒助兴开怀畅饮，似乎只有酒才能打开话匣子，才能拉近人与人之间的距离。而我每次举杯时都以茶代酒，而且一看到有人喝吐了，或是计算到人均喝酒超过八两，我心里就急得不行，担心他们会喝高了或喝伤身体。于是忙着提醒大家喝少点。但那些喝高了的人，都是胆大气粗，干杯干得更猛，还要再开一瓶，我便成了不识趣的"恶人"，愣在一旁担惊受怕。

记得有一次，又是一大群人聚餐，我看见他们喝得差不多了，就把一桶啤酒藏起来，先行离开。没想到留下的几位大神，还是把酒找出来，喝得一干二净。

后来她们问我，你有没有体会过微醺的感觉，就是压力比较大时，酒喝到刚刚好，然后倒头就睡，睡得又香又甜，第二天起来后，整个人都很舒服。我还真没有体会过，想象她们描述的那种美妙感觉，是不是真的在云里雾里飘飘然，似乎在飞翔。也许应了那句"何以解忧？唯有杜康"吧。

时间过得真快，弹指一挥间，她从长发变成了短发。不变的，是她的善良，乐意付出，不计较。她话语不多，酒量却不小。她平日忙碌着自己的工作，照顾着自己的家庭。她不像职业女性和女强人，她安安静静，勤勤恳恳，热爱文学，关怀儿童。她能在热热闹闹的饭桌上举杯痛饮，也能在安静的房里专心折着纸鹤。

也许，每一次相遇就是喝下一杯酒，有的醇香，有的甘甜，有的浓烈……微醺的感觉的确很奇妙，就像我们的相识，有着某种机缘巧合，或在路上谈笑风生，或在桌上推杯换盏，话也好，酒也好，合适的量，就是最好！

市场休业者

王玉菊

2018 年春节前，竹苑市场入口处的杂货铺，悬挂着个招牌：市场改造，清货。

市场入口那间商铺的档主，从摆地摊卖不锈钢刀叉、保温瓶、雨伞起步，后来租下这间商铺，用价廉物美、种类丰富的货物吸引了众多顾客。他将原本旺丁不旺财的铺子经营得红红火火，令周围人羡慕不已。

修改衣服的档口，大门紧闭，已不见人影。再也见不到老爷爷津津有味啃鸡爪的场景。尽管光线昏暗，空气不太流通，他却是一副在五星级酒店享受美食的样子。

那时，他儿子负责补鞋，儿媳负责修改衣服，货架上堆满了客人要改的衣服。偶尔，他孙子下班后，会到档口帮忙。我小孩的校服，裤腿长了或是裤头松了，都到这家店修改。一来二去，我们成了老熟人。

隔壁的老张杂货铺，已拉下门闸，人去楼空。

那时，店铺里的光线不好，黑乎乎的，老张的脸更黑，问他什么，他都阴沉着脸，爱理不理的样子。老板娘瘦削的脸上，总挂着笑容，轻声细语，与客人讨价还价。

鸡肉档的女店主，见到客人，总笑着招呼"老板，买点什么"。她耐心地帮客人把鸡腿上的肉剔下来，告诉客人，撒上黑胡椒粉，用盐、生抽、糖腌好，油热后下锅，煎个两面金黄，小朋友爱吃。

竹苑市场很快就要关闭改造。

改造期间，这些人将如何谋生，我为市场里的商家们捏把冷汗，不禁为他们担忧起来。

一天，穿过竹苑市场后门的街道，听见有人叫我，声音是那样熟悉。我回头一看，这不是老张杂货铺的老板娘吗？我应声回答，是你！这个位置真好，天天呼吸新鲜空气。老张坐在门口，忙着给拉杆箱上螺丝。他笑着说，还可以天天晒太阳。我惊叹，他居然也会笑。老张得意地说，提前准备，市场关闭公告一出，他立刻找地方搬店。要等到现在，怎么可能找到这么好的地方。

阳光柔和地倾泻下来，树木吐出鹅黄的嫩芽，即将绽开成一片片绿油油的树叶。小鸟在枝头跳来跳去。阳光下，老张不再黑着面孔，笑得格外开心。

隔壁店里的人，正巧走出来。我们互相看了一眼，同时瞪大眼睛说，是你？我说，你们都找了个好地方。他们夫妇二人笑着说，空气好，还亮堂，面积同市场里一样大。我心想，老爷爷可以晒着日光浴啃鸡爪了。

我小孩喜欢吃鸡爪，更喜欢吃鸡肉。今天，他连说了好几遍，谁家炒鸡肉，好香。既然到了市场，就去买鸡肉吧。

鸡肉档的女店主笑嘻嘻地推荐湛江鸡，说炒来吃，最好味了。见我点头，她立刻称秤，清洗，斩小块。我忍不住问她，市场关了后去哪儿？她说，先去云南旅游，探望同学。云南好啊，风景不错。她陶醉在旅游的憧憬中。说自结婚以来，就经营这个档口，十多年了，除了生孩子，从未休息过。一个月几千元的租金，哪舍得休息。现在好了，反正做不了生意。下定决心，四处走走，出去玩一下。如在云南等地找到合适的生意，就不回菜场了。

铺主们很快清完货了。他们即将搬到远洋大信旁的三溪村市场，专做大米、汤料生意。

如今竹苑市场已关闭，坚守了这么多年的档主，务实，不抱怨，主动应变，令人敬佩。

惊喜总在转弯处

胡远航

黄昏渐渐远去，暮色渐渐昏黑，中山紫马岭公园的路，也渐渐模糊。鸟儿变成黑色蝙蝠，树木变成黑色怪兽，一切化为浓墨。

鸟儿已飞回巢穴，啾啾声渐渐停歇，只有蝉儿还吱吱叫着，不厌其烦地唱着初夏咏叹调。

本来，我和堂弟乘兴而来，想过一把划船瘾。可现在，我们心中的期望，恰如夜色黯淡，渐渐消散。

我气馁道："不去了吧！就算去了，老板也该下班了。免得白跑一趟。"我心中的希望之树，正在枯萎。

爸爸却鼓励我们："不到黄河心不死。继续走，不要停，说不定还能划船呢！"爸爸语气坚定、斩钉截铁，他心中的希望尚未熄灭。

但我们都想放弃——暮色四合，一路无人，游船主人大概早已打烊。放弃的念头，真是一阵秋风，吹得希望之树瑟缩。我们都不愿前行。

爸爸仍鼓励我们："不要放弃，希望还是有的。哪怕只有一线希望，我们都别放弃。如果现在放弃，前面的路就白走了。那么多路都走了，也不在乎最后这点路了。"

他的话语像战鼓，充满力量，振聋发聩。虽然夜色昏黑，我仿佛看到，爸爸的眼神闪烁星光，那星光激励人心，照亮前路；虽然夏意渐浓，我仿佛吹到春风，希望之树又渐渐泛出新绿。

我们迈开脚步，不顾疲乏。我们的脚步就是溪水，疲乏就是石头。石头拦不住溪水，疲乏更挡不住脚步。

走着走着，我腿酸乏，仿佛灌铅，但不经意间眼前一亮。

我们总算来到湖边，那儿灯火通明，心中希望也被灯光点亮。爸爸走到灯火阑珊处，问老板，老板同意我们划船。我们交了钱，就欢呼雀跃，跳上游船。

月亮升起来了，月光洒在湖面，湖面洁白如银。水中小鱼游来游去，往来翕忽，似与游者相乐。岸上冒出几只鸭子，它们唱着"嘎、嘎"欢歌，似乎在欢迎我们。

桨一划，小船动起来，水面泛起道道涟漪。月光碎成万缕银丝，星星摇成水仙，灯火闪烁成金菊，湖水被画成百花园。

迎面拂过清风，飘来花草清香，人不由得深深沉醉。要是刚才我们打退堂鼓，这清风拂面就无缘享受了。

这时，爸爸说了句言简意赅的话："有时，距离成功只有一小步，这一小步并不难走。但是，很多人没输在前面九十九步，却败在最后一小步。他们经历'山重水复疑无路'，为何看不到'柳暗花明又一村'？因为，他们心中希望的火苗已熄灭，他们选择放弃了。"

感谢爸爸的鼓励，我走向灯火通明的终点；感谢爸爸的教诲，我明白，坚持到底才能胜利。

湖光山色如此怡人，清风明月如此美妙，但如果没有爸爸的鼓励，我们就与美景擦肩而过。

那次经历让我明白，成功难就难在最后一步。只有走到最后一步，才能拥抱成功。因为惊喜总在转弯处。

那历久弥新的书香

胡远航

爸爸大学读的是中文系，爱爬格子。一有空闲时间，他总是趴在电脑上创作，随感、评论、诗歌、小小说、征文、提案、调研报告、反映社情民意信息，等等，反正总有他写不完的东西。他的专用电脑桌面装的软件快捷方式很少，没有游戏软件。即使误绑了这些软件，他也会立马删除，实在不行，就用360强力删除，力求"除恶务尽"。他认为将时间花在电游上，无异于谋财害命。他有时也看看书，但看多了，就吝惜起时间来。他说与其沉醉阅读，不如挤出时间写点东西，既能留点文字痕迹，还能挣点稿费或征文奖金贴补家用。

凭着他发表的那些文章和征文获奖证书，爸爸先后加入了市、省级等作协组织。我高中虽然读的是理科，但对文学的兴趣也很大。周末爸爸在创作时，我完成作业后，就会拿来文学作品在一旁阅读。

我看的书很多也很杂，爸爸从来不给我画框子。安意如、白落梅、李惟七、蒋胜男、殷羽、梁振华、寂月皎皎等人的古风文学作品，许渊冲翻译成英文、法文的《诗经》《汉魏六朝诗》《唐诗》《宋词》《苏轼诗词》

《元曲》《元明清诗》，雪莱、波德莱尔、惠特曼等欧美诗人的诗集……我在当当网上下单，一买就是一大箱。遇到网站搞促销活动，我买的更多。我的书桌书架组合和窗台摆不下了，爸爸又先后帮我在网上买了两个竹子书架。早在2012年，我家就被评为第五届"中山市书香家庭"。

爸爸说幸好是在网上买的，有快递小哥送书上门，不然选书很费时间不说，拿着这些重书回家也是个体力活儿。他说自己读中学那会儿，买书还要去县城新华书店才能买得到。贴上往返车费，加上书费，爷爷奶奶也不会同意的。如果偷偷从生活费里省点钱，买两本作文选，会被爷爷奶奶数落半年。因为那时候农村经济条件太差，供爸爸、叔叔、小姑上学都已经相当困难了，哪有闲钱去买书呢？爸爸那一代人读小学、初中那会儿，唯一能见到的书，就是教科书了。那时农村的小学、初中是没有图书馆的，镇上也没有，到了县城读高中才能见到图书馆。不过他们升学压力大，学校把他们的课余时间都安排得满满当当，已没有泡图书馆的时间了。

爸爸聊起这三十多年前的往事，引得我唏嘘不已。再放眼周围，我们中山每个镇、区都有图书馆，每个村居或小区都有农家书屋或图书室，就连不少街边还设有自助图书阅读亭或图书漂流亭。可以说，只要你愿意阅读，就可以近距离地享受免费阅读的机会。那博览中心，近年来年年都会举行书展，读者还可以一睹阎连科、蔡澜等大家风采。但是好多市民身在福中不知福，错失这大好便利的阅读机会，整天抱着手机，做到手不释"机"。

我有时也会像爸爸那样，将自己的感悟写下来，然后发电子邮件到报社。从小学到现在，我也发表近二十篇文章，获奖六七次呢，这也算是对我阅读这么多书籍的一种回报吧！

时代的潮流滚滚向前，那丰富我们生活内涵的书香历久弥新。生活在"书香之城"中山，是一种幸福。广大市民，要珍惜这触手可及的幸福，让沐浴书香像呼吸空气一样自然。

第四辑　诗歌卷

我在火炬开发区等你

曹波

今天，我要献上一首诗
题目是《我在火炬开发区等你》
我要让许多人知道
火炬，一个点燃激情和梦想的名字
在锦绣中山
在南粤大地
如一颗璀璨的明珠在闪耀

它源于一个氤氲岭南风情的小渔村
从古朴深情的东乡民歌走来
从改革开放的大潮中走来
这里的山，有海的色彩
这里的水，有山的气概

这里的人，说多美就有多美
这里的街巷、村庄、园区
像朵朵盛开的凤凰花
无不令人向往和迷醉

我在火炬开发区等你
等你在丰盈清丽的横门水湄
等你在风景如画的凯茵新城
等你在荷香四溢的得能湖公园

三十年的风雨历程
开发区人筚路蓝缕
创造了一个个神话般的奇迹
当你走进火炬新园区那一刻
便自然地感受到新时代火炬的光芒
闪亮在宜业宜居的宏伟目标里
闪亮在经营科学之城的前瞻性规划里
闪亮在走向国家战略竞争的多彩蓝图里

来吧，朋友
号角已吹响
火炬已点燃
我在火炬开发区等你——
我的诗，在深情地呼唤你
我的心，在热切地期盼你

开发区，我以一个异乡人的身份说爱你

刘洪希

面朝大海

四季花开

这个曾经的小渔村

因为风的吹拂

雨的灌溉

和阳光的照耀

以春笋拔节的模式

向上伸展

我是湖南人，我是四川人

我是重庆人，我是江西人

我们不约而同

在健康产业基地、包装印刷基地

电子基地、装备制造业基地
挥洒汗水
奉献青春

我收获薪水
收获快乐
也收获友情和爱情
我们在开发区
安家落户
生儿育女

闲暇时间
我们在绿树成荫的小区路上散步
去得能湖华佗山公园健身
到太阳城购物
偶尔也在夜深人静时
觅几行诗句

"我来自遥远的地方
但心中已把这个美丽的异乡
当成亲爱的家乡"

聆听火炬燃烧的声音

曹启正

这是一块神奇的土地

改革的春风吹绿了这里

开放的春雨滋润了这里

七个国家产业基地诉说着辉煌

二十家全球 500 强企业

中山最大面积的全民健身广场

明珠文化长廊动人乐章

把改革开放的最强音奏响

站在濠头青云桥上

俯视亿万年的沧海桑田

下岐山炮台沉默着

光绪铁钟沉默着

濠头村的石狮子沉默着

大环华佗庙沉默着

江尾头村的碉楼沉默着

我唱起东乡民歌

耍起濠头木龙

得能湖公园的荷香飘进万家

咸淡水浸泡的日子一去不返

亭台楼阁清新宛若油画铺展

天蓝水清花草飘香成就田园梦想

三十年来

二十六万火炬人

从荒山野岭

从泥土中站起

穿越世纪的风

用绵绵不断的创造力和想象力

吹起奋进的号角

在横门水道两岸

逐渐辽阔　逐渐舒展

火炬礼赞

陈芳

在井冈山挹翠湖边，有个巨大的火炬雕塑
那是革命的火炬
当我知道到中山的火炬
是因一张"国家级高技术产业开发区"的名片
那是科技的火炬
我想，只要与火炬相关联的
都是希望、进步、凝聚力的象征

当我寻根究底才刨开这个曾叫张家边的村子
它并没那一层华丽外衣掩饰的往昔
而是一个姓氏从搭草寮而居的生息繁衍与变迁中
所经历过的世事风云
宁静到喧哗的阵痛，是打开改革开放之门时

应有的代价
因只有旧的消失，才有新的崛起

这片热土上，有美得无法忘却的得能湖公园
有巧夺天工的牌楼、凉亭、走廊、五曲桥
还有一片开得灿烂如烟花的荷
在临海工业园，它是一个划时代的大手笔
正浓墨重彩地抒写着科技兴邦的篇章
在全民健身广场，它是为提高国民体质与康健
正不遗余力推广的社会公益的责任与担当

站在横门水道，1939 年的枪炮声早已远去
密集的货船与集装箱，碾碎了历史累积的沉疴
当这里聚集了数万的才智精英
于火炬下，他们用智慧、创造和拼搏的精神
铸造出工业的巨轮
让这艘快速行驶的科技航母，朝着
那个伟大的"中国梦"之港湾启航

就是这张科技名片，承载了三十而立的火炬人
与苦难而战，在磨砺中优化创新的勇气
为走向"大国工匠"的技术舞台，不忘的初心
时间的河流里，总有活水逆流而行
守好点燃火炬之源，改变旧观念，用好新理念
构建一个民安、民乐的安康之城

火炬手，在开发区

丁声扬

三十年的回眸，何止沉醉一笑
三十年的历程，又何止星光辉煌
伟人中山故里，中山美丽湾区
在珠江西岸的一个小渔村
点燃一曲中山港火炬手的心花

火炬手，在回味，在陶醉
陶醉着，火炬开发区的风情万种
东乡民歌在飞扬，濠头木龙在挥舞
咸淡水的交汇，在生姿摇曳
摇曳出张家边、濠头村、中山港的新篇章

这里，真是一个好地方

这里，真是一个好港湾

看，伴着晨曦启航

哟，踏着晚霞归港

一起歌唱，歌唱，鱼满船，米满仓

火炬手，在欣赏，在深爱

深爱着，粤港澳大湾区的每一寸土地

跨过青云桥，走进北帝庙

谷口听莺，鹅峰闻笛

酒米洞口，金虾泉里流芬芳

这土地，真是好风光

这火炬，真是好航向

我们在努力，我们在奋斗

有了一代又一代奋勇当先的指引

我们改革开放的道路，越走越宽敞

火炬手，在开发，在创新

公路，在飞驰，畅通着前进的方向

港湾，在延伸，炫丽着未来的梦想

一个崭新的开发区，在畅想

滋生着一个又一个新时代的火炬手

这里，有一朵美丽的浪花

这里，有一把高新的火炬

在火炬开发区，点燃

点燃心头的一朵浪花
点燃一次燎原之火的激昂

三十年前，我曾经迷茫
期望，一个火炬腾空的梦想
三十年后，我热切期待
前仆后继的火炬手
更加灿烂　更加辉煌

举一支火炬把天空照亮
——写给火炬开发区建区三十周年

高山松

都说得能湖里的莲花

有着《诗经》的身材《楚辞》的脸

婉约的风韵里

总也摆脱不了那份绝世的孤傲

湖里的一片莲叶正在远航

湖边的鸟鸣

也被改革的春风吹硬了翅膀

而一口纯正的张家边话

历经三十年的沉寂

终于从孤傲走向了喧嚣

当初的誓言掷地有声

三十年的传奇攀上大雁的翅膀

凭空抬高了一座城市的海拔

我不知道得能湖是不是前朝留下的一张名片

历经三十年的风霜和磨难

竟能让一片柔弱的湖水露出锋芒

吸引南来北往的目光

湖边的菩提应该在前世就已修成正果

秋风中飘舞的一片片树叶

正在飞越哲学的悬崖抵达真理的彼岸

而得能湖水中隐藏的水草

多像湖边的人潜伏在水中的智慧

湖边那些被炊烟带弯的曲径

多像我们建区三十年来走过的路径

虽蜿蜒曲折却一直向着太阳升起的远方

傍水而居的人们

每天都能听到莲花开放的声音

仿佛前朝的一位女子

向你轻轻诉说一座城池的往世今生

湖边行走的人

似乎是在寻找湖水中深藏不露的秘密

寻找藏在一朵莲花中的隐喻

看看这些隐喻

能不能拯救沦陷在淤泥中的梦幻

湖边行走的人越来越多

他们把一朵朵莲花举过头顶

仿佛举起一座座莲台
让凤凰涅槃浴火重生
仿佛举起一支支火炬
把头顶的天空照亮

火炬，火炬

洪芜

有多少人和我们一样

寂寂人生被火炬点亮

且一直燃烧着

那一年，我瘦削的身体

被裹挟在打工潮汹涌的浪涛中

起起落落，漂浮不定

疲惫、饥渴，寒意阵阵袭来

是一把火炬引导着我

踏上了这片热土

张家边春天温暖的手指轻轻叩开我的心扉

中山港亲切悦耳的汽笛声似亲人声声呼唤

珠江口翻涌的海浪澎湃成胸中的激情

蓝天白云下，望着天空飞翔的鸥鸟

年轻的我握紧了不屈的拳头

无数的拓荒者以奔跑的姿势

迎接新的曙光的来临

将南腔北调融入同一首咸水歌

在机器轰隆隆前行的步伐中

荒草退却，道路伸延

一幢幢高楼豪迈地指向天空

一个崭新的火炬区傲然面世

我背上的工具箱并不沉重

扳手、铁钳、螺丝刀轻轻敲着我的脊背

捂住我的胸口

我提醒自己

虽然我只是这个城市一名普通的建设者

机器上一枚小小的螺丝钉

身上的责任可不轻

每天，乘坐公共巴士

穿梭于包装印刷基地、会展中心

电子基地、健康基地

如一条水中的游鱼

忙碌的心里面总燃着一把火炬

渴望的窗口前总亮起一盏明灯

我庆幸，在最好的年纪遇见了最好的你
恋爱的甜蜜，婚姻的美满
育儿的兴奋，置业的欣喜
入户火炬，根深深扎入土地
得能湖公园鸟语花香的早晨
留下我们一帧帧生动的剪影

风从金色的海面吹来
一湖碧荷舒展褶皱的心事
一池音乐喷泉吟诵生活的赞美诗
孩子们童稚的读书声编织着火炬新梦
我们开着车在康乐大道上，前行
每一盏路灯都是一把火炬
每一把火炬都是一个指引
每一个指引都走向一个新生

动听的名字和美好的掌故一同流传

　　黄金湖

　　　　　悠悠咸淡水交汇出一个小渔村的前世今生
　　　　　东乡民歌以古朴深情的吟唱穿越过去未来

　　　　　点燃火炬　亮光照耀大地
　　　　　就如春风拂过乡民的脸
　　　　　大地跟人一样神采奕奕

　　　　　历史更迭赋予不同的命名
　　　　　但总有一些动听的名字和美好的掌故
　　　　　一同流传

　　　　　濠头、珊洲、二洲……
　　　　　以文字或偏旁还原着水网交织的地名
　　　　　佐证了先祖临水而居择地而栖的智慧

宫花的御赐让多少人遐想联翩
从青翠竹林里款款步出的灵秀女子
顾盼生姿间让清澈眼眸流露温暖的光

诗人的想象一泻千里
撞击　石头
飞溅　瀑花
随竹迳村的女子一同进宫

史家的探究从宫花村的名字开始
寻得"皇娘"的封号
沙丘遗址以一千平方米的散布
追溯战国的烽火　闻听大汉的雄风

今天　皇娘的后嗣侨居四海
今天　皇娘的故乡八面来客
工业园里成群结队地走出的女子
一如当年生长在竹林连片的村子里
那位姑娘

她们的青春跟竹子和竹林一样
挺拔、葱郁、苍翠、茂盛
她们的勤劳和灵巧跟皇娘一样
像展翅的蝴蝶落在流水线
像巾帼不让须眉的花木兰
一同高擎起开发区的半边天

火炬，你为谁的天空越燃越亮

黄柳军

从"火炬速度"到"火炬效益"
三十年的呕心沥血
我们见证了你每一个成熟成长的过程
从弹丸之地到科技新城
三十年的风雨兼程
你与梦想同在，我们与世界亲切握手

三十年的力量
你为七十平方千米土地
书写着人类的传奇，展开了历史的画卷
三十年的智慧
你为日新月异的世界
打造成九大基地

创业园、人才楼、数码大厦

你携带着万丈光芒

一步一步，昂首向我们走来

企业孵化基地、博士后工作站

你沐浴在春阳之中

一次一次，插上了理想的翅膀

火炬，你为谁的天空

越燃越亮

火炬，你为谁的幸福

越飞越高

火炬，你为谁的明天

越走越远

面对新的机遇和挑战

你从来没有退缩

在竞争的舞台上，始终扮演举足轻重的角色

面对你追我赶的新形势

你从来没有胆怯

在时代前沿阵地上，始终发挥担纲者的作用

三十年，弹指间挥之而去

三十年，已成为一段辉煌的历史

三十年，在南方这片土地上

又为我们升起了一颗璀璨的明珠

巨轮扬帆
——写给中山火炬开发区建区三十周年

刘建芳

以国家的名义，以科技的名义
你高举着熊熊燃烧的火炬
一开始就以奔跑的姿态
在伟人故里，南海之滨的土地上
充满激情地
创造着一个又一个的奇迹

你从珠江西岸出发
你的速度是惊人的
和你一起飞跑的，还有
广澳高速，沿海高速，深岑高速
广珠轻轨，深中通道，粤港澳大桥

这是你日渐丰满的翅膀
快疾如风，穿城而过

你东临珠江口
与深圳香港隔海相望
你拥抱着
集装箱吞吐量居全国港口十强的中山港
你启航的波浪
涌动着珠江潮
推向粤港澳大湾区的澎湃舞台

蓝天中，总是挂着白云和太阳
海风里，总是飞着海鸥和热情
这是一块聚集着发展力量的热土
汇聚了知名企业三百多家
出口创汇位居全国十强
每一家企业都在这里闪光
在珠江西岸熠熠生辉
每一个品牌都在这里驻足
争相停锚泊港
昔日的蔗地蕉田
如今的科技新城

国家先进装备制造高新技术产业化基地
国家火炬计划装备制造中山基地
国家健康科技产业基地

国家高新技术产品出口基地

国家现代服务业数字医疗产业化基地

中国包装印刷生产基地

中国电子中山基地

中国技术市场科技成果产业化示范基地

中国汽车零部件制造基地

这是九块响当当的国家级牌子

居全国高新区之最

矗立在伶仃洋畔，凝视又傲首

你秉承着孙中山先生博爱天下的精神

在开拓，敢为天下先

你代表着一种发展方向和产业政策

在探索，不走回头路

在这片充满活力的土地上

你播撒了科技的种子

你培育着创新的人才

你孵化出一个个成果

你在突破，你在创新

你用了三十年，用梦想在构建

一个安康和谐宜居的生态城市

这是一片渴望的土壤

鲜花在这里自由开放

小树在这里长成栋梁

汗水与智慧在这里结晶

收获和喜悦在这里增长

这是一片神奇的土地
从三十多年前唱着咸水歌的小渔村
变成了高举科技之光的
重量级的城市巨轮

啊，火炬开发区
您这艘巨轮，正乘着新时代的东风
向着那蔚蓝的大海
扬帆启航

早安，火炬

罗阿树

当鸟儿啼破这里第一缕曙光
在任意一个清晨去倾听
你会听到枝芽和花叶萌发之音——

街道清洁阿姨的扫帚如巨笔唰唰作响
早餐店大叔把小米粥熬得热气腾香

不少大爷大妈在广场悠然晨练
几位志愿者在街边热心帮忙

高高的脚手架上，建筑工人与朝阳一同升起
筑起、焊接这座城市坚硬的脊梁

工厂里小伙和妹子们正在装配精密的梦想
商店里笑得甜美的导购为你指引心仪方向

快递员小张忙着递送一件件小幸福
保安员老杨哼着小曲儿开始交接班

一列高铁动车刚从中山站轻快出发
一位朋友发了条朋友圈：心底有阳光，一切充满阳光

是的，如果我是一只小鸟，我会飞翔在这里的天空
去亲吻这片蓝天上每一朵云

如果我是一株莲，我会在得能湖的夏晨
开出最素雅的一朵荷花，送出一缕莲香

如果我是一条小鱼，我会畅游这里的每一条河流
去呼吸咸淡水上飘着乡情的歌谣

而你，或许是一位普通的清洁工人
却为这里带来了美丽和整洁

你，或许是一位普通的快递小哥
却为这里带来了便捷和高效

你，或许是一位普通的警察、消防员
却为这里的百姓带来了一方的安宁

或许你还是一位老师、医生、工程师、管理者……
还有更多的身影，他们在这里劳动，创造，思想

勤劳成为你我最动人的舞姿
汗珠成为你我最闪亮的宝石
文明和智慧成为最美的花朵

呀！在火炬区的任意一个清晨去留心
你会发现一朵朵梦想之花在这里悄然绽放
许多枝芽和花叶在清润的晨光中写下——

早安，可爱的人们！
早安，美丽的家园！

火炬之光

罗筱

多少年了
伴着涛声
枕着海浪
悠扬的咸水歌
重复着世代相袭的命运

是谁播下火种
惊醒小渔村沉睡的梦
以火炬命名
宣告一个时代的来临

聚积了太多太久的渴望
一丝星火就可以燃点久违的激情

迸发核当量的潜力
追海弄潮的人
开始与时间赛跑

高擎的火炬下
精细化工、生物医药、光电风能
一支支舰队在这里集结
装备制造、印刷包装、电子信息
一艘艘航母向这里聚拢
凯茵新城、群英华庭、健康花城
一天天在城市的版图上扩容升级
咀香园、太阳城、得能湖
在山岭、盐碱地和滩涂
勾勒最美的剪影

火炬之光
以向上和燃烧的姿态
辉映世纪广场
照亮康乐大道
在古老伶仃洋边惊艳绽放
它的花样年华
在七十平方千米的土地上
演绎色彩缤纷

这高高擎起的火炬
像欢快的动词、美好的形容词

召唤、喻示、引领

温暖、明快、热情

它散发的光芒

点亮每一个灯盏

并照耀一座城市向前奔跑的身影

走在开发区的路上

苏华强

我在思考

为何这片土地令人向往

为何这方水土充满诗意

绿树环绕的街道

商厦鳞次栉比

四通八达的路网

工厂气势雄伟

环境优美的小区

人们安居乐业

可有万丈画卷

把这里的风物详尽描绘

我在回忆

这里从前的故事

沙边村的记忆依然

横门水道的河水悠悠

斗转星移

沧海桑田

旧貌已换新颜

勤劳与智慧

打造出一个现代化新城

东镇大街的变迁

康乐大道的繁华

科技创新之路越走越宽

八方人才汇聚这宜居城市

我在感慨

该用什么诗句讴歌这里的成就

改革开放四十年　建区发展三十年

今天　这里百业兴旺

世人瞩目

一张张国家级名片

熠熠生辉

濠头的木龙舞出精彩

绚丽的彩炮绽放希望

开发区

高速发展的代名词

开发区

充满活力的新解释

开发区

写意生活的好地方

穿过得能湖就能抵达春天

阿滨

车下广澳高速　往东
抵博爱路
近华佗山
生活的缺口
在这里堵住

此刻
一个城市的精彩夜晚
正式拉开序幕
在健康花城大舞台
在明珠路的文化长廊
在世纪广场的人潮澎湃

此刻
漫步在得能湖
凉风习习
荷叶田田
清风正气
皓月无边

此刻
漫步在得能湖
孩子们在绿道上奔跑嬉戏
大人们在欢快地舞蹈歌唱
快乐和希望的脚步
都在这一刻启航

此刻
得能湖就是一首诗
更像一部励志的纪录片
把开发区三十年的蜕变
向来自五湖四海的人们
现场直播

此刻
你我都是开发区的风景
我们来自祖国的四面八方
我们在这里遇见
最美的山水

最美的人
而我们都赶上了最美的时辰

此刻
我们都是幸运的人
有幸在这得能湖畔
看见你我的汗水
在每一片绽放的荷叶上
在每一次奔跑的脚步里
永不停歇

此刻
你我都是时间的见证者
在生机勃勃的南国
我看到
一列风驰电掣的动车
由辽远
驶向壮阔

中山港，我们钟爱一生的幸福

王晓波

当鹅毛大雪的北国

穿着棉袄，堆着雪人

雪橇在苍茫中飞驰

东经 113.3 度，北纬 22.5 度

早春三月的中山火炬开发区

山冈田野已蹦跳出

五颜六色的春花

山水美、自然美、人文美

适宜居住、创业、创新、旅游

三十而立的中山火炬开发区

在春风中悄然绽放

一场孕育春意的寒雨过后

山低水近的花鸟城

绣满了朵朵白云

鸟声划过开发区的天空

天更蓝，更辽阔

当太阳跳上树梢

华佗山鸟语花香枝头闹

阳光中，康乐大道和大街小巷露出了笑脸

攀越围墙的爆竹花笑容可掬

那倔强的岭南红棉笑逐颜开

遍野的杜鹃

映红了得能湖公园

四通八达的河网

泛起了开心的涟漪

我痴痴地想

那闪烁的波光

那流动的清风

便是我们钟爱一生的幸福

火炬印象（组诗）

夏志红

序章

八百多年铁城中山的东部
有一支熊熊燃烧的火炬
三十而立唱大风
喷薄而出的新时代高擎前行

康乐大道

摸着石头过河
在大沙田中闯一条新路
奋斗的汗水铺出康乐大道
幸福的生活比花儿还美好

得能湖

得能莫忘
海纳百川的胸襟
五湖四海的气度
凝聚成精气神融入大湾区创盛世图腾

健康花城

十年树木百年树人
一生一世一宅
千年修来的鸿福安居乐业
万年修到的清福健康幸福

华佗山公园

金山银山不如绿水青山
金杯银杯不如百姓口碑
望闻问切大健康华佗再世
不忘初心改革开放再出发

横门水道

珠江水滚滚东流经横门水道流入伶仃洋
咸水歌世世代代薪火相传唱出丰收凯歌
忆当年逢山开路闯荡南洋的风骨
看今朝遇水架桥深中通道写风流

时间已给我们像样的隆重

肖佑启

我和你，再多的话已是多余

借各种形式暗示

像秃枝等待萌芽，酷热等着雨水

我对你越来越形影不离之时

我对誓言倒背如流

不如干脆对视表白

你在四处响应或默认

从景观路南延到横门水道的东扩

从火炬路的繁忙到翠亨新区的怦然而动

大面积的蔓延，又大面积的喧哗

我们之间，越来越深入难题

像量子计算机提前泄露亿万次的速度
你给出粤港澳大湾区的命题
此刻，你把翠亨新区和深中通道赠予我作运算的立方
阳光慷慨七十平方千米，时间已给我们像样的隆重

最好的时光在沿江大道

肖佑启

一条抛物线，细长、圆润，像冠状动脉
沿途发出无数条侧枝
搂住开发区的心跳
这是一种强大的优质基因
在深处有节奏地回弹

与风对峙，最好的时光在沿江大道
有马路延伸，有基地拓展，有大大小小的念想
那坚定深邃的目光
随时准备发布憋在内心许久的誓言

一条抛物线在中山港大桥至马鞍岛环摆
喜欢跳跃的人追赶另一伙喜欢跳跃的人

每跳跃一次
难度增加，花样翻新，时间紧迫

在沿江大道奔跑
你不得不佩服火炬人的体质和身体的健壮
棕榈树与三角梅天天商量
怎样让飞快的日子天天向上

一条抛物线，足够将沿途的风景围住
风放大了奔驰的回声
清晰的线条，两旁有足够的空间
快节奏的日子，按捺不住奔跑的念头

中山港的时钟显示屏即时更新预报
船来船往的距离和变化
在沿江大道思考
每一刻都是浪漫的快乐的期待的

从横门水道吹过来凉爽的风
还将一路向东继续向粤港澳大湾区吹去
就像今天的好日子
一直紧紧攀援在广澳高速的直行道上

情系开发区

徐林

我投身这片热土

年轻的心激情澎湃

与电子插件、车床和中空玻璃

对手搏击

骨骼发出清脆响声

不知疲惫

在无可拯救中向你俯下身躯

我和她的足迹

印在得能湖边的草地

或许它们欢快的形状

比湖中盛开的荷花还美丽

原以为离不开彼此的存在

在某个未知路口
命运已陡然转入陌生的岔道
甚至赶不及来点藕断丝连

妈妈，妈妈
我在睡梦中呼喊你
却从不对你道一句"辛苦"
只讲述这里的灯红酒绿
和蓬勃的青春
妈妈，我要做一个
比父亲还要硬朗的男子

失重的灵魂
飘浮在星星跌坠的夜晚
我十六年的呼吸
回忆和爱恨情仇
已混入下班的人群车流
无数张变换面具的面孔
消失在夜色的朦胧里

寂静无眠的深夜
试图在深邃的苍穹寻觅救赎
脑海中反复播放你快速的变迁
和绚丽的篇章
每一个洒水车驶过的早晨
我凝望黎明的曙光
它永远比黄昏的落日更诱人

中山火炬　照耀岭南

妍冰

如果珠江口是一条蔚蓝色的玉带
那么中山火炬开发区
则是镶嵌在这条玉带上的璀璨明珠
省市政府创办
国务院批准
第一批国家级高新区
就诞生在珠江口西岸

三十年来
中山火炬高新区高擎
"发展高科技、实现产业化"旗帜
开拓创新与时俱进
在珠江之滨

绘就了一幅沧海变桑田的壮丽画卷

七十平方千米的土地
二十六万人口
开发区人在这片热土上
书写了美丽华章一篇又一篇

九个国家级基地
竖起六大产业大旗
装备电子医药包装汽配新能源
建成了一个集科研、工作、生活休闲
于一体现代化科技新空间

党的十八届三中全会
火炬开发区点燃
"强服务、促升级、抓创新"的火焰
自主创新推动产业集群
优化创新环境
促进高新技术大发展

如今　经过多年沉淀
火炬开发区
已是中山经济和科技的前端
珠三角西翼重要基地
犹如一颗明珠
在珠江西岸　璀璨

改革开放的浪潮

在南国的大地上翻卷

曾经是一个带有东乡风情的小渔村

华丽转身

承载着中山的城市梦

中山火炬　照耀岭南

一个花碗打开十三边

杨万英

东乡，从一首民歌里走出来
鱼虾蟹们还在民歌里繁衍生息
荔枝、龙眼、杧果、香蕉还在
民歌里酿造生活的香甜
它们的低调，平分稻香十里
压倒蛙声一片

用情至深的少年郎，初心不改
三十年前东乡，三十年后东乡
爱这灯火、渔火、烟火里的小人间
捕捉鱼虾的好本领，也捕捉高科技商机
三十年修炼，他心中全部的诗意
已经催生了一个东乡的新时代

他心中全部的激情，把东乡燃成火炬
以火炬区为几何中心，整个大湾区
都忍不住侧身靠拢过来

濠头、萌尾、泗门、上巷、沙边……
陵岗、小隐、大环、宫花、张家边……
在东乡和故乡之间，我不想左右为难
只想做个香山阿姑，截取民歌最香艳的乐段
"打起个胭脂水粉出街行"，一路吟唱
比兴地唱，暗喻地唱，双关地唱：
一个花碗打开十三边
火炬区打开了三十年……

黄昏，我会顺着这首民歌的尾音
悄悄转身，回到豆蔻年华
在一个叫窈窕的小村，看星河灿烂
坐等君子用明亮的流水线
为东乡编写深情告白的情书
坐等他夜里辗转反侧
所有的梦
都以东乡为芳名

火炬火炬，时代的奇迹

徐一川

你乘着东风呼啸而至
犹如踩着风火轮那般的神奇
在珠三角这片迷人的土地上
你迅猛崛起，昂首矗立
宽广的胸怀迎接着八方儿女

曾几何时，你还是一座荒凉寂寞的渔村
古老的咸水歌啊传唱至今
曾几何时，你还是一片人迹罕至的滩涂
祖祖辈辈在这里苦苦躬耕
而如今，你已成为一颗闪耀在滨海的明珠
绚丽的风采令世界瞩目
从封闭到开放，从温饱到小康

产业基地的壮大，工业园区的繁华
你龙腾虎跃的雄姿，正与全球顶尖者们对话

怎能忘记开疆拓土的艰辛
你发扬了孺子牛的精神
怎能忘记那恶魔似的"非典"
你奋勇抗击，战胜了死神
在创业的大道上
你始终走在前列
在各种灾害面前
你争分夺秒，众志成城

从单项改革突破到综合配套推进
从率先引进外资到发展自主创新
从"中国制造"到"中国创造"
每一次的实践，都是你前行的阶梯
每一次的亮相，都让你惊艳了世人
你似喷薄的朝阳，光芒万丈
又如汹涌的春潮，万马奔腾

三十年风云变幻，你始终敢为人先
三十年日夜兼程，绘就这壮美画卷
你是中国经济发展的精彩缩影
是孙中山故里改革开放的奋斗前沿
你坚忍不拔的姿态，舍我其谁的胆识
足以担当中山乃至粤港澳大湾区翱翔的排头兵

你顶天立地，傲视群雄
无愧历史，不忘初心

火炬啊火炬
你是新长征路上的丰碑
是挥斥方遒的时代奇迹

奔跑吧，火炬

章晖

当地理的经纬度烙上火炬之名
意味着黑夜亮如白昼，风暴自动遁形

密码不用解锁，行走的石岐话
水上话，东乡村话宛如唐诗宋词飘起了古韵
轻轻合拍五湖四海的乡音
我确信火炬之光留有古希腊的火源
在华夏，在岭南，在中山东部
成为希冀也成为你手中的长鞭
鞭策自己，也鞭策三十年来的苦乐年华

你在奔跑中涅槃，重生
在奔跑中立为标杆，捧出珍珠

在奔跑中与世界接轨

在奔跑中与高科技合作

让一只经济领头羊在香山阔步

走进你，产业链中便可细数家珍

装备制造，健康医药，高端电子产业集群

新能源产业，现代服务业新兴产业

传统支柱的包装印刷业、汽配产业……

你带着使命如鹰翱翔，如鱼游刃

清风斜雨时，你便从产业链中转身三百六十度

目浸水稻田中弥漫的清香

肤亲天和温泉汩汩的絮浪

让心祛尘洁净

秋意浓郁时，你便用深邃的目光探古

大环华佗庙，濠头青云桥还原山水禅意的灵性

浦江世泽坊，濠头村石狮子庇佑村落安稳

光绪铁钟盘坐安澜时光，祈福国泰民安

水洲山炮台，三仙娘山炮台，下岐山炮台

现出了一道道结痂的历史疤痕

让一个铁骨铮铮的民族警醒

当济世的华佗将悠悠医魂

安放于公园，乔木花草

亭台塔榭皆成为心灵的处方

当宜人的得能湖公园红霞满面

来者便能找到本命生肖

八字命运如同石雕不屈于滚滚红尘
栖凉亭，入竹径，观楼影，学水杉背水逆行
将体内的雷，来稀释春天的雨水
而夏日水草丰茂，碧荷秀挺
每枝荷皆是你传递的火炬

与海相望，与江毗邻
心域宽广，地域辽阔
每个角度，都能看到你擎举的火炬之光
那是你火炬开发区，砥砺前行携带的火种

共同见证

邓锦松

十月的开发区
凉风习习，果果飘香
一颗璀璨明珠
闪亮珠江西岸

伟人故里
今日湾区
区位独特，占有历史先机
蕴藏着巨大的发展潜力
三十春秋，又逢盛世
沐浴着灿烂的朝阳
踏着改革开放奋进的鼓点
乘着科学发展的强劲东风

解放思想，干事创业
谱写一曲又一曲崭新的篇章

看哪！
昔日的荒滩秃岭变成了一片片现代化工厂
过去的芦苇草丛变成了欣欣向荣的高科技工业区
国家健康产业基地、中山港码头、
电子信息产业园、会展中心……
正在成为区域发展的亮丽板块
天然氧吧华佗山、得能湖体育休闲公园、
宽阔大道绿树成荫……
一道道城市风景
倾情打造，应运而生
人与自然和谐相处
我们共同见证
开发区的碧海蓝天、红瓦绿树、鸟语花香

豪爽豁达、大气包容的地域民风
战风斗浪、勇立潮头的海洋文化
坚忍不拔、百折不挠的革命传统
不断发扬升华
三十年风雨兼程
三十年沧桑巨变
创业者高举艰苦奋斗的旗帜
高举科学精神的火炬
创业的故事可歌可泣，动人心魄

开拓者们不畏艰辛，奋进拼搏
迈开坚实的步履，不断勇攀新高
多少奇迹啊，开发区人创造
壮丽的画卷啊，在珠江西岸绘描

改革开放大潮，潮起潮落
在这个充满机遇和挑战的时代
火炬开发区这只雄鹰
正迎着嘹亮的号角
向着新的目标和理想
展翅飞翔……

火炬印象

唐志勇

我说不出它的辽阔、博大
和文脉中蕴含的深邃
每个怀揣梦想的异乡人
在这里
总能找到自己的星座和天地

第一次，我从咸水歌里
听出了它曾经的沧桑与美丽
第一次，我惊叹于一个小渔村的华丽蜕变
和它凝聚的岭南智慧

这个品牌荟萃的地方
除了历史、牌坊

什么都是新的

它的苍穹是无边的蔚蓝
它的空气是无边的清新
它的港口是无边的忙碌
它的交通是无边的畅达
它发展的车轮始终朝着新时代的梦想
滚滚向前……

在这里，木棉花开是一种幸福
得能湖赏荷是一种幸福
登上华佗山仰望蓝天是一种幸福
坐在太阳城里吃着台湾涮涮锅是一种幸福
和一群爱诗的朋友围着月色畅谈诗歌
是一种幸福

在这里
我无法用"魅力"这个简单的词语
将开发区笼统描述
我想
我愿意它就是我的第二故乡
我愿意是一滴水
枕着它大海般的臂弯
轻轻睡去

盛开在蕉地农田里的一朵奇葩

胡汉超

三十年前
青葱年少的我
站在华佗山顶
那时它还不叫华佗山
山上杂草丛生
人迹罕至
"老鼠山"这个乳名倒也贴切
水尽山环极大观
小隐涌贴着山脚
逶迤而行
两岸都是蕉地
桑基鱼塘与农田
随处可见

成为这岭南大沙田的主角

低矮灰白的砖瓦屋
躲藏在斑驳的碉楼后面
榕树与龙眼树的树荫下
不时有纳凉的村民
钻进去
躲避夏日的酷热

三十年后
双鬓微斑的我
再次来到华佗山顶
崭新的登山步径
从山顶挂到山脚
我与华佗老人
在山麓邂逅
华佗庙香火旺盛
驻足八角亭上
一个高大的火炬区
突兀而立
一些摩天大楼
挑高了天际线
为大地安上巨大屏风

昔日的蕉地农田
全部消遁于无形

小隐涌在住宅群和厂房间

若隐若现

中山港大桥

巨人一般

横卧在横门水道上

桥下舟楫穿梭往来

岸上货柜车络绎不绝

广珠城轨与广澳高速

为这片七十平方千米土地

撑开骨架

深中通道

已然在城东那片水域

擘画未来

传奇

孙虹

曾经

南海的风

轻拂着

盼归的渔船

珠江口上

点点的渔火

照亮着

往日的小渔村

锦绣的海湾

丰沃的良田

悠悠千载流淌的咸水歌

载着东乡人的梦

摇过沧海桑田

在一片滩涂与荒地上

梦想与实干相遇

播撒下希望的种子

传唱着

和美的歌谣

如今

改革春风

聚拢着

南来北往的精英

中山港前

络绎不绝的客轮和商船

见证着

今日的开发区

敢为人先的桥头堡

锐意创新的试验田

科技之光点亮的火炬

插上中山智造的翅膀

飞向五湖四海

蒸蒸日上的产业创新高地

科技与创新携手

结出了丰硕的果实

书写着

不朽的传奇

火炬之歌
——写在中山火炬高技术产业开发区建区三十周年

凌晶

黎明的微光

在一声声低沉的汽笛声中

渐渐明亮起来

中山港口岸

一艘驶往香港的客轮

正迎着朝阳离开码头

装满货物的客轮，一艘挨着一艘

准备驶向更远的海岸

这里

一座城打开了对外的大门

这里

一个充满生机与活力的高新区
正在走向世界

世界品牌在这里汇集
才智精英在这里扎根
健康科技产业蓬勃发展
国家火炬计划装备制造产业正茁壮成长
中国包装印刷基地
中国电子中山基地……
都在这片七十平方千米的土地上
开花结果
正如同它的名字"火炬"一般
科技之光照亮了整个中山

傍晚，走在得能湖公园的荷花池边
微风吹来，花舞叶动
摇曳之中，仿佛还能忆起
三十年前这里的模样……
一个小小的渔村
一派岭南风情的村落
坐落在珠江口西岸
日出而作，日落而息

入夜，宽阔的马路两旁
一座座高新科技楼
拔地而起，流光溢彩

世纪广场上

音乐喷泉和着时代的节拍

孩子的欢声笑语

如同梦想在空气中开了花

健康和美的生活社区

描绘着万家灯火的温情画卷

中山火炬开发区

三十年的奋斗不息，三十年的翻天覆地

与世界一起　擦亮未来
——致开发区建区三十周年

马时遇

火，天生有着刚烈的性格

这倔强的意志

多像个斗士

就一点儿火焰

足可点燃这片乡村滩涂

改革开放的号角如春雷

一声紧似一声

喊醒　沉睡的过去

仿佛一夜之间

这弹丸之地

以火炬命名的地方

到处　翻天覆地

瞧
鳞次栉比的高楼商铺
如雨后春笋
许多家
国家高新企业纷纷落户
这是何等的阵容和气魄
各类顶尖人才前赴后继
洒下青春的热血
地理优势便是大舞台
商家们齐齐竖起大拇指
不愧是珠江口西岸水陆交通枢纽
从传统的工业园区到现代化海滨新城
从"火炬速度"到"火炬效益"
这一切的一切
离不开火炬人几代的拼搏和血汗

过去的三十年是浓墨重彩的一笔
过去的三十年是伟大宏图的前奏
过去的三十年是团结创新的结晶
俱往矣
将来的三十年再三十年……
我们有信心
以高瞻远瞩的蓝图
簇拥着这把年轻的火炬
与世界一起　擦亮未来

香山火炬耀南国
——纪念中山火炬开发区建区三十周年

张锐权

它原本是岭南风情中的小渔村

它在伟人故里

把动听的东乡民歌赓续传唱

歌声传到伶仃洋，传到远方的梦

把精彩的濠头木龙带着梦舞动

一身香山魅力在岭南舞台

舞出一个

红红火火的名字——"火炬"

时代因改革开放的浪潮而巨变

它拥有火炬之名三十年来

那深厚的人文底蕴

一直发自灵魂深处的气息没有淡化

更加浓厚地与现代科技文化和睦相偕

它脱胎换骨

却不忘初心

昔日的渔舟唱晚

已风化成一张旧照片

催生城市的新貌

它以博爱和创新的思想

点燃伟人的火光

创造自己的锦绣前程

它以包容和谐的胸怀

拥抱历史的智慧

展现自己的无限魅力

今天的中国梦

焕发着它的春天

风华正茂

于粤港澳大湾区里

催发了它的新时代

它不仅名字叫"火炬"

而且是一把照亮中山的火炬

也是一把照耀南国的火炬

吸引着五湖四海的人才精英和企业家

以火炬为家

以火炬追寻理想

以火炬照亮人生……
文化创意　科技创新
已成为它腾飞发展
青春永葆的动力

三十年来
它伴着伟人的名字与胸襟
它携着数万千人的美好宏愿
挖掘出深埋于历史土壤里的文脉
在改革开放的潮声里
点燃博爱　创新　包容　和谐之光
照亮城市的灵魂

华佗山

陈忠仁

多少次匆匆的脚步

经过你的身旁

你葱茏的身影

高扬的手臂

投入我向往的心池

泛起朵朵涟漪

而这一次

在这个果木飘香的秋季

我终于来了

为了一探你的秘密

那迎接我的

不是台阶

是生活的一个个阶梯

沿着阶梯　我升入了

一个崭新的天地

山上的紫荆花开了

那开放的不是花朵

是我们火热的青春

是我们火红的生活

那捧着药葫芦的

不是华佗

是守卫我们健康的

白衣天使　白衣执甲

击败了肆虐的瘟魔

站在八角塔上

极目而望

白云下的高楼鳞次栉比

宽阔的马路树木掩映

你的美丽　见证了

这个城市的美丽

秋风漫起

树木花草开始轻舞

开始喁喁细语

它们告诉我

成熟、收获

也许　更加美丽

火炬之光

洪芜

光是明亮的事物
总是映亮心壁

珠江口，潮涌，浩浩荡荡
西岸，方圆七十平方千米的土地上
火炬之光
先于我们的脚步抵达

它是红色的，飘扬在蔚蓝的天空
它是金色的，荡漾在喜悦的脸庞
它是白色的，屹立于千层浪花之巅
它是绿色的，遨游于万丈碧波之上

这光照耀了我们三十年
明亮愈来愈富裕的日子
灿烂越来越理想的生活

在得能湖畔
我们一睁眼就握住了光
像握住荷塘月色
初出水的芙蓉
爱情含蓄的小模样

破茧。摊开手掌
一只只色彩斑斓的蝴蝶
扇动着光的翅膀
飞行在康乐大道上

盛典

汪承兵

八月
东镇大道的棕榈树更挺拔了
就像飘扬的旗帜
照亮一座城市的丰满

你站在城市的那端
用五颜六色的画卷
向南来北往的人们
展示
一座城市的前生今世

三十年
你从一个懵懂少年

到如今风华正茂

我知道

我们是多么的幸运

每一次握手

都是青春的见证

每一次相聚

都是热血的盛典

关于诗和远方

都在这里遇见

今夜

让我们一起举起欢庆的酒杯

迎接五湖四海的兄弟姐妹

畅谈丰收

还有憧憬

盛世红莲

——中山火炬开发区的另一类诗喻

诗剑

此刻

我喻眼前的你为一朵孤绝的红莲

一朵亭亭直立于南海碧波

伶仃洋畔的盛世红莲

喻你为莲

只因你清静挺拔

自立于喧嚣的工业国里

别有一种矜持与美丽

花开时最灿烂

果熟时最真实

喻你为红莲

只因你也奔放热烈

行进在百花争艳的大湾之夏

你从未放弃理想的追逐

听得见大海的波涛

也听得见河涌的细语

亲历了盛世的繁华

更向往内心的宁静

盛世红莲

我愿从此归隐于你的莲心

绝不怕那一点点相思之苦

我是一条小鱼儿

余军

我是一条小鱼儿
在茫茫人海里畅游了半个世纪
我从岐江河游来
我向中山港游去

我游到了珊洲
四面环山，酷热似焦
有女不嫁珊洲坑
石仔伶仃路难行
我见证了风雨飘摇
我体验了寸步难行
我看到一口古井成了全村人的依靠

后来

乡村别墅触摸了天上的云
孩子们琅琅读书声
成了春天里最美的音符
我还与另一条鱼儿相邀
共享青春年少

我游到了张家边
北溯水道，村处海边
野老才三户
边村少四邻
我亲历了人烟稀少
我感受到满目荒凉
我发现一台印刷机带给师生的骄傲

如今
小区变成世外桃源
广场大妈唱歌跳舞的身影
是夜晚美丽的风景
我还幸运地找到了一颗珍宝
把玩在手中久久不放

我游到了中山港
江山幽梦，怡情景色
腾空跃起一巨龙
三地从此无西东
我这条鱼儿啊
是否还能游得更远更长

224

姊妹桥（外一首）

黄刚

万里海岸线

如一弯襟怀坚韧的弓

南海姊妹桥

似两条衔聚张力的弦

潜海越空的粤港澳大桥

是凌驾海天的巨龙

振翼腾飞的深中通道

是先行改革的飞蝶

伶仃洋上的姊妹桥

平行辐射东西延伸

在蔚蓝的南海舞台构筑起一个梦想

将湾区十一座城市集约成一个引擎

贯通粤港澳的血脉

扩展东方龙的胸襟

浓缩新长征的时间

提升中国梦的速度

铺展共和国的图腾

山岛耸立枕涛听海

海鸥的悦鸣湮没了惶恐滩的惶恐

舰船的汽笛遮盖了伶仃洋的叹息

寒流难免冲动秃鹫偶尔觊觎

汇聚南海的暖流有冲和寒流喧嚣的信心

三百五十多万平方千米的南海不乏射雕的利箭

百年变局千年大计

雄安呼应着大湾区

中国恭候着天下客

彩虹横空　正是出海打鱼季

蝶舞双翼　难得蝶变好时机

南海为谱　双桥成弦

浪花与白鸽弹拨出悦耳的和声

理性的蔚蓝交织着浪漫的彩虹

千年一梦涛声昂越

风吹浪打烟飘云掠

华夏襟袖的琴弦

南海上空的图腾

划过蓝色的琴谱
奏响蓝色的乐章

海之门

轻舟如剪
别裁天水之书
净水如纸
拓印彩云霞光

一张宣纸
调和斑斓的秋日黄昏
一泓水域
供养丰盈的心灵家园

推开海之门
望天
看海
人间在天堂
天堂在人间

火炬开发区，你是一颗闪亮的星

陈剑兰

一

这是一个充满活力与激情的名字

每当我呼喊你的时候

你的每一个笔画每一个音节

就会火一样在我心中升腾

就像大环华佗庙宫花遗址

石器和陶器上古老的绳纹

就像浦江世泽坊昂然挺立的身影

又像青云桥下　奔流不息的水

我知道　在我之前

黎村古庙的钟声　曾一声紧过一声

沉睡的石狮　于苍茫风雨中惊醒

狂舞的金龙　即使在最深沉的夜里

我也能看见那水洲山、三仙娘山、下岐山的炮台

用喷吐的烈焰　将外侵的魔爪和岁月的苦难

燃成灰烬

我知道　在我之前

有一些人　曾在你折叠的时光里踽踽前行

吕文成、李凡夫、孙康、蔡北华、张惠长……

每一个名字　都是一段不凡的经历

每一段经历　都镌刻着你成长的印记

而此刻　他们正在我的诗中微笑

娓娓诉说着你的繁荣昌盛

　　　二

当春天来临　当律令更替

当万物苏醒　当祖国翻过最新的一页

我从北到南　像一滴最终要汇入大海的水

一粒种子一般　在你温柔的港湾

落地即是家

故乡在我身后越来越远

你用双手　将一个游子的心事抱紧

目光所及　一切都是新的

庞大的科技创新体系和科技创新平台

让一颗经济明珠　从中山东部冉冉升起

一个小镇　正以前所未有的格局

搅动国际信息风云

一座新城　正以前所未有的发展

实现从"火炬速度"到"火炬效益"的伟大跨越

我想　我是幸福的呀

这翻天覆地的变化　每一天

都在我身边自然发生

每天一睁眼　就能看到这辉煌壮丽的画卷

即使我永远也写不出那史诗一般的篇章

我也相信　星星之火是人类爱与力量的传承

而我　只想在十月　唱一首歌给你

　　　三

我喜欢听黎村古庙的钟声

钟声悠远　像一本厚厚的时光之书

从长河到落日　从故乡到远方

从乡音到东乡民谣的调子响起

直到船桅破开江面　直到濠头飘色

与龙母庙的彩炮　为木龙画上眼睛

这所有的一切　跟某些尘封的记忆慢慢重叠

有时候　我喜欢站在窗边远眺

天空很蓝　云朵很白

近处　是市井百姓熟悉的生活场景

远处　有成群的白鸟在水面翻飞

汽笛掠过江面　风从珠江口吹来

在更远处　我所到过或没到过的那些城市或乡村
都跟你一样　在阳光下散发出诗意的清辉

我喜欢绿树掩映的中港大道
每当我经过那些工业区的时候
它总是提醒我将节奏慢下来
慢一点　再慢一点
它说宁静外表下　是一颗颗火热跳动的心
那些一刻也不停息运转的流水线
组成了火炬喷发的强力和内核

四

当夜来临　你就是一颗闪亮的新星
无论我从哪个方向　都能看到
璀璨灯火下的盛世清明
你看　那些欢闹喧嚣的人群
有着多么复杂身份
来自世界各地的他们
如今只有一个身份——火炬开发区人

岁月流沙　所有的故土乡音
都经过了祖国标准礼仪的教养和熏陶
当无数白皮肤黑皮肤微笑着
用流利的中文跟我说"你好"的时候
我的背　不由又挺直了几分
这是祖国给予我们的强大和自信

还有什么是比这更慷慨的赠予

是的　你是一颗让人仰望的新星

从东镇到张家边　再到国家级的火炬开发区

一个名字的华丽转身

不断刷新着你成长的履历

现在　我们的祖国日益强盛

你在世界经济信息的潮头傲立

这是你　为新中国成立七十周年

最好的献礼

火炬，正以风华正茂的名义燃烧

陈燕红

三十年前的岭南小乡村点燃一团小小的火苗
三十年，火苗已成一束火炬在熊熊燃烧

火炬里住着一束束小小的火炬
一束束小小火炬将火焰一节节拔高

深中通道是一束火炬
火焰在珠江江底传递
深圳、中山隔江牵手问好

中山港新口岸是一束火炬
手挥一挥，手招一招
香港、澳门跃入深情的怀抱

临海工业园是一束火炬
擎起一面大旗——
国家先进装备制造业基地
电子信息产业是一束火炬
健康医药产业是一束火炬
包装印刷产业是一束火炬
汽车零部件产业是一束火炬
……

我也是一束小小的火炬
站在三尺讲台点亮一双双眼睛
助力祖国的花朵绽放骄傲和自豪

无数束小小的火炬在拥抱
拥抱一束火炬的风华正茂
这束巨大的火炬在粤港澳大湾区
正朝着朝阳奋力奔跑，奔跑……

第五辑　纪实卷

寻找一张平静书桌

徐向东

一

一辆从广东省测试分析研究所开来的商务车，驶出中山市城区高速公路出口，安静的车厢里，正在播放卓依婷的歌曲《潮湿的心》：

是什么淋湿了我的眼睛

……

听不清自己哭泣的声音

……

谁能用爱烘干

我这颗潮湿的心

给我一声问候一点温情

谁能用心感受

我这份滴水的痴情

给我一片晴空一声叮咛

这清脆、优美的歌词和旋律，丝毫没有打动车上一位刚刚出站的博士后陈智勇。这歌声，对他来说太熟悉了。就是刚才，当他第一眼看到中山城区高速路口青山碧树上，赫然写着"孙中山故乡人民欢迎您"一行字时，内心感到了些许的温暖。

车慢慢行驶着，右转弯进入博爱路、逸仙路、康乐大道、工业大道，而后径直驶入火炬开发区国家健康基地生物谷。

这天是 2013 年 7 月 26 日，星期五，上午。

路上，陈智勇半开着一扇窗，用眼打量这座精品小城。他有些诧异。窗外是鸟语花香，清新的空气扑面而来。放眼四望，繁花似锦，绿意盎然，道路洁净、宽阔，人流、车流行进有序，植物造型生动各异，现代化商住小区、厂房排列井然。此时，广东省测试分析研究所一位领导指着路旁的一排名贵树木，对车上的人说："看，这树，一棵下来恐怕得好几十万呢。"陈智勇不动声色，用心地在听领导发自肺腑的感慨。

陈智勇凝望飞逝的景观，心想：这是一个用心和爱在经营管理城市的地方！一条路，一段景，竟然如此美好……顿时，他挪动了敦实的身子，伸了伸腰，精神抖擞起来。

二

其实，陈智勇有一颗潮湿的心住在自己的灵魂深处。

从老家河南省的义马县、三门峡市、焦作市到广州，再到此次的中山之行，十多年了，他的这颗心，一直没有落下来。

这源自他最初的工作。

2000年，他从河南大学精细化工专业大学毕业，分配到河南某地交通运输局工作。前半年，领导分配他到下面的车辆运输所从事稽查工作。这工作，说轻松也轻松，但执法必须严格而且又不失人性化。

是年9月，河南的秋天依然热浪滚滚。一天上午，同事开着一辆交通运输稽查车，带着陈智勇来到某市的城乡接合部屯兵查车。道路上，尘土飞扬，柴火遍野，三三两两的农用运输车，"吼吼吼"地喘着粗气在土路上驶过。

同事将车停靠在路边。两人呆坐车内，守株待兔。

大约上午10时，一辆停产十多年了的"解放牌"货车，拉着一车白石灰，"卡卡"地慢慢开过来了。

待货车驶近，同事下车，手一挥，将"老解放"货车拦停下来。陈智勇跟着走上去。货车上，一个小伙子开车，车上坐着两位六七十岁的老人。他俩是一对农村老夫妇。在他看来，眼前的这位大娘衣单形薄，一头银发，满脸皱纹，像自己村里的一位老奶奶。

陈智勇和同事一道，将这台报废的货车左查右看，重回到稽查车里。按规定，对于这样一辆货车，至少可以开出一张数目不菲的行政罚单。但是，他和同事都不忍心。因为，对于这样的农村老夫妇来说，没有可操作性。最终，他和同事一起商量，象征性地开出了一张行政处罚单。

当同事将罚单交给两位老人时，大娘的眼泪"哗哗"地往外淌，而后，她"扑通"一声双腿跪地，拉着同事的手，苦苦哀求："求求你们了！我现在全家都没一分钱！我们是想省点钱，借村里一台不用的旧车，给儿子拉一车石灰粉刷新房用……"

同事心软，没有回答大娘的话。他朝着稽查车走去。此时，陈智勇目睹大娘双膝跪地跟在同事身后，顿时，心里隐隐作痛起来。这情景，至今在他的头脑里挥之不去。

正是从此时起，他对自己的工作有了重新的审视。他内心在呼唤什么。

翌日，他提出申请，调到了市局机关工作。从此，他看不到路面上发生的那些令人伤感的事情。

那时，社会文明和法治环境没有现在好，陈智勇舒适地工作着，但他总觉得这工作令人窒息。这个全局第一个大学本科生，这个曾经一家四人考上大学在当地被传为佳话的大学生，毅然辞掉了自己的"铁饭碗"。

三

2001 年正月十五，天刚放亮，陈智勇背上行李，辞别亲人，再次从老家出发。这次，他直奔广东打工而来。

广东海洋文化之博爱、低调、务实、开放、包容、进取的品性，深深吸引着他。当晚，他在飞驰的列车上，心潮澎湃，打开手机，写下诗歌《树木与森林》：

> 有人对我说
> 当你失去一棵树木
> 你将得到整片森林
> 然而，当我离开那棵树木扑向整片森林时
> 我发现，前面是一片无垠的海……

他坐在列车上，目光向着飞驰的夜色。他在心里对自己说："好马不吃回头草！"果不出所言，广东的打工生活给了他开阔的眼界和胸襟，广东给了他展翅翱翔的天空和海洋。

2004 年 4 月 12 日，他从广东考入河南大学有机化学专业攻读硕士

研究生；2007 年 7 月，考入中山大学，用了五年半时间攻读完博士和博士后，研究方向为化妆品分子研究。这是他人生的一次华丽变身。

2012 年 7 月 18 日，中国广州分析测试中心在中山市火炬开发区国家健康基地生物谷成立了广东中测食品化妆品安全评价中心有限公司，所领导安排他任中心技术负责人。他感谢领导对他的信任，但是，真要到中山来工作，他心中还是没有底。因为，他不了解这里的服务和人文环境。这种心情，持续到 2013 年 11 月 8 日，才有了一个了结。

这天，他正式来中山走马上任。这也是他人生第二次来中山。到公司走走，人人亲切自不必说。下班后，他以一个租客的身份，正式入住凯茵新城。他知道，这里离他的公司仅十几公里之遥，十几分钟车程便可到达。一路上，园林式的大道宽阔、舒服，令人赏心悦目。这里拥有了蜚声海内外的长江球会、凯茵豪园、梦想别墅、欧式生态别墅琉森湖畔以及挪威林海等，将优质的楼宇与景观、生活与运动、自然与人文紧密联系起来，是百姓理想的精品社区。

令陈智勇惊叹的是，这里的人们往来亲切、和蔼，无论你是初来乍到还是常住居民，人们总是笑容可掬，见面主动和你打一个招呼，道一声问候，早上一句"早晨"，足可以让人一天身心愉快，精神舒畅。

黄昏时分，陈智勇从一辆出租车上下来，房东早已在小区门口的一棵树下等候多时了。他三步并作两步横过小区道路往前赶，此时，一辆私家轿车从小区里开出来，停在他的面前。司机是一位中年男性，打开窗，微笑着，挥挥手，示意他先行通过。陈智勇也很礼貌地回敬对方一个微笑，招手表示谢意。

"文明！"当房东帮他拿下行李后，陈智勇发自内心地感叹，"这地方不错！"

四

今年 4 月 30 日傍晚，天空苍茫。明天是星期天，在广东某大学教书的妻子，要返回广州去上班。此时，她站在宽阔的阳台上，面对无垠苍穹，忽然问丈夫："你是理科男，你觉得人生最需要解决的是什么问题？是人文科学能改变世界，还是自然科学能改变世界？"

他从客厅走到妻子面前，一字一顿地说："人文科学！"

"为什么？"

"自然科学给世界提供了丰富的物质条件，但它无法给人的内心提供安逸、高尚的精神生活。你看，现在的人，吃穿不愁，出门有小车，进门有空调，为什么还有那么多的人心气浮躁，内心焦虑，生活不快乐呢？这就是精神和信仰问题。"

妻子拉着 3 岁女儿的小手，对他说："女儿这么小，我们能给她的未来一张'平静的书桌'吗？"

陈智勇想了想，说："不能！别看你是大学老师，我是一个理科博士，我们都无法给她的人生提供一张'平静的书桌'。这种书桌，只有当整个社会文明、进步与和谐了，人人才能拥有。这属于人文社科问题。"

说完，陈智勇站在阳台上，凝视眼前秀丽的沃野，沉思着。

妻子最清楚自己的丈夫了。现在，他的内心比以前多了几分从容和淡定。2013 年 11 月 8 日，当他第二次来到中山，知道所里已给他在火炬区购买了一年的"五险一金"，公司在中山打造自己的企业、纳税，实实在在地在服务这个地方的经济建设，而不是"圈钱"，他感到自己已是一个完全的"新中山人"。高层次人才津贴的按时发放；中山、火炬区政府和国家健康基地有关职能部门的工作人员，无论大小事，专人上门或主动打电话联系他，将政策、通知和相关规定、项目申报等告诉他；今年 4 月 18 日，公司从生物谷大厦搬到景岳路 6 号楼办公，他担心中山没有专业的搬家队伍，但公司贵重的高科技设备被损坏时，健康基地专职人员主动上门联系他，请来专业人士，帮助他解决问题……一件件事情，看似很小，却让他感受到这个地方创业和干事的热忱，亲商、营商、富商环境的美好以及政府贴心服务的情怀。这些，早已打动了丈夫，在他的心灵深处，一次次铭刻深深的记忆。

她深情地望着丈夫，无须再说什么。

是夜，暮色四合，静谧如初。

博爱火炬映乌蒙

胡汉超

2020 年 11 月下旬，我跟随学校送教团来到滇东北乌蒙山区的昭通市大关县，走进位于"山腰上的县城"大关县政府驻地翠华镇。县城最宽的双向街道都只有两车道，三条主干道像错层的平行线，撑起县城的骨架。接近半个足球场那么大的市民广场，是县城最大的一块平地。在全县面积 1721 平方千米的大关县，找不到 1 平方千米的平地。在"麻雀虽小五脏俱全"的县城，能够拥有接近半个足球场那么大的市民广场，算是很奢侈的城建大手笔了。

三天的送教行程，我接触到中山派驻大关挂职县委常委、副县长唐国伟和挂职县扶贫办副主任陈锦上两位同志，感受到中山派驻大关扶贫工作组成员的博爱情怀，正是他们舍小家为大家的可贵精神，为乌蒙山区脱贫攻坚提供了充足动能，感受到大关县教育同仁在艰苦的环境下如何坚守如何发光如何尽责的精神力量，也感受到山区学生懂得感恩、求知若渴的精神面貌。

那三天，我们都在学校食堂就餐，发现吃到的蔬菜口感格外清甜，菜味异常浓郁。这是久违的味道，这是记忆中安徽老家乡村有机蔬菜的味道。此时，我不由地想起了皖江之畔的家乡亲友。李之仪的"我住长江头，君住长江尾，日日思君不见君，共饮长江水"的词句便在脑际萦绕。只不过思念的对象不同而已。从那时起，我就想，若能在大关县长期支教，深度体验一下乌蒙人家生活该多好呀！

2021年6月，看到学校工作群里有到大关支教的报名通知，服务期有一个月和一年。我报了一年，结果被安排了一个月。

山路回环往复　民间公益无价

8月29日中午，我们短期支教团队几经辗转，来到大关县城翠华镇。可能是因为脱贫攻坚有很多鲜活的故事有待挖掘，作为广东省作协会员的我，被安排到县扶贫办负责外宣工作。

第二天，我见到来自中山的一口三家，中山邻舍社工服务中心理事长冯竣峰带着妻子和十一个月大的儿子，要到上高桥回族苗族彝族乡（以下简称"上高桥乡"）做志愿服务活动。次日，我跟竣峰来到上高桥乡中心完小，清点先期到达的爱心衣物并与校方落实发放细节等事宜。

经过竣峰培训的高年级男生两两组合，将放在学校仓库里的大包衣物按照儿童、成人装分类整齐地码在仓库门口两侧屋檐下。看到暮色已现，我也上前搭把手，加入到抬包行列中。还真不赖，在这个全县海拔最高的乡镇，穿着短袖的我，刚刚还觉得傍晚有些凉意袭人，干起活儿后身上就暖和多了。

到了周五，竣峰给我微信留言，说他明天要探访上高桥乡五户贫困户，问我愿意去不。尽管我们支教群里，有同伴邀约组团去县城旁边的黄连河景区走走。我还是答应陪竣峰下乡走访。

周六早上七点十分，我走到竣峰住的酒店。吃完早餐后，我和他一家三口上车了。

山道弯弯。司机开得比我预想中要快，我常在弯道前提醒他慢一点，要摁下喇叭。不知翻了多少座山越了多少道岭，我们终于抵达上高桥乡新民村完小。过了近二十分钟，孔德文校长开着一辆白色小排量车过来了。我们跟着他，走过一段"村村通"水泥路，结果在一处弯道前被一辆大货车拦住去路。应该是货车司机反应不及时，没将车身全部转过这道弯，导致前不能进后也不能退，只能坐以待援。

孔校长带着我们的车子后退，转入一条崎岖狭窄的石子老路。这条路坑坑洼洼，时而水洼横路，时而湿泥翻卷，时而黄牛相伴。我的屁股时常被颠起，以至于额头与车顶撞了一回。真的很奇怪，竣峰的儿子在这摇摇晃晃中居然睡得很香。看到孔校长的车子在水洼里激起很高的水花，我的心不由地悬了起来。如果在这荒山野岭，他的车底盘被卡住了，那我们就更麻烦了。

竣峰此行是为了上门核实这些品学兼优、建档立卡的贫困学生家庭成员及动态收入情况，然后给他们发放营养餐补贴。受援对象上学期间，每人每月发放 150 元，寒暑假期间发放 300 元。全乡确定 15 至 20 名受援对象。

费了好大周折，我们来到沟口村民小组。穿过遍布牛粪的一人宽的湿滑小路上，我们小心翼翼地走进第一户人家。门前一个大盆，接满从房顶水管冲下的雨水。水泥地坪上一边系着一匹马，一边系着一头黄牛。低矮的平房里黑乎乎的，一个粗线灯头咧着嘴巴，没见到灯泡。家里没有什么家具，堂屋后方有一个大囤，里面装着从地里挖来的洋芋（马铃薯），这该是一家人一年的主粮吧。

正当我和他们家人交谈时，蓦然发现自己右边黑色裤管上布满几道白色黏液，干鼻涕一般很扎眼，有巴掌大的面积。但左边裤管上啥也没有。我问那娃妈妈，这是什么东西。她说这是黏虫吐的。我侧过身子，将右脚对着门口方向，就着门外的光亮，发现右脚背上，有个黑色软虫在蠕动，样子很像我老家稻田里的蚂蟥。我想起对越自卫反击战时，云南老山猫耳洞前时常有旱蚂蟥出没，莫非就是这黏虫了。吓得我触电般地跳起来，想跺掉吸在袜子上的黏虫。孔校长接过递来的纸巾，夹走附在我脚背上的黏虫。我道谢后，再次寻找目标，结果发现还有一条小一点的。

去往相邻下一家，土路两侧有没膝杂草，我打起一百二十分精神，提防裤腿别碰着路边野草，也不忘提醒他们两口子得当心黏虫。

路上，竣峰向我介绍他此行的爱心帮扶项目"纽·扣计划"，我问他计划取名的来历，他解释说此计划传递了"暖衣为纽·心手相扣"的公益理念。物流公司的九米五长的大货车，跋山涉水，装满邻舍社工募集来的价值168万元的各种衣物、学习用品、玩具，来到大关县上高桥乡，将博爱之城中山市民的一片爱心献给大关乡亲。

这已是邻舍社工连续三年到大关县开展爱心捐赠和志愿服务活动了。竣峰说他在向学生发放爱心物资时，都会提前将一间教室布置成"爱心小超市4S店"，然后让学生到"超市"里自选心仪商品，买单时只需说出自己的理想愿望即可拿走物品。我问他为啥这么费事。让学生排队过来领取，然后拍些照片告诉捐赠者，这些物资已发给山里娃不就行了。他摇了摇头，说他这种自选分享型捐赠方式，会让孩子们产生获得感，能真切地感受到来自社会的关爱，而不是施舍，会很好地保护受赠者的自尊心。同时，他还会给这些娃穿插着上些环保教育课、励志课、卫生习惯养成课，做些开心游戏。听他一席话，让我对这位曾经做了多年外贸生意转型为公益达人的同龄人肃然起敬。

到了十二点钟，我们才走访了三家，离原计划还差两家。孔校长建议先去镇上吃饭，下午接着去那两家。竣峰转过头，问我能不能再坚持一下，不然会影响到下午的计划实现。我看到他妻子怀抱中的儿子都没哭着叫饿，就说可以坚持。跑完这两家，都已是下午两点。我已有多年这么晚才吃午饭了。想不到公益人竟然这么拼啊。

接力关爱八旬老人　共同传递博爱情怀

陪竣峰去上高桥乡走访到新民村山背后村民小组王永洪家时，他不在家，他叔叔将我们引到旁边新建的平房，这该是他家了，但屋子内墙没有抹灰，露出砖块纵横交错的筋脉。他让王永洪的二弟王永勇去山上找回放牛的王永洪。一会儿又冒出个小男孩，说是王永洪的三弟王永魁。

我问他们父母去哪里了。叔叔说，都去江苏常州金坛打工了。我说金坛可是著名数学家华罗庚的家乡啊。我问他们哥仨，有没有去过金坛爸妈那边。只有老幺王永魁说他去过。我转向竣峰拟资助的对象王永洪，问他想不想去金坛那边看看爸妈。他嘴巴蠕动着，没吐出一个字，谁知转眼间他冒出大滴的眼泪，在眼眶里打转，嘴角一张一翕，竟开始轻轻啜泣起来。我本意是想鼓励他好好读书，以后有机会到像金坛那样的城市工作乃至安家的。出现这种局面，真的是始料未及啊。

我马上安抚他，说我出身于安徽农村，小时候也放过牛，打过猪草，后来考上师范大学，当了老师。接着努力，又从老家中学调到广东中山中学。只要你努力，你也能像我一样，走出大山，到像爸妈工作过的城市工作，甚至可以在那里安家的。这么一说，这娃终于不再啜泣了。

在填写家庭成员时，叔叔拿来王永洪一家的户口簿，这才知道他们是彝族，他妈妈十七岁就生了王永洪。走出三十多岁还未娶妻生子的叔叔家，路过相隔十余米的一栋"楼房"，叔叔说这就是王永洪家，大门紧锁，二楼充其量算作阁楼，上下两层楼高相差很大，不够舒展。

紧挨着的右侧便是间砖瓦房，堂屋光线很暗，低矮的几件桌椅小凳沿着墙壁一圈儿散开。面对大门的是一台 14 英寸大的电视，老幺王永魁正全神贯注地盯着那个小屏幕。大门左侧放了个拐杖，旁边一位大爷转过头来，神态安详地朝我们微笑着。我们自报家门后，目光转向他的右脚，这只脚异常的肿大，脚背有半个手掌大的溃烂面积，上面撒了些白色粉末，边缘还露出些淡黄色。我和竣峰问大爷出现这种情况多久了，有没有去看过医生。王永洪叔叔说有一个多月了，中间看过医生。

竣峰拍了一些堂屋陈设及王大爷肿脚的照片。出门后，我在微信上发了王家的定位。

回到县城后，竣峰在云南大关"三支"（支教、支医、支农）群里发了去王永洪爷爷家探访照片，然后说这是他和我周六家访的部分图片，认为大关帮扶还任重道远。陈锦上副主任跟帖说，事实上还是有许多困难家庭需要帮助。

我马上在群里艾特中山市中医院到大关县人民医院支医、挂职副院长的郑炜宏医生，说图五的这位大叔是上高桥乡新民村王永洪同学的爷爷，脚已水肿一个多月，尽管撒了点药粉，但已出现溃烂，还有救吗？然后将这位可怜的大叔家的定位发到群里，看看他们近期如果到上高桥乡义诊，去给大叔诊治一下。

竣峰接着艾特陈锦上副主任，请他把图片发到我们中山的医疗支援队群里，看能否给大爷一个治疗方案。我随即在群里感慨道，坐以待挂？吾辈亲眼目睹，却束手无策，情何以堪？次日，郑炜宏医生艾特我，说上高桥这个病人，如果患者愿意，可以来县人民医院看看。他看了一下群里照片，认为大概是足部肿胀。老人家因下肢静脉功能退化，会有一定程度的足部肿胀，这些一般不会有什么太大不适，但如果有血栓或肾功能不好、心功能不好等情况的话，那就要治疗了。所以单纯过去他家看看的话，比较难判断具体病因，还是病人来县人民医院检查好一点。

我回复说，明天有人去上高桥，看看能抽空再联系新民村王家不。然后联系竣峰，让他明天下午在上高桥乡中心完小开设"爱心小超市 4S

店"时，联系一下新民村完小孔校长，让他通知王永洪的叔叔近期带老父亲到县人民医院检查。

过了几天，新民村完小孔校长联系我，说王永洪的叔叔已带老人到了县人民医院，没找到郑炜宏医生。我立马从陈锦上副主任那里找到郑医生的电话，将它发给孔校长，让他转给王永洪的叔叔。接着给郑医生在微信上留言，说上高桥乡新民村王永洪的爷爷现在过来找您治疗，我已将他的电话给到王永洪的叔叔了。

过了一阵，他回复说，病人看了，伤口肉芽长起来了，抗感染、换换药看看吧，如果长得好可以不用手术。我问他要住院吗？郑医生回复说，建议病人住院，骨科医生在跟病人谈。他看过后，到县卫健局开会了。

第二天，我在微信上问郑医生，新民村王大爷住院了没有。他说已住院，这几天再完善一下 MR，看看骨髓里面有没有问题。

我将自己和郑医生的微信聊天记录合并发给峻峰，他回复说，太好了，有劳我跟进并告知了。

次日，我又在微信上问郑医生，王永洪爷爷病情如何，要手术吗？他回复说，每天换药处理中，暂不需要手术，要看恢复程度。后期如果没有加重，或深层存在感染灶的话，就看是否需要植皮处理了。我感慨道，那就好，中山博爱之光洒进上高桥乡新民村山背后村民小组那个简陋的小屋。

我随后将刚才的聊天记录截图发给了峻峰。9 月 22 日，"今天骨科张主任发给我的图片，上高桥那位患者接着这么换药下去，我估计再过 1 周应该可以合口。患者说他所带的生活费不多了。"郑医生给我留言，并发来一张好转恢复中照片，老人的右脚明显消了肿。

"预估还需住院 7～10 天，总住院费应该 9000 多元，患者是贫困户，可报销 90%，自付就 900～1000 元。住院后患者及其老伴儿两人在医院，日生活费 100 元。所以有 2000 多元应该可以了。"郑医生接着说。

午饭时，我和陈锦上副主任相约周五到县人民医院去探望这位老人。第二天，陈锦上说他已收到邻舍社工微信转来的 4625 元善款。

我们担心王永洪爷爷住院费告罄，周四傍晚，我买了一些水果，和陈锦上一起到医院看望老人，将善款亲手交给他们，嘱咐看护的大娘要收好。在床头住院卡上，我这才看到王大叔名叫"王升贤"，他精神很好，恢复得很不错。

遇到过来查房的郑医生，他回忆说："我一开始接诊时，老人的伤口被纱布包裹，足部肿胀，散发着恶臭。打开纱布，他伤口外涂着凡士林，周围皮肤泛白，有大量脓苔，是伤口处理不当导致感染加重，加上老人末端循环差，自愈能力不足，若不积极处理，感染加重，截肢或危及生命都有可能。幸亏胡老师和冯先生发现得及时。"王大叔老两口一直在用上高桥乡的彝语方言感谢中山。我指着骨科 33 床的床头卡，握着王升贤老人的手，对他们说："谁让我跟王叔这么有缘呢。他今年是 71 岁，我是 71 年出生的。"

作为民进会员，在云南省大关县扶贫办这段不太长的日子里，每一天我都被太多的人和事感动着，见证了中山援滇教育、医疗、农技人才不远千里真帮实扶的大爱情怀，感受到当地干部、群众的勤劳淳朴、知恩图报，体验到东部社会公益组织跨越时空的暖心之举。这点点滴滴爱的力量，正如涓涓细流，汇聚成爱的洪流，冲过乌蒙山集中连片区的"贫困三峡"，才让东西部扶贫协作行稳致远，才让脱贫攻坚战奏响凯歌。

9 月 29 日早上，结束短期支教服务期，在驱车赶往昭通机场的路上，我信笔在微信朋友圈写下《秋晨别大关》：

笔山苍苍，关河泱泱。念兹在兹，无日或忘。山水大关，大有可观。就此别过，后会有期。

甘泉流淌暖民心

曾先哲

"滴水贵如油，年年为水愁"，这是昔日大关县寿山镇柑子村村民生活的真实写照。如今，寿山镇柑子村飚水岩引水工程，将中山火炬组团的帮扶措施落到实处，不仅将涓涓清泉送到了群众家中，更把党和政府的温暖送到了柑子村老百姓的心头。

我来到位于寿山镇东的柑子村，那棵高大的桂花树下便是吴银得家。他正在用自来水洗菜做饭，见到我便乐滋滋地说："以前吃的水窖水，雨季很浑浊，而且经常断水，现在有了自来水太方便了，既干净又卫生，我们多年吃水难的大问题终于解决了。感谢党和国家政策好呀，引进许多项目，改善了我们山村的用水环境，让我们喝上干净水，这水质比城里的水还要好呀，现在咱老百姓的日子是越过越舒服。"

农村饮水安全工程，解决了大关部分村民长期饮用"高氟水""黄汤水"的历史，不仅消除了他们易患肠道传染病的隐忧，还大大提升了村民的生活质量。"这回好了，这个饮水工程修好了，再也不用担心水不够

251

用了，再也不用担心水质安全了，也不需要用水窖存水了，再也不需要早起去山里挑水回家了。邻里间也不会因为争水而打得头破血流了。那种缺水的日子真是过怕了啊，咱们也可以像城里人一样喝上放心自来水了。"几年前柑子村有些人家盖上宽敞亮堂的大房子，还买了全自动洗衣机和太阳能热水器。可因为没有自来水，用洗衣机时，只能用桶拎水往里灌。如今村里通了自来水，洗衣机、热水器能真正发挥作用了。

柑子村结合新农村建设，推进农村饮水安全工程与农民住房改造，采用沼气、太阳能等新型能源，农户房前屋后栽花种果，促进了庭院经济和家庭养殖业发展，人居环境得到了明显改善，村容村貌和老百姓的精神面貌都焕然一新。通过中山火炬组团帮扶引来的水，被村民亲切地称为"致富水""放心水"。

"现在群众都在积极响应厕所革命了。"柑子村总支书记周洪棋激动地说，"说起来不怕丢人，原来是想改厕，但遗憾的是没有水冲。现在好了，每家每户都有了充足的水，终于可以将旱厕改为水冲式卫生厕所了。"周洪棋对全村人居环境提升和群众生活习惯改变感慨道。

"柑子村有556户人家，之前他们只能靠老天下雨的时候蓄一点水，水量不够水质也不好，别说灌溉用水，连饮用水都成大问题，他们只能种花生、土豆、玉米这些无须大量浇水的耐旱作物。"中山火炬区到大关县扶贫办挂职的陈锦上副主任回忆说。陈锦上跟随中山挂职大关县委常委、副县长唐国伟同志，深入柑子村调研，发现了水资源匮乏是长期影响柑子村发家致富的拦路虎。

调研结束后，唐国伟和陈锦上积极协调东西部协作项目，多次翻山越岭到现场勘察，和村干部从15千米外的地方找到水源。通过多方努力，飚水岩引水项目立项成功，从水源点建10多千米的饮水管道到达村子。一年多后，老百姓家家户户都通了自来水。飚水岩引水工程真正解决了柑子村群众的痛点、难点。

陈锦上长年扎根最基层，大关话说得很麻溜，当地群众根本看不出他是广东人。他对大关的扶贫工作十分熟悉。

"这个项目也是中山市为大关县脱贫摘帽真情帮扶贡献力量的代表呀，推动东西部扶贫协作落实落细，我们对群众的帮扶就像这水滴一样流进群众心中，让群众看到了希望。其实困难群众非常淳朴，只要用心、用情去帮扶他们，不管是精神上还是物质上，他们会感恩一辈子，尽管嘴上不善于表达。"唐国伟感慨地说。

东西部扶贫协作帮扶的柑子村飚水岩引水工程建成前，全村的饮水问题一直困扰着寿山镇历届党委、政府和柑子村两委，群众更是为水发愁，原来人畜饮水主要源自地下水、山洞水、雨季水窖蓄水、小塘坝库容水、多水源泵站提水等。常因部分水源枯竭，管网老化，供水得不到保障，严重影响到村民的生活。雨季水质浑浊度较高，大肠杆菌超标，达不到居民饮用水标准。

东西部扶贫协作帮扶引水工程的建成，共解决了柑子村全村 14 个村民小组及柑子小学共 556 户 2401 人的安全饮水问题。项目总投资 243.44 万元，资金来源全部为东西部扶贫协作帮扶资金。在项目建设过程中，东西部协作办经常到现场查看工程建设进程，检查项目材料，确保群众饮水安全、工程按时完工，扶贫项目真正落到实处，惠民利民。

现在的柑子村庄稼绿油油，老百姓的家里牲畜成群，家家户户水管里流淌着干净的山泉水，处处显现出乡村振兴的风韵。用水问题得到解决后，群众满意度得到了极大的提高。我走村串户与群众拉家常时，时常都会听到："我们老百姓呀其实活得也很简单，只要有水有电能过下去就行，真的要感谢政府为我们群众办了实事呀。中山火炬组团想方设法为我们找水源、拉水管，还不让我们出一分钱，真的是把我们当亲人来对待，我们还有什么不满足的，只有自力更生把小家日子过好，才对得起中山火炬组团的真帮实扶，才不会拖国家的后腿。"

寿山镇柑子村飚水岩引水工程是一项实实在在的民生工程。农村集中供水工程项目建设，不仅具有良好的经济效益，还有很好的社会效益、环境效益和生态效益。饮水思源，滴水之恩当涌泉相报，每当柑子人民畅饮甘泉之时，都会情不自禁地感恩中山火炬组团的殷殷帮扶之情。

幸遇大关

陈锦上

昭通市有 11 个县、区，未脱贫出列的县、区就有 10 个。2016 年，国务院扶贫办安排广东省东莞市、中山市参与东西部扶贫协作对口帮扶昭通市，广东省派驻云南昭通的扶贫工作组便应运而生。从"全国脱贫看云南，云南脱贫看昭通，昭通脱贫看大关"的流行语中，可见大关县贫困程度之深。但也有"昭通脱贫看镇雄"一说，因为镇雄县是全国贫困人口最多的县，当时有多达 43 万人待脱贫。昭通的脱贫攻坚难度可想而知。

三年前，担任火炬区卫计局计生科科长的我，被中山市委组织部选派到云南大关县挂职，开启为期三年的"东西部扶贫协作工作模式"。身在云南，因工作之便，我有幸接触到很多"粤滇""沪滇"东西部扶贫协作挂职干部，真真切切地感受到这些同事都是有情怀的扶贫人。

初临大关

2017 年 10 月 18 日，市委组织部副部长周俊峰和区领导张容彬等陪同我来到大关县。大关县委、县政府很器重我这位来自广东的挂职干部，安排我挂任县扶贫办党组成员、副主任的工作岗位。在会上还给了我发言机会，对我厚爱有加。

县扶贫办党组书记、主任李光明同志召开党组会后，安排我分管东西部扶贫协作工作，让我先参与易地搬迁、精准识别、小额贷款等工作。我牢记自己的角色定位：积极协助领导做好各项东西部扶贫协作工作，既围绕年度考核指标的"指挥棒"，又要做好各项协调工作，且突出中山特色。

大关县的脱贫攻坚任务特别重，感触最多的是县委、县政府领导统领全局能力强，干事创业劲头足。立足精准识别对象、精准施策、精准脱贫、巩固提高四个方面，大关县从县、乡镇、村社各级层层压实工作责任。各单位积极投入脱贫攻坚决战中，工作任务重、工作状态如同打仗。各单位办公室经常灯火通明加班加点。作为军转干部，我以能重返"战场"再次加入"战斗"行列为荣。那股豪迈之情油然而生，加班加点也感觉不到累。

初到大关，我便喜欢上了这个地方。抛去大关当下的经济困境不提，相比生活节奏很快、气候炎热潮湿的粤港澳大湾区，大关确实是一个休闲的好地方。这里的夏天凉爽舒适，偶有闲暇，在黄连河景区门口喝杯大关茶，吸一吸天然氧吧的空气，感觉很惬意；不经意抬头，县城对面的笔架山云雾缭绕、美如仙境，令人心旷神怡；下乡走访时，时常见到"白云深处有人家"。对大关的喜爱，更让我从内心深处希望大关早日摆脱贫困状态，经济驶上发展快车道，民众过上幸福安康的日子，让更多的人知道大关的美好。

领导关怀

根据国家和广东省里安排，中山市需完成对口支援西藏、新疆，在云南、四川开展东西部扶贫协作和省内多个贫困地区的帮扶。近年来，中山市经济发展下行压力颇大，尽管如此，中山市领导一直坚定"哪怕勒紧腰带，也要做好扶贫工作"的信念，可见其政治站位之高、大局意识之强。

2018年4月17至19日，中山火炬开发区组团6个镇区37人的考察团来大关县对接东西部扶贫协作工作，召开了两地扶贫协作联席会议，在大关县建设冷链物流基地，解决农特产品"走出去"瓶颈问题被提上日程。4月23日，中山市委书记陈旭东带队到昭通对接，调研东西部扶贫协作；6月12日，广东省委原常委、省纪委书记黄先耀受广东省委委托，来昭通专题调研东西部扶贫协作。他们重点考察了大关县蔬菜基地，对大关发展蔬菜产业给予肯定。

2018年5月15日，为应对日益繁重的东西部扶贫协作工作，大关县委书记陈刚批准成立县东西部扶贫协作办公室（简称"协作办"）。抽调县政协办公室主任吴君杰任协作办主任，先后抽调了周荣鑫、张贤亮、熊英等人为协作办工作成员。

2018年5月31日，中山市阜沙镇党委副书记唐国伟在中山市委常委、组织部部长陈小娟的带领下到大关县报到，挂职县委常委、副县长，分管东西部扶贫协作工作，从此大关县东西部扶贫协作工作有了县级专职分管领导。唐国伟同志分管东西部扶贫协作工作后，倾注了全部心血，既考虑各项协作工作的规范性，又注重实际成效，各项扶贫协作工作有序开展。在大家的努力下，大关县在2019年云南省脱贫攻坚成效考核体系东西部扶贫协作考核中，排在全省前列，付出终于有了回报！

2019年12月6至7日，中山市委副书记、市长危伟汉率领火炬开发区党工委书记、管委会主任招鸿等考察大关县冷链物流基地建设工地和两地扶贫协作情况。

2020年6月4日，中山市委书记赖泽华到昭通市对接东西部扶贫协作，考察了大关县玉碗生猪代养场和大关县农产品冷链物流基地并给予肯定。

东西部扶贫协作工作在两地党委、政府的重视和主要领导、分管领导的统筹下，资金支持、人才交流、劳务协作、产业合作和消费扶贫、社会帮扶、结对帮扶（含深度贫困村、学校、医院结对）"携手奔小康"各方面工作顺利开展。中山市火炬开发区组团六镇区（火炬开发区、翠亨新区、南朗街道、三角镇、民众镇、阜沙镇）对大关县打赢脱贫攻坚战起到很好的推动作用。

挂职期间，大关县委书记陈刚及县委组织部部长吴钊名等领导常常关怀慰问，中山的各级领导和工作组领导时刻关心着挂职干部，令人倍感温暖。

倾情投入

要问这几年我做了哪些工作，我只不过在平凡的岗位上做了平凡的工作，也就是在大关与中山之间搭了一座桥，利用中山大后方和相关人脉资源，为大关"所需"和中山"所能"做些协调沟通工作。

我在2018年、2019年连续两年参加云南省脱贫攻坚成效考核中的东西部扶贫协作考核工作。2018年12月考核昆明市的寻甸县、东川区，2019年12月考核大理白族自治州11个县。借考核之机，学习了上海市东西部扶贫协作工作中好的经验和做法。

2020年新年伊始，受新冠疫情冲击，回中山过年休假的我想早点到大关上班，又被工作组通知"未接到云南省委组织部通知，不能前来"。

机票改期多次乃至退票。

2020年4至5月，县委常委、副县长唐国伟安排我去上高桥乡东西部扶贫协作广东产业园驻园办公。我作为协作组组长，协调服务进驻企业，协调召开了一次园区建设调度会。

为做好大关县的东西部扶贫协作工作，我常常在中山和大关之间的1500千米路上来回奔波。千里之外年近九旬的老母亲和亲人免不了常常担心挂念，偶尔遇到大关周边地区地震，又牵动一帮亲友的心。

工作上投入时间、精力最多的是协调联系，联系是多方面的：广东省第六扶贫协作工作组（即中山驻昭通工作组）下达各项工作任务；中山火炬开发区为主的组团六个镇区；两地相关的部门单位、企业；两地各方面的交流互访接待安排。干工作要倾注感情，无论是协作资金项目落实、劳务协作、人才交流、社会帮扶、医疗健康帮扶、教育帮扶、产业帮扶，还是医院、学校、贫困村结对帮扶，以及工作接触中了解到的困难家庭个案、贫困学生个案，都要经过联系接触、调研了解、讨论研究、解决方案等环节，需要用心、用情投入时间和精力。

三年的挂职经历，就像按下影视录像中的快进键，留下的是忙碌的身影和繁复的足迹：精准识别进村入户调查，联系公益机构慰问孤寡老人，两地交流互访和义诊活动的台前幕后，产业合作和消费扶贫考察奔波于中山、重庆、昆明的市场及联系经销商，关心支援人才走访所在的医院、学校等单位，到全县各乡村上百个点查看协作资金项目落实情况，还客串参加"百堂心理讲座进校园"活动，为学生讲"放飞梦想——青春健康"课。当然，在办公室加班草拟和收集整理文件资料也是常态。

为给中山来的支医支教支农人才有个联络点，并营造出"家"的感觉，我将宿舍的房间、客厅、打理的小花园等作为"办事处"，中山来的扶贫战友们也时常在"办事处"小聚交流。作为常驻大关的挂职干部，当听到"战友"说来大关遇到"陈主任"，有遇到亲人的感觉，我的满足感油然而生。

协作成果

2020年7月，作为投资方的中山市健康科技产业发展基地有限公司副总经理吴琰光，到大关县对农产品冷链加工物流基地进行验收，并委托交付大关县开发投资有限公司管理运营。大关县农产品冷链加工物流基地是一个集冷冻、冷藏、加工、包装、销售为一体的现代物流中心，拥有900立方米的农产品冷藏库、100立方米的冷冻库、4000平方米的分拣中心，以及一条日生产1.4万个泡沫箱的自动化生产线，可为大关县农产品提供专业化、规范化、高效率的冷链物流服务，同时可为昭通市乃至全省、全国提供标准化的冷链配送服务。

在三年来的东西部扶贫协作中，人才交流是一项重要内容。中山市通过选派具有学科专长的李绪松、刘新建、简绍锋、曹强、赵相军、郑炜宏等长期支援医疗专家和多批次的短期帮扶专家，帮助大关县人民医院、中医院建设骨科、妇产科、儿科、重症监护等重点科室，提升了大关县整体医疗服务水平。在教育方面，有李春雨、刘毛古、邹杰峰、伍洁儿等支教一年以上及短期支教的老师们，对大关教育积极献策、大胆建言，助推了当地教学教研工作。还有多批次短期支医、支教、支农、经管等专业人才和短期考察交流人才到大关县帮扶。他们的奉献精神犹如一个个发光体，温暖着大关29万群众。而我作为长期驻扎在大关的挂职干部，要为帮扶期间的他们提供服务和便利。

在资金投入方面，东西部扶贫协作工作前两年注重易地搬迁点、农村危房改造、村级卫生室建设、社会帮扶和劳务协作等领域投入。后来更注重产业合作，2019年投入3000万元，2020年投入4000万元，建设位于木杆镇向阳村的筇竹产业园和位于上高桥乡的东西部扶贫协作广东产业园，已陆续有多家企业进驻园区，推动了产业发展，有利于保障农民稳定增收。这几年大关县委、县政府利用东西部扶贫协作资金，解决部分脱贫攻坚决战决胜的短板问题，如危校舍加固改造、部分学校综合楼建设、部分乡镇卫生院提质达标建设、大关县中医院新楼、供销社实施的 19 个合作社项目、农业农村局在多个乡镇实施的生猪代养场、小冷库等助农项目，48 个结对深度贫困村解决脱贫攻坚补短板项目。

经过挂职干部和支援人才的广泛动员，广东省中山市社会力量积极参与到大关县的东西部扶贫协作中来，捐赠力度较大的项目有：

威力洗衣机厂（中山市阜沙镇人民政府协调）支持了 6000 台威力牌洗衣机，除了 1400 多台作为全县各乡镇爱心超市积分兑奖奖品外，4000 多台赠送给靖安新区大关搬迁户（含随迁户）。

好医生公司（中山火炬开发区卫计局协调）捐赠价值 77 万元的家庭医生健康一体机随访包 16 套（含售后服务）和诊疗包一批。

中山市浙江商会、中山市顶固集创家居股份有限公司、中山市青年企业家（团市委协调）捐资 600 多万元，建设寿山镇中坪村完小综合楼、悦乐镇大坪村完小综合楼、上高桥乡中心完小综合楼。

狮子会中山办事处（公益机构）为大关上高桥乡新民村完小捐赠"狮爱水窖"及热水设施，为大寨村完小捐赠水窖，为木杆镇捐赠救护车以及关爱留守儿童行动等。

中山市邻舍社工服务中心"衣物银行"项目连续三年捐赠 400 多万元物资到大关，每次都派来志愿者与小学生互动开展"爱心超市""防性侵""爱护环境"等公益活动。

中山市爱兰基金捐赠 33 万元，慰问 258 户贫困残疾人家庭。

中山市震霆家具有限公司捐赠价值 35 万元办公家具一批。

中山市火炬开发区商会捐赠价值 15 万元电脑；中山市火炬开发区志愿服务团队捐赠校园广播设备一套，慰问 8 个结对帮扶村的残疾人家庭。

还有许许多多饱含幸福泪水的帮扶故事：大关人在中山市工作，勤劳致富改变家庭命运；大关学生去中山读书，进步很大；中山市多次举办音乐会，筹集爱心捐赠……

参加东西部扶贫协作工作期间，我在中山、大关两地认识了不少新朋友，结下深厚的友情，为自己能参与大关县脱贫攻坚战深感荣幸。在这过程中，我学习到各级领导、朋友们为人处事的优良品质：做人，对待亲人、同事要像春天般温暖；做事，就像一颗螺丝钉，放在哪里就在哪里发挥作用，做一个能发光发热的人。

通过几年来的东西部扶贫协作，大关人民感受到了社会生活中的中山元素触手可及，感受到了中山人民真帮实扶的深情厚谊。一转眼，我在大关县即将度过三个春秋，送走了一批又一批支教、支医、支农人才，见证了中山与大关两地亲情日益浓厚，看到了大关县的发展变化。我用心、用情做了点事，得到了各级领导和同事的关心、支持和肯定，不少新朋变成老友。

相遇大关，十分荣幸，十分珍惜！

山海相连搭桥梁　东西协作裕悦乐

陈明　沈国银

地处乌蒙山区的大关县是国家深度贫困县，也是中山火炬区组团的结对帮扶对象。大关县悦乐镇共有六个深度贫困村为东西部扶贫协作帮扶村，自开展帮扶以来，中山火炬区组团紧盯悦乐镇脱贫攻坚中的重点难点问题，在产业开发、基础设施建设、住房保障、资金支持等方面，做了大量务实有效的工作，显著加快了悦乐镇脱贫攻坚的进程，为改变悦乐镇农村面貌、促进群众增收、增强发展后劲等方面做出了巨大的贡献。

东西连，促增收，奔小康

一场夏雨过后，沿着一条蜿蜒的乡村公路，走进大关县悦乐镇太坪村，山间云雾缭绕，空气中散发着泥土的芳香。在太坪村与塘房村的交界处，人群忙碌的身影下，一株株烟叶长势喜人。

悦乐镇太坪村是一个高山、深涧、坡地相互交错，土地肥沃的传统农业村。2018年以来，太坪村结合本地资源条件，充分利用广东中山火炬开发区管委会提供的携手奔小康帮扶资金，在村内发展烤烟和花椒种植，以特色产业发展增强贫困群众"造血"功能和内生动力，确保协作帮扶发挥出最显著的成效，携手助力脱贫攻坚。

"我家里两个孩子都在上学，孩子的爸爸因为患有精神疾病无法务工，我要照顾家庭、照顾孩子不能出去打工，村上种烤烟，找我来帮忙管护烟地，一天100元，不耽误家里的生产，顾家挣钱两不误，还是在家门口挣钱省心！"瓦厂村民小组胡庆艳说起烤烟种植，从脸上洋溢的笑容，看得出烤烟给他们的生活带来了希望。

从翻土、育苗、起垄、覆膜、移栽烟苗、管护、摘叶、烘烤、初开秤收烟，4月开始，9月底结束，要忙活三个季节。太坪村烤烟地总是一派热闹景象，无数人为之付出汗水，它也承载着无数人的希望。

"烤烟生产是太坪村促农增收，加快贫困户脱贫致富，促进太坪村产业发展的一项重要举措，同时也是打破过去的传统农业，积极发展多种经济模式的一种大胆探索和实践。2018年，太坪村以'党支部＋村集体＋合作社＋农户'的模式开展了烤烟种植，吸纳符合条件的贫困户参与管护，帮助管护人员实现户均增收2000余元，也壮大了村集体经济收入。"太坪村党总支书记陈康洪指着烟地里那些肥硕的叶片说，"烤烟种植后，受益面涉及太坪村和塘房村，受益农户有90户341人，其中贫困户42户151人，通过土地流转，农户每年每亩地还有300元收入，让更多的贫困户参与进来，将扶贫资金的效益最大化。"从烟苗移栽阶段一直到烤烟收购，太坪村都有工作人员对烟地进行全程管护，把好烤烟种植的每一关，确保有个好收成。

除了烤烟种植，太坪村210亩花椒种植项目也得益于东西部扶贫协作资金的帮助。太坪村的产业发展也因此风生水起。"很感谢东西部协作的产业项目，村上发了 5 亩花椒苗给我家，花椒一种下去，我每天都要去看，浇水施肥，等到花椒挂果，一年最少也有 5000 元的收入，生活越过越好，才不辜负中山火炬组团的期望。"麦子坪社花椒种植户孟银彬在给花椒树修枝时乐呵呵地说道。

东西部扶贫协作带来的产业发展，不仅是太坪村全力实现脱贫奔小康的殷切期望，更是齐心协力斩断穷根实现产业致富的坚定信心。

抓机遇，补短板，助脱贫

跨越千里，相扶相携，在东西部扶贫协作的背景下，悦乐镇大坪村抢抓东西部协作机遇，按照"强基础、兴产业、促增收、助脱贫"的发展思路，充分发挥东西部扶贫协作项目资金作用，着力在基础设施建设、产业培育、住房保障等方面加强协作，先后在大坪村实施点对点项目支撑，线对线对接延伸，实打实帮扶协作，有力地助推了大坪村脱贫攻坚进程。

2018 年利用东西部扶贫协作帮扶资金 29001 元，新修村组砂石公路 3000 米，解决了 3 个村民小组 90 多户群众出行难的问题，为脱贫攻坚提供了强有力的基础设施支撑。当年还利用东西部扶贫协作项目资金 10999 元购买茶叶苗，大坪村集体公司在土地流转农户土地上种植 33 亩茶树，为破解空壳村发展壮大集体经济难题，探索试点集体经济发展奠定了坚实的基础。

2019 年利用东西部扶贫协作帮扶资金 10 万元，帮助解决 20 户建档立卡户住房短板及修缮加固问题，确保 20 户建档立卡户均住上舒适的安全房。

西河桥，连心桥，致富桥

大坪村西河片区的群众经常调侃道：小小西河可惜过不了河。西河本是大坪的一条小河，可是每逢下雨涨水便成了阻挡群众出行的"拦路虎"，尤其是给当地学生上学带来了极大不便。大坪村两委牢牢把握东西部扶贫协作帮扶契机，争取扶贫协作资金3万元，在西河上架起了一座人行桥，彻底解决了5个村民小组800多名群众的出行难问题。自此老百姓出行和学生上学从晴通雨阻变成畅通无阻，为表达对帮扶单位的感激之情，当地群众都喜欢叫这座桥为"连心桥"。

其实，这仅仅是悦乐镇东西部扶贫协作帮扶成效的一个缩影，结对帮扶两年多来，通过东西部扶贫协作项目支撑和资金支持，全镇的基础设施得到不断完善，集体经济产业不断壮大，贫困户脱贫致富的门路不断拓宽，村容村貌也发生了巨大变化，加快了全镇脱贫攻坚进程，为如期实现脱贫摘帽奠定了坚实的基础。

如今悦乐镇的面貌改变，要归功于一座城，感恩一群人。中山火炬组团给予了悦乐镇无私的援助和大力的支持，帮助悦乐镇脱贫摘帽、奔向小康，让河流和泥泞道路不再阻挡群众通向幸福，让小小的花椒、翠绿的竹子变成致富的大产业，让我们感受到了中山火炬组团人民的情义，悦乐镇人民群众将永远铭记在心、感恩于怀。我们坚信，在以习近平总书记为核心的党中央的亲切关怀下，在中山火炬组团倾情帮扶下，在悦乐镇各族干部群众和广大帮扶干部的共同努力下，悦乐的经济建设和社会各项事业一定能够取得更大发展，悦乐的明天会更加美好！相知无远近，万里尚为邻。跨越千里，山海情深，以协作共画同心圆，以发展共筑小康梦！

第六辑　小说卷

房子的变迁

筐筐

20多年前，走出大学校门的你，唱着《春天的故事》，不管不顾地从烟波荡漾的湘江来到了改革浪潮翻滚的珠江。

你很快就选定在中山市火炬开发区一家化工原料公司扎下了营。在你眼里，眼前这个镇街真的像熊熊燃烧的火炬一样光芒万丈。它不只是毗邻港澳，海陆通畅，来往珠三角大小城市快捷便利，也不只是环境清幽满目苍翠，红花绿树相映成趣，单单是周围大大小小的工业区，健康科技、电子信息、生物医药化工的各类企业广告，无不显示经济腾飞的实力。你思忖着如何在这个热闹又不失平和、清静又不失繁华的名人故里开启自己的奋斗故事，在这日新月异的大环境中贡献出自己的热血和青春。

一切安好，公司待遇不错，同事友善，自己与两个背井离乡的亲密女伴同处一室，虽三居室不甚宽敞，但又有什么关系呢，都是风华正茂的年龄，同吃共喝，上个街随行，赏个景同去。这样委实过了一段无忧无虑的美好时光。

这个平衡很快就被打破了，毕竟到了谈婚论嫁的人生阶段，室友拍拖了，两个人毫不掩饰地卿卿我我，恩恩爱爱，满屋都是他们甜蜜的狗粮，你羡慕之余又有些局促，总觉得自己像个"拖油瓶"，多余得随时想隐形。

但很快，你也有了自己喜欢的人。对方是本镇区电子公司的高管，积极上进，在公司如日中天的发展阶段，夜以继日的奉献满身的技术和才华。周末的陪伴很多时候也是来也匆匆去也匆匆。

当年手机还不曾普及，你们之间想对方了只能呼BB机。室友房间有一部电话，每逢呼叫过后男友一回电话，在室友若有若无的监视下，你满肚子的话实在无法从嘴里蹦出来。拿起，应付，放下。电话之后，你总是疑心自己仿佛谈了一场假恋爱。

"既然你不重视我，又何必还恋着我。咱们分手吧！"

面对你的冷酷无情，男友火急火燎地做各种解释说明。从公司的百废俱兴，到大市场的潜力可挖，从争分夺秒的创新开发，到未来美好前程的指日可待。向来明事理的你，只能冰释前嫌表示理解和支持。

不久，你们俩结了婚，过上了踏踏实实的小日子。可生孩子的事没法提上日程。你们只有一间能放置一张床、一张台面的房子，岂敢再添一个人？

突然有一天，老公喜滋滋地告诉你，单位有新房了，可是房子不多，待住的单身狗排了一大串的长队，可能要靠抽签碰运气才能拥有属于自己的房子。

希望总好过绝望，那段时间你频频地打探各路消息，巴不得老公突如其来一个意外的惊喜。

最终你如愿了，房子虽是两居室，那可是自己的小窝窝啊，那自由任性的二人世界，咱愿意怎么折腾就怎么折腾，就算是黏乎如蜜抑或是恨如仇敌，那也是率性随我，谁也管不着。

后来，老公工作业绩突出，收入倍增，孩子也在花好月圆中降临人世，并不宽敞的新房，常常演绎着一家三口的小温馨、小幸福。

慢慢地，你又有些不自在了。身边的朋友陆陆续续搬进了更为宽敞的新居室，周围常见的荒地冷不丁地冒出园林化的新式小区，其皇家园林般的绿化，气派堂皇的结构，智能化的管理让你好生羡慕。你常常磨磨唧唧在外游逛，不愿回到你当年引以为豪如今却处处憋屈的叫家的地方。

经不起你的死缠烂磨，老公在你单位附近一个名为某品的楼盘又添置了一套。新居离城区近，离单位也不远。家比原来大了一倍，小区不大不小，周边不吵不闹，早上悠悠闲闲地去上班，晚上轻轻松松地在小区散步，幸福感倍增。得房如此，夫复何求！

那几年房地产势头强劲，周边一幢幢楼房拔地而起，房价涨势喜人，算算老公在公司所占股份，想想自己的固定资产，还真有些难以置信：感谢老天给了平凡如我的所有恩赐。

然而你的小激动很快就被圈中朋友狂热的买房热潮冲散了，像菜市场买萝卜白菜一般。今天闺密拿房产本了，明天邻居又签了合同，你打听到的新楼盘越来越好，不仅规模壮观，小区环境如诗如画。集奢华、休闲、时尚、自然于一体，尽显人间美妙，如此这般，你又被撩得心痒痒了。

你合计着老公的收入已经今非昔比了，好好盘算了一下自己的家底，也开始不淡定了：买买买！你打定主意，在老公 50 岁生日的这一天，呈送一本房产证，给他一个天大的惊喜。

一切都在悄悄的努力中。你看准了高端大气、设施成熟的某新城的一幢小别墅，你想象着老两口在这里慢慢变老，此生一定会了无遗憾。

期待的日子终于到了。老公生日宴会上，你们按照约定，交换对方的礼物。当看到他拿出一张注册新公司的贷款单时，你把捏在手中的房产证悄悄地藏了起来，摩挲着老公日渐沧桑的容颜，你心慌得流下两行泪来……

公园

邓锦松

她是游乐场的老板娘，平日里在那看场子。有一次，我带孩子去公园玩，她和我聊了几句。我觉察这个女人有种特别的气质，又说不清是一种什么气质。

我独自去公园，她主动和我打招呼："今天孩子没来啊？"

我说："没，孩子在辅导班学画画，一会儿要去接呢。"

有时候，我在不远处石条台阶那里闲坐，看见她在和公园里的保安聊着什么。后来，我再见到她就主动招呼："生意怎么样？"

"不怎么好。"

"我以前看是别人在看管，你们是合伙的吗？"

"不是的，是生意好的时候请了人帮忙，如今生意不好，只能自己来这里坐班了。"

"哦，这样，以前我见到溜冰场里人挺多的。"

"现在生意没那么好了，因为有两家大工厂搬走了。"

"是吗？"

我又带孩子去游乐场玩了几次，孩子比较喜欢开碰碰车，对旋转木马、自控飞机、飞车这些设备兴趣不浓。她问我儿子："成绩怎么样？考了多少分？"

我对儿子说："考了多少分，告诉阿姨。"

儿子说："还没考。"

她问："平时多少分？"

我说："一般都有 90 分以上。"

儿子每周学画两次，我等着去接他，这期间就顺便到公园走走，也许有那么一点希冀就是和她聊聊天，打发时间。我知道她之所以对我并不表现排斥，大略因为我是游乐场的常客，会带孩子去她那里消费。我见她多数时候是一个人在，显出几分落寞的神情。

有一次，我问她："你家孩子多大，读几年级了？"

"读高三了，快高考了。"

"孩子这么大了，高三学习一定很紧张吧？"

"是的。"

"是男孩还是女孩？"

"女孩。"

"读文科还是理科呢？"

"文科，她文科好。"

我说："现在语文很强调阅读的，人家都说'得语文者，得高考'。阅读分值很高。"

她说："是啊，还好，我女儿挺喜欢阅读的，读过很多书，她成绩还好，在班里排前几名。"

接下来我们又聊了关于高考填报志愿以及本市几所高中升学率的事。看得出来，她熟悉考试科目，是有文化素养的人，家里十分重视孩子的教育。

这天，我又去公园散步，看见游乐场收银台那里坐着一个学生模样的女孩正在看书，长头发，瓜子脸，大眼睛，挺俊俏的。我料想那定是老板娘的女儿了。老板娘那会正在招揽生意，她戴着一顶遮阳帽，天气炎热，太阳火辣辣地照耀着这一片工业区。

我沿路走过去，经过她身边时听见她正在和顾客说话，说的是当地话。她注意到了我，我们对视了一眼，我径直往公园那头走去。走不多远，我禁不住回过头看，见她这会正在那女孩身边，指着书本和她说什么，好像在辅导她学习。我寻思，这老板娘并不简单，还能辅导高中学生学习吗？

又过了一些日子，我去公园，见到她坐在收银台后面看一本书，我上前去搭话："看什么书呢？"

她把书翻给我看，竟然是《古文观止》。

我说："你看这种书，文化水平挺高啊。"

她说："哪里，没事自己消磨时间，也方便辅导孩子。"

我说："原来这样，怪不得你女儿文科成绩好，原来是有个厉害的妈妈辅导。"

她轻笑着谦虚了几句："学习还得靠自己，不过我觉得看这些书，对人的谈吐还是有点影响的。"

我没有确认上次见到的女孩是不是她女儿。我也是个文学爱好者，于是和她聊起了文学。想不到她读过的书还不少。她提到一些读过的外国名著，什么《红与黑》《悲惨世界》《追风筝的人》等。而她对中国古典文学和历史也有兴趣，她提到了陆游、李清照的诗词，说起一些经典古文篇章也有见解，让我暗暗佩服。

过了年，我从老家回来，孩子没再学画画，我很少去公园了。

到了下半年，有一次，我偶然经过公园，看见她，就问起她女儿高考的事。

她说:"女儿发挥得不错,考上了一所重点大学,专业是汉语言文学。"

我听了,并不觉得惊奇,似乎这是意料中的事。

我祝贺了她,不知不觉走出了公园。

积分入学

王玉菊

中山火炬开发区，盛夏，知了在唱歌。

餐厅里，吴双吃完炸鸡腿和薯条，吮了吮手指。心想，爸爸妈妈今天怎么这么好，带自己买玩具，还请吃大餐。

妈妈秋月看着吴双，心想，很快就要送儿子回老家上小学。想着想着，眼圈一红，眼泪就掉了下来。爸爸吴为心里正烦着，看着秋月落泪，搓着双手说，你这是干吗呢？

晚上，爸爸妈妈告诉吴双，过两天就送你回老家读书。

吴双说，不，我要像其他小朋友一样在中山上学。

爸爸妈妈直叹气，户口不在当地的娃娃，幼儿园毕业后，都得回老家上小学啊。

吴双想到回老家读书，不能同爸爸妈妈在一起，忍不住放声大哭。

爸爸妈妈向他保证，春节会回去看他，老家还有奶奶陪着他，给他做好吃的……

无论怎么哄，他都不听，一个劲儿地哭。

连续几天，吴双都在梦里哭醒。

吴双哭，秋月也跟着哭。

吴为想着，我一大老爷们儿，总不能跟着你们哭成一团吧。

他朝村支书家走去。

太阳好猛，吴为脸上直冒汗。

他在支书家门口徘徊了好一会儿，举手敲起门来。

门嘎吱一声开了。

年初支书带队到出租屋做流动人口调查时，见过吴为，对这个耿直的小伙子有些印象。

他把吴为请进家门。

吴为满面通红，一副难为情的样子。

支书先请吴为坐下。

吴为结结巴巴地说，娃幼儿班毕业，不想回老家读小学，老婆也舍不得。小的哭完大的哭，哭得自己心里好不烦躁。请支书想想办法。

支书拍了拍大腿，说，你来得正好。中山正试点积分入学政策，快去村委填表。

吴为口中不停地说着谢谢，告别支书，直奔村委。

吴双符合积分入学条件，在香辉园小学就读，同当地小朋友一样免学杂费。

明亮的教室，宽阔的跑道。

校园的小树在长高，吴双的学习在进步。

秋月觉得自己有使不完的劲儿，工作更加卖力了，从工人升到拉长、组长、车间主任。

吴为通过成人高考，周末在火炬职业技术学院继续教育学院读物流大专课程。

晚上，一家人挤在出租屋的饭桌上，秋月在看管理学书籍，吴为和吴双在完成老师布置的作业。

老乡敲吴为家的门，用三缺一和喝酒吃串串诱惑他，吴为咽了咽口水，说，去去去，莫捣乱。

天下着小雨，秋月在屋檐下做饭，吴为撑着伞给她遮雨。

邻居家的狗，从门缝里挤了进来，在吴双的床上拉了泡尿，跑了。

这泡尿把吴双最爱看的漫画书浸湿了……

泮溪花园售楼部到秋月工作的公司派扇子。圆圆扇面上画着房屋树木清清流水。秋月拿了一把。热时、打蚊子时、中午休息时，边扇边看着上面的房子。

她萌生了一个想法，周末一家人去看房子。

就这样，她在泮溪花园买了80多平方米的房子。

搬家那天，吴双在新房子里跳来跳去，说爸爸的家，妈妈的家，双儿的家。

村流管办问吴为，吴双作为积分入学孩童，可以购买当地户籍人口基本医疗保险和门诊医疗保险，问他买不买。秋月和吴为同声说，买，当然买。

生活过得越来越滋润，秋月也越来越富态，大家背后叫她肥婆。

秋月大大方方地说，肥婆就肥婆。

话虽这样说，秋月看着自己体重不到100斤时，照片上苗条靓丽的模样，还真暗暗下了决心。

同她一起下决心的还有好几位同事，有的买了跑步机，有的去健身房办了健身卡，有的中午只吃豆芽。

春去秋来，她们瘦了又胖了，胖了又瘦了，跑步机上放着啤酒瓶，健身房的私教卡还剩N次……

秋月每天早晨6点到华佗山下锻炼，风雨无阻。

只见她气色越来越红润，人也越来越苗条。

她说，日子像蜜一样甜，自己要像花儿一样美。

积分入学政策，惠及无数个吴双这样的外来工子弟，让他们享受与当地户籍人员一样的公共服务。他们的父母充满希望地奋斗着。

无数外来人员与当地户籍人员将一如既往，齐心协力，将火炬开发区、中山、粤港澳大湾区建设成为开放、充满活力、文化兴盛、宜居宜游宜业的福地。

送不出去的红包

蒋玉巧

　　孙思沙终于有了自己的公司，资产过千万。他想是时候实现曾祖父和祖父的遗愿了。

　　曾祖父是中山火炬开发区沙边村的孙姓后裔，因地处偏僻，交通不便，生活十分窘迫。曾祖父为谋生计，不得不离乡背井，到海外谋生。曾祖父临终时拿出一张家乡全景照片，照片上有碉楼和祖屋，嘱咐祖父这是他以前居住的沙边村，离开时家里还有父母和哥哥。父母估计已不在世，如果哥哥也不在，嘱咐他一定要找到哥哥后人，到父母和哥哥的坟前祭祀，告慰亡灵。可惜祖父没能实现曾祖父的遗愿。祖父临终时又把曾祖父的遗愿传给父亲，嘱咐父亲无论如何也得回家乡实现曾祖父和祖父的遗愿。父亲打拼一辈子，还是没有能力实现曾祖父和祖父的遗愿。父亲60大寿那天，从一个红色木匣子捧出照片，希望有生之年，能够看到他实现曾祖父和祖父的遗愿。照片因年月已久，已经泛黄，模糊不清，只能看出碉楼和祖屋的大致轮廓。

临走前，他买了不少特产，还准备了一些红包，每个红包 500 元。心想，他这次荣归故里，凡见面的亲人，每人发 500 元红包，给亲人们一份惊喜。他还划算着把亲人们带到好一点餐馆，宴请一下大家。

他根据父亲的描述，在统侨部门协助下，几经周转，找到曾祖父的出生地沙边村。他拿出照片一一对照，找到了照片上的碉楼和祖屋。在看管人的陪同下，打开了尘封的大门。他拿出数码相机，咔嚓咔嚓，从不同的角度把祖屋的一点一滴收进相机，一是告慰两代老人在天之灵，二是告诉儿孙，自己的根在哪。

他向看管人说起曾祖父的父母和哥哥的事情，看管人为难地说，这么多年前的事，他哪知道。不过看管人告诉他，可以到派出所帮忙查找，以前的户籍上应该会有记载。一路追索下来，应该还是能帮他找到亲人的。看管人带他参观周边的环境，他这才发现，父亲从祖父嘴里听来的那些低矮简陋的民房已不复存在，取而代之的是两三层高楼房，每幢楼房设计不一样，外部结构也非常讲究，式样繁多，让人目不暇接。这哪有旧时乡村的影子？完全是城里的气派。随后他又参观了沙边旧街，石板巷变成了水泥路，新建了学校、幼儿园、老年活动中心和公园，商店林立，商品琳琅满目，好一派繁华景象。要不是牵挂着寻找亲人，他真想好好逗留几天，享受享受现代化的生活。

他在看管人的指引下来到派出所，民警很热心，一路追寻，费尽千辛万苦，终于找到曾祖父哥哥的后人，一个堂哥和一个堂姐。经打探，堂姐嫁进了中山火炬开发区，堂哥住在沙边周边的工业园区附近。堂哥看到他非常开心，说做梦也没想到，竟然还能见到阔别百多年的海外堂弟。

堂哥的家是三层楼房，无论装修还是设计，比他海外的房子强。他叫堂哥把沾亲带故的亲人都召集来聚聚。堂哥连声说应该应该。堂哥召集亲人一行人，来到附近最高档的饭店，点的全是店里的招牌菜。席间，他几次想拿出红包分发，可看看他们身上的衣服，有些是品牌，有些虽不是品牌，但也价值不菲，他就不好意思拿出来。等到大家酒足饭饱，他抢着买单，堂哥说什么也不同意，笑着说哪有让客人买单的道理？亲人们也说现在条件好了，个个都消费得起呢。他连声说是。

他在堂哥家待的那几天，堂哥天天好酒好菜款待，怕他在家里住不习惯，特意在市内五星级酒店给他订了房间。

他想，自己从海外归来，总不能这样白吃白喝，也得表示表示。红包拿不出手，那就每人买一件礼物也行。可是买什么呢？他思考良久，也拿不定主意，贵的送不起，差的又丢人，最后只好作罢。

他返程时，堂哥来送他，硬是塞给他几个红包，说是给未见面侄子侄女的礼金。他到飞机上打开一看，惊得嘴巴合不拢，每个红包足足5000元。

他只想飞机快点，再快点，恨不得立马到家。他迫切想告诉父亲，家乡已不是昔日模样，发生了翻天覆地的变化。

我们都是你的亲人

杨福喜

一早，菲菲走过中山市火炬开发区的繁华大道，走进了精美鞋厂的大门。

火炬开发区建区三十周年了，而精美鞋厂建厂也有二十一年，与开发区同呼吸共命运，共同走向美好的未来。

精美鞋厂的吴主任看了菲菲递交的辞职书，惊讶地问："你真的要走？"

菲菲说："工作没了我还可以再找，父亲没了我永远都找不回。"说完，菲菲走出办公室。

菲菲辞职是准备回老家陪护住院的父亲。这是父亲第四次住院动手术，也是菲菲三年内第四次辞职。

父亲第一次住院时，菲菲在一家电子厂做文员，当菲菲向部门经理要求请假半个月时，经理脸色一下子拉下来，说："半月？太久了，只能批一个星期，本来人手不够，你还请假这么久？"

菲菲说:"那一个星期后我父亲怎么办?"

"那我不知道,这是你家里的事。"

菲菲决然地说:"好吧,是我家里的事,我辞职回去做我家里的事。"

第二次父亲住院,第三次父亲住院,菲菲遭遇的都是同样的经历,请假不批,只能辞职。这也怨不得人家的企业,企业需要足够的人力做出合格的产品,及时交货,这个请假回去,那个请假回去,缺少人手,怎么让企业生存下去?怎么给几千个员工发工资?而她父亲偏又身体不好,今年住院,明年住院,后年还是住院,唉!这都是叫人很无奈的事。

菲菲是个心细的女人,喂饭,洗衣,擦身……从回到老家医院那一刻,她细心照顾父亲。坚持每天守夜房,不让年老的母亲熬坏身子。母亲平时还要在家照顾90岁奶奶呢。父亲住在13楼,常常因为急事,她等不着电梯,从1楼爬到13楼,再从13楼往1楼跑。每天忙得像上足发条的时钟。一个星期不到,肥胖的菲菲瘦了一圈又一圈。

同病房的人看到都感动地对菲菲父亲说:"你女儿真懂事!怎么不见哥哥或妹妹过来照顾呢?"

父亲羞愧地解释:"我们只生了一个孩子。"原来菲菲是家里的独生女。父亲是长子,生她时,都40岁了。菲菲高中毕业后,不愿像村里的女孩子那样20岁不到就匆忙结婚生子操持家务,平平淡淡度日子,她想进城闯荡。父亲支持她的选择。

这天早上,菲菲在楼下买了粥和汤水回到病房,在门外就听见父亲在叹息,她一下停住脚步细听:"早知道就生多一个,不知道这次乖女会不会就把工作丢掉了,她一直不对我们说,可能怕我们为她担心。怎么办?"

母亲说:"是啊,现在有病有痛了,才想起生一个孩子太少了。"母亲望了望隔离同病床,"别人生下了好几个子女,每天轮流着过来照顾,热热闹闹。"

父亲说："要不，我们出院吧？"

母亲说："好，回家慢慢休养行了。"

菲菲一听，急忙进去说："爸，你刚转到普通病房，请安心养病，我与妈妈会照顾好你。"

父亲愁眉不展，说："你还是先回去上班吧，可不能像上次一样把好好的岗位弄丢了。"

菲菲坦然而说："爸，你好好治疗吧，我的事，你别操心，工作没了，我还可以再找。"

因为缺一万多元医药费，菲菲准备出外找熟人去借，刚走到医院门外，忽然听到有人叫她一声：菲菲。

菲菲扭头一看，发现是精美鞋厂的吴主任，不由一惊，她万万想不到吴主任会出现在这里。

吴主任走到菲菲面前，说："菲菲，先向你道歉，真对不起你。总经理得知你父亲病了，你要回去陪护父亲住院，我没有批你长假，批评我了，他还说你是个孝顺的女儿，不该为难你请假。总经理还说，我们精美鞋厂的管理和经营理念是合作、勤奋、效率、目标、以人为本、快乐制鞋、科技管理、创造利润、世代相传、永续经营。要珍惜和爱护每一个员工。"说着从皮包拿出一沓钞票，递给菲菲，说："总经理叫我代他传话给你，你有什么困难就告诉我们，我们一定帮你解决，公司的全体员工都是你的亲人。这是总经理带头为你父亲捐的款，全公司一共捐得两万一千六百五十元，让我给你送来，还叫你好好照顾父亲，等你父亲病好了再回精美鞋厂上班。"

菲菲双手捧着钱，脸上流下两行热泪，激动的一时不知说啥……

邂逅小隐

黄柳军

"白灵，出去走走吧，别把自己闷死了……"

"姐，工作没着落，我、我去哪儿都没心情……"

"白灵，别着急，你肯定会找到一份适合自己的工作。"

"但愿吧。"

"别想那么多。姐待会接你。"

挂了电话，这段时间，因工作问题而过得没滋没味的白灵，随便换了一件衣服，便等待白雪开车接自己。

姐会带我去哪儿呢？白灵刚想打电话问白雪，却发现白雪在微信上给她留言：快下来，我已到了你小区大门口。

坐在车里，白灵依然提不起精神，只是微闭着双眼，任凭汽车在街道上转来转去，随后沿着一条大道直奔火炬开发区。

白灵和白雪是在文学网站上认识的。虽然认识了几年，但她俩只见过两次面。

第一次见面，还是在今年疫情期间。因为刚失业的白灵，在文学网站上发了一些伤感的文章，不像以前写的那样，既活泼又逗人开心。

　　也许，一直关注白灵的白雪，见白灵的笔风变换得如此快，知道她肯定碰到什么难事。

　　那天傍晚，白雪电话联系了白灵，邀她聊一聊。

　　在一座并不热闹的公园，白灵和白雪聊了近两个小时。细心的白雪，给白灵送来稀缺的口罩和一些零食。

　　当汽车往一条村道开进去时，白灵才睁开眼睛，看见路两边停着不少车辆。

　　"姐，这是哪儿？"白灵有点惶惑地问。

　　"小隐。"白雪一边找停车位，一边回答。

　　"小隐水闸？"白灵马上挪了一下身子，双目紧紧盯向车窗外。

　　"小隐水闸。来过没？"白雪说时，没找到停车位，又将车开上一个斜坡，然后找个位子停下来。

　　小隐，白灵怎么会没来过呢？十多年前，从北方来到南方的白灵，将漂泊的心定格在火炬开发区。那时她在一家电子厂打工。因为酷爱文学，白灵有时会参加一些文学活动。记得有一次，白灵跟一群文友来到小隐水闸采风。十多年前的小隐水闸，还是一片荒野，不像现在，政府将它打造成市民休闲的景区，铺上水泥路，植上绿化的树和花。

　　不过，白灵还记得，她与文友一起到一家饭馆吃饭，那里的小龙虾挺耐人回味的，至今还甜在她心里。只是，她不记得饭馆的店名。

　　后来，白雪来到市区工作，以后再没来过小隐水闸。时隔十多年后，当她再一次与小隐邂逅，除了感叹飞逝的岁月，就是感慨命运的无常。

　　此时正是黄昏。美丽的夕阳，挂在平静的海面上，像一颗珍珠，散发出温柔的光芒。

　　白灵和白雪，一前一后，漫步在同安围上。夏日的晚风，徐徐吹来。

白灵隐隐感到，晚风似乎吹开了大海的心事，吹来了蔚蓝色的梦境。

白灵迈着诚惶诚恐的脚步，感觉自己从遥远的历史中走来，走向不可预知的未来。

当她抬头，看见一座灯塔，站在海边，像忠于职守的卫士，悄悄向渺茫的人世敞开雪白的内心。在远处，一艘小渔船，在微风中漂来荡去，还有一艘大船，发出前进的呼号声。

这几天，天气异常酷热。而今天，折腾了一天的热浪，已经渐渐隐退。那些绿色的海浪，好像跟随海的温情和咸咸淡淡的味道，又从十多年的梦中归来。

"走，我们去吃小龙虾！"沿着同安围的路返回时，白雪指着对岸的饭馆，兴奋地说，"我最喜欢吃那里的小龙虾。"

小龙虾？白灵紧跟白雪愉悦的脚步，迎着即将掉下来的暮色，走向饭馆，却看见西边，面目慈善的夕阳，燃烧着安宁的天空，燃烧着忙碌的路途，燃烧着微笑的城市，燃烧着深情的大海，将火炬三十年巨变历程，燃烧成一叶神秘的小舟……

信了你的邪

肖佑启

俗话说，一粒老鼠屎搞坏一锅粥。在开发区名派家具有限公司，就因为谁也搞不掂史才俊，所以不得不经常换将。

面试时，李厂长就毫不忌讳地向庄严谈到了"犟驴"史才俊，庄严在其他厂当了近十年木工主任，算是见过风雨：信了你的邪，有这等犟驴，那我一定要会会他，驯服他。

史才俊是锣工，也是老员工，仗着自己技术过硬，碰到自己心情不佳时，就发犟，吼叫一声，然后像个闷头葫芦，连个屁也不放，扭头就离开车间，谁也劝不回，即使勉强干活儿，也是半天的活儿一天也锣不完。就为这，下道工序的安装工常常待料，对史才俊的意见一大箩筐。四五年了，换了三个主任，谁也奈何不了史才俊。

新官上任三把火。"有本事把犟驴收服了，那才是牛。"第一天早会一结束，木工车间的工人嘀咕道。

信了你的邪！

不过，第一天，庄主任开始没搞大动静，但半小时会到史才俊那转一转，搞得史才俊浑身不自在，"你不要这样盯着我好不好？"

庄主任既不应答，也不言语，他一会儿看手表，一会儿盯着史才俊在锣机上的操作，或者干脆拿起锣完的半成品检查。

"瞧不起人，是吧？"史才俊实在忍不住，望着庄主任，"我半瓢水的水平，你几瓢？"

机会来了，庄主任说："信了你的邪，要不要我们比试比试？"

史才俊撸起袖子说："不试是熊。"

两人约定，每人锣梳妆台十只S形实木脚。

两台锣机，同时高速旋转，实木脚一靠近锣刀，犹如天女散花，大量的木屑、木糠飞旋而出，庄严和史才俊死死盯着实木脚和模板，不断调整着手的角度和力量。

刚好三十分钟，庄严率先完成了任务，史才俊落后了五分钟，输得心服口服，他说："能赢我的人都是牛人！你牛！"

一连几天，史才俊发现庄主任依然像个监工，几乎每隔一两个小时就喜欢跑到自己的工位，左瞧瞧右看看，好似对自己极不放心的样子。这人要是被领导盯上了，不被活活憋死，起码也要脱层皮。史才俊决定破财消灾。

这天下夜班后，史才俊再三邀请庄主任去喝酒。在河边小吃摊，史才俊要了一瓶白酒、二斤卤干花生、一盘炒田螺、二十串麻辣烫，要与庄主任不醉不归。

一瓶米酒下肚，史才俊就红脸红脖子地吐槽："庄主任，明人不做暗事，就因为他们技术比我差，班里的人成天瞪着双牛眼盯着我，以前的领导派工欺负人，照顾自己的老乡，常把难做的、别人不做的款式塞给我，好像我该吃亏、该多做、该受气似的，一个月下来，我都要比别人少收入五六百元，主任你说说，气人不气人。"

乖乖隆地咚，原来犟驴也有这么多苦水！

一杯干完，庄严拍了拍自己的胸口："绝对的公平没有，但我可以向你发誓，今后派活儿，难、易结合，单价高的和单价低的兼顾，绝对不厚此薄彼，每天的任务张榜公告，你可以放一百二十个心。"

"我信你。"

"我也有要求，不许有拖欠延误，否则别怪我翻脸不认人。"

史才俊站起身，非要与庄严碰一杯，"一言为定！"

晚上躺在床上，庄严梦到自己上台给史才俊颁奖，忍俊不禁笑醒了。

第二天早会后，庄严竟然发现史才俊坐在木板上，把弄着手指，完全没有准备开工的意思。

"咦，这犟驴，老毛病又犯啦？"

庄严连喊了十几声，史才俊才说了实话："提起来就来气，都是九级伤残，欺负人有多的。"史才俊差点儿没骂出娘来。

原来，去年冬天，史才俊加工床屏配件时手指被锣刀伤断了筋骨，从住院到完全治愈整整三个月，除了报工伤保险，公司每月按本地最低生活标准发放生活补贴。而昨天，机械组长同样是锣机伤到手指，公司既报了工伤保险，又给他按保底工资发放生活补助。组长不就是老板娘的远房侄儿吗？哪有这道理？

"信了你的邪，有这种事？我给你去摆平，搞不掂这事，我就卷铺盖走人。"

果然，第二天庄严就通知史才俊，去财务部领九千九百九十元工伤生活补贴。

这么快搞掂，真是我的牛主任啊！

下班后史才俊笑嘻嘻地拉着庄严上宵夜摊，老规矩，一瓶白酒、一盘炒田螺、二斤卤干花生和二十串麻辣烫。

庄严说："你再没有什么烦心事了吧，别再发犟驴脾气，好好干，你会很优秀的！"

史才俊有些不好意思，挠了挠头，说："主任，我喊你牛主任好吗？"

被史才俊这么一拍马屁，庄严也有些飘飘然，"以后有什么事尽管开口。"

"牛主任，我没什么事了，如果真要有事，就是我还没当够先进的瘾。"

"这事不容易呀，你得发誓！"

史才俊当面发誓：今年评不上公司先进个人，我就不姓史。

之后，庄严有事没事就喜欢到史才俊的工位站一站、看一看，十足的一个监工。

年底评选，史才俊以木工车间第二名的总成绩被推荐为公司优秀员工。

幸福来得太快，庄严打电话给史才俊的时候，史才俊兴奋得结巴："牛~主任，牛~主任！"

庄严似乎也很激动，眼泪都快止不住了，他不住地拍打着自己的腮帮子："信了你的邪，我激动个鬼！"

董事长驾到

肖佑启

何经理刚上任不到半个月就遇到一个棘手的问题，董事长盯上他了。看态势，董事长要轰他走，要不然，董事长为什么天天横眉竖眼找他麻烦。听保安队长说，工厂今年已被董事长赶走了三个行政经理。

初次见到董事长，是一位其貌不扬、七十多岁的乡下老头儿，姓赖，个子不足一米七，穿着土气，走路脚底带风，两个大眼睛永远像个探照灯，照到哪里，哪里就不得太平，哪里就有倒霉事发生。他本不是董事长，但他常常在人前无不得意地说："我是总经理的老爸，总经理的上司就是董事长，我就是你们的董事长。"厂子里的人不敢惹毛他，这是个老火铳，一开枪没准死人。所以一见到董事长来厂，员工便感觉自己好像鬼怪附体，内心忐忑，不可言状，只得恭敬大声地喊他董事长。一听员工喊他董事长，他总是满脸红光，笑不拢嘴。

董事长好管闲事是出了名的，但凡公司有个什么活动，他都不请自来，而且是早早地来，指手画脚，东一榔头西一棒槌，好像他不说话，

292

别人会把他当哑巴，好像他不评价一番，就显不出他的身份和派头。

那一年公司参加家具精品博览会，公司在工厂的三层楼上往下拉了两条长长的条幅，左写道"不努力一定不会成功"，右写道"努力了不见得会成功"。条幅还没挂出十分钟，董事长手背在腰后，远远一边走一边读着这边的条幅文字。人刚到办公楼门口，就开始破口大骂："这是哪个仆街的写的鸟东西，气死老子了，不合格，不合格，换了换了！"唾沫星子多得能淹死人。

保安队长说："那是总经理写的，不能换。"

"不能换？老子打死你！"董事长抄起扫帚就要打保安队长。

好男不跟老斗，保安队长知道他的犟脾气，一溜烟儿钻进了总经理办公室。

赖总经理赶紧跑出来："老爸，您想威？打我呀，我写的，不行吗？"

"还总经理，写的什么东西，努力了不见得成功，一点志气都没有。既然怎么努力了也不成功，还开个××厂干什么用。"董事长顿了一下，抹了抹嘴巴，总经理是自己的儿子，在员工面前面子也要，便小声对总经理说："明天客商进厂，你不怕客人看扁你，赶紧换了，换有志气、有力量的标语。"

赖总经理反复把标语读了几遍，也是的，气势有些颓废。董事长教训有理，一边安排保安队长拆下条幅，一边布置刘厂长重新起草条幅内容。

此事一传出，员工见识了董事长的厉害。

何经理也喊他董事长，起初董事长也答应爽快。但一次阿婉在办公室吃早餐被董事长发现了，何经理仅警告了事，董事长就断定何经理包庇，就缠着何经理吵，大有不罚不罢休的架势。何经理坚持唯工厂制度办事，董事长坚持不罚阿婉就罚你何经理，双方一时拔箭上弓。幸亏赖总经理出面制止，费了半个钟头安慰董事长，才算暂时平息。不过，这梁子，就结上了。

何经理再碰到董事长时，就算喊得再响亮，董事长都是"哼"的一下，就一下子，连瞄第二眼的机会都不给。

董事长有的是时间，每天不管刘厂长同意不同意，他都早早地来到工厂保安室查考勤，员工上班后，他就大模大样进车间，查谁在偷懒，然后将他掌握的情况写一张纸，交给何经理，等着何经理处理，不处理不行。何经理也一一记在行政部工作日志里，并打上重点记号。

让董事长牵着鼻子走，这不是天大的笑话！何经理思忖许久，总算明白，人不能太闲着，闲着就会闹出弯弯肠子来，折磨人。

董事长其实不必天天来工厂的。他有三个儿子，全都在开工厂，三个儿子每人每月给他两千元，他自己逢人便说，我有五十万，用不完。不过，也许是年轻时当过生产队长，也要养育五个孩子，忙碌辛苦惯了，该享受时他却闷得慌，非要找点事做才善罢甘休。大儿子二儿子小时就跟着父亲养蚕喂鱼，成熟早，董事长不担心。唯独小儿子没吃过苦，一出校门就开沙发床垫厂做老板，他要给小儿子保驾护航。

于是，董事长比总经理还勤快，每天早上七点半就到工厂，下午六点才回家，中午休息两个小时，这已成为他雷打不动的习惯。

"我家办厂养活你们，对你们客气什么。"董事长对员工有点蛮横，发现错误就骂人"仆街"，连刘厂长、何经理都不放在眼里，员工都怕他，见董事长来，一个个低着头干活儿，乖得像个孩子。有时，他无不得意地对车间主管说："我董事长一人顶过你们一群人！"

董事长想过"垂帘听政"的瘾，刘厂长、何经理、品质经理和几个车间主管私底下酝酿要"公车上书"。

这一日，赖总经理刚送走三位浙江朋友，掏出钥匙按响车门锁，车门还没打开一条缝，何经理急匆匆拿着几张纸从办公室跑出来："赖总，找您有急事！"

赖总经理忙松开车门："十分钟，行吗？我还要赶去镇政府学习。"

"够了，够了。"何经理忙不迭地说道。

十分钟后，从总经理办公室出来，何经理手上的纸没有了，还没走几步，他的手机在裤兜里像催命似的唱着《传奇》。

"刘厂长，好消息，赖总同意了！"

"真的？天亮了！"末了，电话那头的刘厂长还"耶"了声。

第二天七点半，保安队长习惯性地在工厂门口等着董事长，出了稀奇，董事长竟然一整天没来工厂。

第三天，董事长仍然没露面。

员工私底下议论："怪不怪，董事长两天没来，怪想他的。"

"不会生病了吧？"

"去国外旅游了吧？"

刘厂长和何经理心里也七上八下："董事长和赖总不会起冲突了吧？""肯定董事长不接受。"不过，在员工在场时，他们装作若无其事，但心里直犯嘀咕："董事长会不会引爆地震。"

这样的日子挨了整整一周。那天，天空出奇的吝啬，一点风也没有，树叶也显得无精打采，走在路上，光线眩晕，如果不是非上班不可，谁也不想这个时候贸然出门，早上的天气预报说这样的天气还要持续五天。

工厂基本上是不享受酷热天放假的福利。上午刘厂长和何经理到车间巡视，顺便给各车间发放人丹、藿香正气水、风油精，每个车间二三十台电风扇呼呼地狂转，但丝毫不减热气，员工的额头上满是汗水，大部分员工的工衣湿透，看着让人心疼。

上午十一点，保安队长邱斌给何经理打电话报告，董事长来了。

"在哪儿？"

"废品房。"

"这个犟老头儿！"何经理长长地嘘了一口气，"谢天谢地，董事长终于有事做了。"

不管怎样，董事长是赖总的老爸，何况是七十多岁的老人。刘厂长和何经理赶紧跑到水果店买来一个大西瓜和两罐红牛饮料。

远远地看见董事长一个人上身赤裸，一条手巾搭在肩膀上，弯着腰在废品房清理清洁工从车间运来的仿皮、海绵、布头等边角余料和废钉、废五金什么的。几天不见，老头子好像有许多的话要说，但他咳嗽了几声，还是咽了回去，对刘厂长、何经理送来的东西，他只说了声谢谢，然后自顾自的继续忙着他手上的活计。刘厂长、何经理站在一旁对董事长说："天太热了，喝点饮料，别中暑了，不热的时候再来忙吧！"

董事长又说了声谢谢，仍然没有收手的意思。

从废品房出来，刘厂长、何经理有些不好意思，"我们这样做是不是太残忍了点？"但一想到可以安心地做自己的工作，心里的责备感瞬间又减少了许多。

董事长从此不再管工厂的闲事了，但好几次何经理发现，只要他同刘厂长站在一起，董事长就停下手中的活儿，好似在侧耳倾听他和刘厂长的谈话内容。

那一日，工厂装两车货柜，成品仓的六名杂工忙到下午下班还没装完。要是以前，董事长早骂娘了。但那一日下午，董事长什么事也不做，就一个人站在废品房门口，朝货柜车方向一会儿瞄瞄，一会儿瞅瞅。有时实在憋不住，就走到货柜车前，转一转，一声不吭又转回废品房。

这人啊真是个怪物，有人烦你时你也发恼，没人烦你时你又感觉欠缺些个什么。在之后的日子里，刘厂长、何经理右耳是清静了，但左耳仍得不到片刻的安宁，不是员工告主管的状，就是主管埋怨员工工作挑三拣四，所以他们救火的时候多。想想以前董事长在车间一站，谁敢嚷嚷！这样换位一思考，他们感觉董事长也有长处，至少在工厂他有权威，他们总算发现董事长也有可敬之处和自己的短板。

先是刘厂长找到何经理："我们的目标考核量化不够。"何经理建议："各单位产量、品质与管理人员绩效直接挂钩。"

品质经理找到刘厂长："车间一次性交检合格率大多只有90%。"刘厂长建议："品质不达标挂黄旗，并下达整改通知书，限期完成。"

何经理寻思，该给四位车间主管撑撑腰，就做了一个一米五乘一米的曝光台，悬挂在车间的进口处，凡是违纪的、工作出错的、未完成任务的、不服从工作安排的、质量不达标的、5S不合格的，统统张榜公告。

何经理又一拍脑门儿，向赖总经理上书，建议在各单位评选月度红旗单位和优秀员工，奖金当月兑现。见是合理化建议，成本又不高，赖总经理毫不犹豫地签字同意。

很多员工，尤其是一线员工，生平第一次获奖，就想第二次，那些原来不抱希望的员工看到实实在在的人民币，也想过一回先进的瘾。渐渐地，员工多了盼头，干活儿也格外的卖力气，车间主管的压力一下子缓解了不少。

舒心的日子没过几天，车裁车间的主任阿萍犯头疼病了。不为别的，她车间的头牌车皮工于芬要请长假，她的婆婆患乳腺癌在省人民医院做手术。于芬的长假何经理都批了，但于芬留下的空缺却没有人顶得上。牛皮不是吹的，于芬每天至少要车两套半沙发皮套，而且返工率为零。于芬这一走，车间每天的生产任务不能达标怎么办？阿萍急得像吃不到鱼的猫，有事没事用嘴吹自己的刘海儿。

已经连续五天，阿萍在早会时因车间产量不达标而受到厂长的批评和警告。

董事长不知哪只耳朵听到了这风声。

那一日，晚上加班还差十五分钟。

"阿萍，阿萍，这里来，这里来。"董事长从保安室出来，连连招手，声音不大，但还是喊住了打完卡正急匆匆朝车间一路小跑的阿萍。

"董事长好！"

"于芬请假了，你人手不够，没完成任务，挨批评了吧，求我呀，我帮你！"董事长笑了笑，那笑脸没变形。

阿萍以为听错了，这不符合董事长的作风。但转念一想，说不定董事长专职处理废品两三个月，脱胎转性，太阳真的从西边出来了呢！

"要啊，要啊！"阿萍的头点得像鸡啄米。

董事长的眼已经笑得眯成一道缝了，"这是你求我啊，我教你，你去别的厂挖车皮高手，急招的车皮工一定在别的厂收不到工资，损失多少我私人拿钱补多少。不过，你要替我保密哟，这是你知我知的事，千万不要让赖总经理知道。"

阿萍招车皮工的事异常顺利，她再也不用担惊受怕了。

两个月后，丁芬返厂，工友们得知因为动手术和做化疗，于芬为婆婆整整花光了这七八年和老公一起打工挣来的三十多万元，还扯下了近二十万元外债，于芬不得不提前回厂上班。

全车间员工都暗暗替于芬着急。

于芬哀求阿萍："我急等钱用，多派些货给我，好不好？"

阿萍无不担心地说："你身体吃不消的，你看你的脸色蜡黄蜡黄的，莫着急，慢慢来，我们会帮你的。"

"我不要你们帮，只要你给多货我做，我就感激不尽了，加多晚的班我都不怕。"

阿萍找刘厂长和何经理商量了两次，准备在全厂搞个捐款活动，以缓解于芬一时的燃眉之急。于芬知道了，她对阿萍说："你要在全厂搞募捐我就辞工。家家都有难念的经，大家打工赚个钱不容易。"

阿萍说："那我就分派一些容易做、工价高的货给你。"

于芬说："丢死人了，你那不是往我头上扣屎，当众让我出丑？我自己有手有脚，自己挣的钱用得踏实。"

于芬油盐不进，阿萍也黔驴技穷了。

一晃又一个月过去了，冬至那天恰逢工厂厂庆，董事长缠着赖总非要出席，赖总拗不过他，但千叮咛万嘱咐，会上不许发言。

厂庆安排在吉阳酒楼举行。厂庆安排得很紧凑，场面也异常热烈，除了有员工自编自导的歌舞表演，还有五轮抽奖环节。员工最盼着抽奖，听说，赖总准备了八万元的奖品和现金。每个人都暗暗祈祷自己今晚中个头奖。

何经理主持抽奖活动，前五批开出的奖品是箱包、拉花被、风扇、自行车和手机。

临到抽现金奖了，和着轻缓的音乐，现场气氛达到了高潮，喊叫声、口哨声此起彼伏，大家一边伸长脖子听何经理报出的每一个数字，一边把自己手中的抽奖券举得高高的，希望自己撞大运。

五百元、一千元、二千元的现金奖很快抽出，中奖的人无不喜笑颜开。

只剩下最后一个大奖未开。已中奖的笑得合不拢嘴，还没中奖的员工索性站起身，高高摇晃着手中的抽奖券。

赖总将抽出的号码交给了何经理。

"今天的特等奖，64581，第一遍！"何经理在台上开始数倒计时了，现场已经震耳欲聋。

谁这么好彩？大家纷纷交头接耳。

"64581，第二遍！"大家一遍又一遍地查对自己面前的号码，然后又去查对身边人的号码。

"于芬，你……你……"阿萍狠狠地拉着于芬的手臂，朝着于芬直结巴。

"我？什么？"于芬与身边的工友聊得正欢，阿萍一推把她推懵了。

"中头奖了，头奖！于姐！"阿萍还在兴奋："快上台领奖！快上台领奖！"

于芬这才注意到，很多员工已站起身，望着她，为她不停地鼓掌。

"64581，第三……"何经理故意拉长拉高了音调："第——三——遍，特等奖是车裁车间的于芬吗？是于芬吗？是于芬吗？我要核对一下号码。"

于芬被车间的员工推搡着送上了台，她将号码交给了赖总经理。赖总经理与何经理再三核实："完全正确。"

何经理宣布："64581，我宣布，今天的特等奖得主是车裁车间的于芬，奖金五万元！"

"呜啊！呜啊！"员工一个个露出羡慕的眼神。

于芬突然一下子哭了，好似许久她都没这么哭过。

阿萍赶紧上前拥抱于芬。

车裁车间的女工纷纷说："这下好了，于芬婆婆生病欠下的二十万外债又可以还一部分了！"

赖总经理和刘厂长、何经理会心一笑，互相碰杯祝贺工厂生意兴隆。赖总悄悄碰了一下刘厂长的手，小声说："天知，地知，你知，我知。"

刘厂长知道赖总经理说的是头奖箱里那个自己神不知鬼不觉塞进去的小袋，那里面共十张号码，每一张都是64581，是阿萍偷看了于芬餐桌面前的号码后偷偷告诉何经理，由何经理紧急制作后交给刘厂长的。这是赖总经理布置刘厂长、何经理、阿萍今晚秘密完成的任务。

何经理刚宣布抽奖结束，董事长突然从座位上站起来："我要讲几句。"

不是说好的只吃不讲的，怎么……？赖总经理一把将董事长按回座椅上，可董事长左甩右甩，仍然坚持要站起来。

"别乱来啊！"赖总经理小声提醒。

"我有分寸。"董事长诡异地朝赖总笑了笑，从何经理手里一把抢过话筒。

董事长用右手把头发往脑后使劲地抹压了一下，干咳了两声，才正式讲话。

"大家好！我是董事长！"

"董事长好！"整个大厅异口同声。

"有没有发现我变了？"

"是。"

"我在工厂不骂你们了，不管你们了，我在工厂也不说话了，都是你们的赖总害的。"

"……"员工懵了，不知怎么接下一句。

董事长好像看出了大家疑惑的眼神，停顿五秒，继续说："我如果骂你们、管你们，赖总就不给我生活费，我跟你们赖总大吵了一晚上，被逼无奈投降。我不管你们了，但我也有事做，我管理废品房，废品房的废品就是你们赖总给我发的生活费，不怕跟你们说，每个月我都可以卖五六千块钱，比过去还多了两三千，我用不完。"

董事长环顾了一下大厅，见员工听得津津有味，便挪动了一下位置，他望了望刘厂长、何经理，"其实，虽然我口封了，但我的眼睛没封，我的眼睛是透视镜，我每天还是在盯着你们，尤其是刘厂长、何经理，我一直不敢多眨眼睛。不过，你们让我刮目相看，你们做得很好，很有成效，我祝贺每位进步的员工！"

何经理双手给董事长递上一杯水，董事长接过后，小抿了一口，便放回圆桌了。他再次清了清喉咙，一点儿也不着急，"还想不想听？"

"想。"

"好的，我有一个计划，还没跟你们赖总商量。我卖废品一年估计有六万元，我怎么也花不完，我准备每年拿出三万元，设一个奖，叫董事长奖，专门奖励我们厂的生产能手和管理能手，好不好？"

"好！"员工纷纷站起来，为董事长鼓掌。

赖总也在一旁使劲地鼓掌。

厂庆这一顿大家吃得很香，员工说是赖总招待的很丰盛，何经理说是有董事长捧场，刘厂长说是董事长的转变叫人吃惊。

阳明的二三件事

廖洪玉

昨晚阳明在电话里说话又有些不大正常，我决定今早上去探个究竟。

阳明是政法委的职工，在村上任第一书记，长期住在村里。他是个很乐观开朗的人，但做了书记后，我常在电话里听到他唉声叹气，似乎有倾诉不尽的烦恼。

春节前，也就是新冠肺炎病毒扑来之前，我特意开车去探望过阳明。一见面，他的话就滔滔不绝，说竟然有人不赡养老人呢。不过，这难不倒阳明，赡养父母是子女的法定义务，如果不履行该义务，要承担民事责任，若后果严重可能会构成遗弃罪，有坐牢的可能性。阳明用法律，巧妙地引导他。

又比如遇到"钉子户"了，村里要建设新农村，将那些破旧的瓦房拆掉，改建楼房，全村统一规划，选地方，挖地基，都要以安全美观为主。没想到，有的人说好，有的人不愿意，什么乱七八糟的理由都有，说什么补得少，又说什么旧房有感情不想拆呢，还说要赔个高楼小别墅才同意签名。还有，村里要新建公园，有灯光、球场、图书室、运动器械等，要把村子变得漂亮。可是，就有人不肯，跑出来说东说西，想方设法阻拦，说什么有那些闲钱还不如分了，让老人买副好棺材。

种种无理要求，最后都被阳明的三寸不烂之舌一一破解，按照原计划实施。他对村民说，2013年7月22日，习近平总书记视察湖北鄂州时就再次强调："农村不能成为荒芜的农村、留守的农村、记忆中的故园。""建设美丽中国、美丽乡村，是要给乡亲们造福，不能把钱花在不必要的事情上。"

果然，等到完工了，村子变美了，开始反对他的那些人都朝他竖起大拇指。

我与阳明边喝茶边听他说，听到最后，我也忍不住朝他竖起大拇指，说："看来，你真是当第一书记的料啊！"阳明手一挥，说："你看，现在村里的发展和变化大家都有目共睹，不错吧，生活水平大家都得到了很大的提高，这就是社会主义的新农村，以后呀，你常来。"

是的，我真的想常去探望阳明，去分享阳明快乐的"烦恼"，本想过了春节年初二去的，只是这次疫情来得太突然，到处封村封路，不太方便，其实我也得遵守政府号召，没事不能乱出门。但我与阳明仍然天天保持联系，年初三，阳明在电话中拜托我帮全村人购买一批口罩，说他因为为村民买口罩而急得焦头烂额。正好我有个大学同学就在口罩厂当主任，通过这层关系立马订了两千个口罩送过去。阳明拿到口罩像捡了宝贝一样开心。我不方便进村，在村头路口把口罩交给阳明后立即返回。后来听阳明说，因为要求村民戴口罩又让他生了不少的烦恼，他挨家挨户送口罩，按人头领取，没想到有些村民不领情，故意刁难他，有的说什么村里的空气这么好，戴什么口罩啊？有的说不行不行，戴这个口罩，怪别扭的，都透不了气哟。他各个村巷里转来转去，看到一个劝一个，耐心地劝，常常连午饭都忘记吃，别说喝水。最终，大家在他的反复劝说下都戴上口罩。当看到邻村有人感染病毒，他们村还是零感染，大家都纷纷齐声称赞他们有个好书记，真正为群众谋幸福。

当我见到阳明时，才知道阳明病倒了。我说："书记，我上次来看你时好好的，怎么突然生病啦？"

阳明说："没事，过两天我就像一条鱼活蹦乱跳的。"

我从阳明的话中了解到，他的病原来是过度劳累造成的。现在天气忽冷忽热，虽然疫情没那么严峻了，村里各个路口都解封了，一些村民以为没事了，摘下口罩，聚集聊天、吃饭、打麻将。于是阳明仍然天天举起小喇叭，走街串巷，一边走一边喊：各位村民请注意，出门要戴好口罩，不要聚集，不要打麻将……

我说："书记，你已经尽力了，不能什么事都揽在自己身上呀，有些事睁一只眼闭一只眼处理就行了，落下一身病痛真不值。"

阳明一听，说："那可不行，既然当书记，就要负起责任，病倒我一人，健康全村人，我觉得值。"

我一听，又朝阳明竖起大拇指……

玉缘

廖洪玉

一、公告

根据市委、市政府的指示精神和城市发展建设的需要，周边的村都需要拆迁改造。

我村也在开发范围之内。为了响应政府号召，从今天起开始征集村民意见，今晚六点后，都到村小学操场上集合开会。

消息一出，一石激起千层浪，村里立马炸开了锅。

"静一静，静一静！有事跟我们提，乱哄哄吵着能解决什么问题呀？"村支书记张互生大声地冲着台下吼。

"书记，我们家才买了砖和盖房子的材料，你说这事该怎么办？"有村民问。

"好，我来解答这个问题。凡是买了盖房子材料的，凭发票报销，一分钱都不会差大家的。"张书记的话音刚落，下面又像炸窝一样的乱了起来。

"房子怎么分发？"又有村民问。

"按各家房屋的面积算，每平方米比例 1∶1.7。也就是说，你家房屋总面积是 100 平方米，给你 170 平方米，不用掏一分钱。"

又是一片哗然。

"我们家孩子多，我算了算，每人还分不到一套房，这怎么办？"

"好。这个问题是个最突出的问题，下面我来重点说一下这个问题。"

"党和政府的政策是利国利民的，遇到突出问题我们也会重点解决的。我们初步的方案是这样，孩子多的家庭，不够每人分一套房子，多余的面积按商品房的平价来计算。也就是说，以市面上商品房面积的成本价给大家，不赚取大家一分钱，它的突出优势就是要比我们自己选购材料的费用便宜很多。"

又是一片骚动。

……

"好了，今天的会议开得很成功。我总结了一下，一共有 36 个问题，问题里面都是百姓的心声，我们回头总结归类，没想到的问题我们一定会认真对待，也一定会为大家服好务、把好关，坚决落实好政府交给我们的任务，原则只有一条——一切为了人民！"

二、热议

"你家星期一签字吗？"老王家的媳妇问老赵家。

"签呀，为什么不签呀？我家买的盖房子材料人家都管，我俩小子每人一套房，又不要钱，我签。"

"就是，谁不羡慕市里楼房呀？宽敞明亮，干净又卫生……"

"是的！住楼房是迟早的事，只不过是谁家房子多房子少了。"

"就是，我家就不合适，两套房子都分不上，还要掏钱，我哪弄那么多钱呀？"

……

"大家先随便吃点吧，我们边吃边聊。"张书记说。

动员大会完事后，支部干部们没有回家，连日来内部会议、集体合议从未停止过，毕竟这是大事中的大事。

"其实，今天开的会还是很成功，没有出现过激抗拒的行为。这说明我们的方案还是很受大家欢迎的。"支部委员何大顺说。

"对，我同意何大顺的说法。"村主任张大中说，"看来我们预想的问题消除了一大半，百分之七八十的人问题不大，剩下的百分之二三十就是我们要重点解决的问题。"

"眼下只是初步摸底，签字才能看到成效，看星期一的签字结果。"

"是的，大事毕竟是大事，只要有一个突出的问题存在，就够我们去做工作，麻烦事肯定是会有的，我们要做好充分的心理准备……"

三、突变

星期一。

八点上班，支委会里很多干部，老早就来到了支部布置今天签字大事。

奇怪的是，他们想象中的场景并未出现，现在都八点半了，还没有一个人到场签字。

所有在场的领导都是一头雾水。

"村主任，你带上几个人去村里看看怎么回事，这不对劲呀？"张书记说。

"书记，书记，不好了，书记。"就在这时候，管卫生的刘主任跑进来说，"你快去看看吧，村里人都在村外老槐树下那……"

"别急，你慢慢说，到底是怎么回事？"张书记问。

"村外老槐树下密密麻麻一大群人，都在那听刘三眼说话。"

"刘三眼？他怎么回来了？"张书记翻着白眼自言自语。

"不知道，这家伙一肚子坏水儿，谁知道憋的是什么尿？"

刘三眼是村里出了名的不招人待见的人。此人为人奸诈，从不吃亏，谁要想从他身上占点便宜，简直比登天都难，所以有人又送外号叫"鬼难拿"。

"快走，都赶紧的。"张书记心里暗暗叫着不好，什么事要是让这家伙一掺和，就是天大的好事也会变成坏事！

四、老槐树下

刘三眼本来三年没在村里住了，听说他儿子在外面挣了大钱给他买了一套商品房。这不听说星期一村里要签字，昨晚便偷偷地回到了家。

回家后他直接去找村里几位德高望重的老人，问他们都同意签字了？几位老人都说条件合理准备签字。刘三眼不紧不慢地说："老哥几个愿意听我说几句吗？"

芸芸众生皆为利来，谁都知道刘三眼的主意多，都愿闻其详。

刘三眼有理有据地讲了一大套说辞，把老哥几个都给说住了。

按照约定，村里人老早就在村外老槐树下集合了，来聆听刘三眼给大家解疑答惑。

"乡亲们呀，这可是子孙后代们的千秋大事，千万不能马虎。大家知道这是什么吗？"刘三眼从兜里掏出一个小本本说，"对，土地证，这是政府给咱百姓的土地使用证明，它可是我们祖祖辈辈唯一的财富。没有了它，就等于永远失去农民的命根子，以后地皮就是国家的，房产只允许你使用70年，到期后得根据当时的地价水平补缴土地出让金，再次申请土地使用权。"

"一旦我们签了字，这个小本本就不属于我们了？"有人问。

"对头！"刘三眼说，"签了字就等于把这个永久性属于自己的本本转让给了国家，70年后要想有房子住，你就要重新拿钱再买，大家觉着这样合适吗？"

"这不等于把后辈人的家产都给卖干净了吗？"又有人问。

"对头！就是这个理儿！还有，你们知道外面一平方米换多少平方米吗？"

大家好像都听出了弦外之音，睁大眼看着刘三眼说。

"告诉你们吧，条件非常优越，不但能保证大家都能住上房子，还倒给钱！"

老槐树下顿时炸开了锅！

五、对峙

"刘三眼，你这是在干什么呢？"张书记实在是听不下去了，上前质问。

"嗯，张书记来啦。"刘三眼笑迎说，"这可是百姓的大事，乡亲们愿意听我唠叨几句，我这不正在给大家解释嘛。"

"你告诉我，你在给大家解释什么？老刘呀，你曾经也是村里的书记，又是党员，你明知道干群关系很重要，虽说退居二线了，但党的责任感最起码要有吧？你的觉悟哪去了？"

刘三眼在那个动荡年代当过几年村支部书记，由于太爱"算计"，公私不分，在群众中产生了积怨，后来在改革开放初期落选了。

"你这是什么意思呀？张书记！"刘三眼不爱听了，"我是党员不错，但我也是群众一分子呀。再说了，拆迁本身就牵扯到我的切身利益，我有不同的看法，为什么就不能说呢？"

"不是早给你打电话了嘛，不是早就跟你商量拆迁的事了嘛，叫你过来我们坐下来好好商量一下这事，可你老是推脱说有事过不来，可怎么到了关键时候偏偏跑回来了？这个节骨眼上，你明知道今天是乡亲们签字的时候，还在这里开私会，你居心何在？"

"你看你这个大书记说话越来越离谱了。我现在不是回来了吗？还有我儿子下月初也要回来，何况这是大家自愿自发的，这跟居心有什么关系呀？你这话太侮辱人格了吧？什么水平呀？"

"人格？你还有人格呀？水平，你也知道什么叫水平？有意见到支部去提，所有的干部没日没夜忙着好几个月了，饭顾不上吃一口，没睡过一个好觉，你看看我们这些党员干部都熬成什么样？你可好，为了自己的小利益打算盘不说，还煽动群众、蛊惑群众，身为党员，这是在犯罪，你知道吗？"气得张书记浑身都在发抖。

"告诉你张互生，你还别来劲！当年要不是你挤对我？现在我还是书记，哪由得你对我吆五喝六。你才是奸诈的小人，说我煽动群众、蛊惑群众，你问问群众我哪一点说得不对？你谁呀你，还不让百姓说话了，有你这样的书记吗？"刘三眼也来劲了。

"乡亲们，我们拆迁的动员大会不是开了一次两次了，我们党支部付出的辛苦，大家也是看在眼里的。"张书记对着群众说，"我们是群众的当家人，为大家服务是我们的职责。但是今天出现了特殊情况，所以今天的签字日程我宣布暂时取消。"

"刘三眼，鬼难拿。"张书记把目光对准了刘三眼，说道，"你不是要讲理吗？那好，在村里还没有拆迁之前，就算你没在村里住了，你的党员身份也在村里。明天我就要求你以党员的身份来村里参加会议，我们不谈眼下的事，就说党性的问题，然后再根据表现看看你还配不配做一名合格的共产党员。"

六、电话

说一不二，没想到刘三眼党员资格的会议还真如期举行了。

"我宣布，会议正式开始！"张书记神色严肃地扫视一下会场说，"昨天的情况大家都看到了，今天我们换换脑子，先把拆迁事宜放一放，专门就刘三眼同志的党员立场做一个评估，请大家各抒己见展开讨论。"

刘三眼还真不善，八点之前还真带着气，如约来到了会场。

"老刘。"村长说，"按说此次拆迁应该你来参加，考虑到你现在没在村里住，来回不方便，但你千不该万不该在群众中说那些话，我们支部一干人没白天没黑夜地忙，不就是为了百姓的利益在忙碌吗？你可倒好，把我们辛辛苦苦做的工作全给毁了。"

"这话怎么说的？"刘三眼一听接过话茬，"难道说我说的不是事实吗？百姓的眼睛是雪亮的，他们分得清好歹，一共就三方的利益，但群众的利益最大，你说我哪一句话说错了？"

"你这分明在搬弄是非嘛！"一位委员看不下去说，"身为老领导、老干部、老党员，在这么重大的事情上，原则和立场上严重倾斜了，我看你这又是旧病复发，怎么着，难道你还真想晚节不保？"

"好呀，你们大权在握合起伙来欺负我呀？"刘三眼见大家都把目光对准自己，顿时火冒三丈，"既然你们不让我讲真话、说实话，有说理的地方……"

"刘三眼。"张书记忍不住说，"这是党委会议，请你态度端正些。哦，一个人说你错了，两个人说你错，大家都在说你，你还在这里狡辩，难道大家都错了吗？不深刻反思自己的错误，你还先火了。你知道你的言行给村里带来了多恶劣的后果吗？我们所有的前期宣传工作，所有的家访工作，挨家挨户敲门做工作，你看哪个党员像你这样啊？"

刘三眼不吭气了，一口接着一口抽起烟来。

大家也没闲着，你一句我一句轮番对准刘三眼数落起来。

"好了。"这时候张书记说，"鉴于刘三眼同志这次的错误很严重，也是为了给他敲响警钟，我提议给刘三眼同志党内记大过一次，全体党员干部举手表决，过半数有效，下面请……"

叮铃铃，叮铃铃……

这时会议室里的电话突然响了起来。

"喂，哪位？"张书记拿起电话说。

张书记很认真地接听电话，只见他一会儿"嗯"，一会儿"好"，一会儿"哦"的，电话足足打了十分钟。

张书记放下了电话，狠狠地看了一眼刘三眼，说："散会！"

大家一听都蒙了，散会？这是唱的哪一出呀？我们还没举手表决呢，这就完事啦？

七、通话

"儿子，我实在受不了。"刘三眼回到家越想越生气，这口气在肚子里转来转去，就是出不去。

"你可要给你爹出这口恶气，不然你爹怎么在人前抬头呀！"

"老爸，又给人家干上了？老爸呀，年岁大了，动不得肝火了，往后不争强好胜了，好不好？"

"你可不知道，那家伙串通好了来欺负我，要给我党内记大过。"

"好了老爸，我都知道了，你别去添乱了好不好？现在不是没事了吗？"

"咦？你怎么知道？"

"老爸，市里唐秘书给我打来电话，你以后就别添乱了好不好？你说现在缺你什么呀？打小你老跟我说，三十年前看父，三十年后看子，你儿子现在做到了，你也该省省心了，你该享清福，麻烦事由我们来担，你说你这不是诚心给我添乱吗？你说你办的那点破事还让唐秘书亲自出面调停，这不是打我脸吗？我是个商人，人情债不好还呀。"

儿子这一通数落，吓得刘三眼当即哑口无言！他知道给儿子捅娄子了。他这一辈算计了无数人，非常懂得其中的道理。

"喂，老爸？"

"听着呢，你说儿子。"

"嗨，你吓死我了。"

"你刚才说得有道理，可能是我错了。"

"哎！这就对了。记住，三十年前看父教子，三十年后看子养父。我现在长大了，希望天底下的父母都好好地安享晚年，谁也不要给晚辈们添乱，好吗？"

"呜呜呜……"

"嗨嗨嗨，怎么还哭上了呢？"

"儿子，我好感动呀，爸爸谢谢你！这辈子有你这么个好儿子，我算没白活。"

"哎，这就对了嘛。还有，人家让你写检讨你就写，错了就要认错！别跟我一样，明明楼盖歪了，别人说我我还不听，等楼塌了什么都来不及了。"

"好好好，儿子，老爸记住了，我全听你的。"刘三眼说完又想起了一件事，说道，"我说刘多呀，你跟谢晓娟的事怎么样了？"

"老爸，我个人的事你别操心了。你儿子还愁找不到对象吗？"

"儿子，晓娟跟别的女孩不一样，不能让张孝芳那小子抢走了。"

"你看怎么又来了？刚才不是说好以后听我的吗？怎么刚说完就变卦了？爸，这件事你就别管了，我心里有数！"

……

"喂，干吗了？老爸。"

"没干吗，生气呢！"张书记正在为刘三眼生气，他想不通刘三眼哪来的神通，要市长秘书给他求情，还早不打晚不打，偏偏刚要举手表决了，这个节骨眼上打来，你说气人不气人，早知道这样我早点开会，生米煮成熟饭，谁来求情都没用。

"哈哈！老爸，是不是在跟我刘叔斗气呀？"

"咦？你怎么知道？可不就是他嘛，太气人。"

"算了吧，都多大岁数的人了，你老哥俩别扭了一辈子了，该收收心，多大点事呀。"

"胡说，孝芳，这是党的立场问题，党的原则问题，不是个人恩怨问题。"

"老爸，与时俱进行吗？时代不一样了，解决好群众矛盾和如何处理好党员之间的矛盾已经不是两角关系，而是三角关系。这才是考验我们优秀党员干部领导艺术水平的时候，你可不要在这个时候钻牛角尖呀。"

"咦？怪了气了，你说话怎么跟市长秘书一个腔调呀？"

"你看让我说对了吧？老爸，认真是对的，但一定要权衡利弊，以事论事。刘叔乱讲话这件事给村里造成不良影响来说吧，开会批评他是对的，但要顾及他儿子为家乡做贡献的积极态度，吃水不忘挖井人，人家弹弓子的思想境界就是比他老爸高，不但学有所成，事业也蒸蒸日上，对于回报家乡父老的投资行为，我们就应该避轻就重，对吧？老爸。"

"你是说刘多现在真是开发商？"

"是呀。"

"我们村的开发项目就是他开发的？"

"对呀。"

沉默。张书记陷入了沉思。

"老爸，说话呀？怎么，我惹你生气了吗？"

"你跟谢晓娟的事怎么样了？"

"你看你老爸，怎么说着说着又跟这件事联系上了？我们俩好着哪，放心吧。"

"放心？我放不了心，刘三眼就是冲着我来的，这次在党性立场上吃了亏，他一定还要拿别的事来找平衡，说不定就是你俩的事，你可要多个心眼儿。"

"没事的老爸，谢晓娟为我守身如玉这么多年，我还不了解她，你就放一万个心。"

"那块玉她还戴着？"

"戴着戴着，她会为我戴一辈子的。"

"你什么时候回来呀？"

"下个月初。"

"下个月初？怎么这话好耳熟呀？"

"哈哈……"

八、哥仨

刘三眼的儿子叫刘多，书记张互生的儿子叫张孝芳，文中提到的谢晓娟是刘三眼和张互生的同龄人谢小芳的女儿。

当年，刘三眼跟张互生、谢小芳都是发小，三个人一起劳动一起成长，尤其是刘三眼和张互生两个人，好得就跟一个人似的，不是亲兄弟却胜似亲兄弟。

刘三眼有两块像那时稀缺的饼干模样的长方形玉，于是给了张互生一块，都戴在脖子上以示生死之交。

两家是邻居，一个是东头，一个是西头，世代皆如此。

性格使然，一个精于世故，一个喜欢谈古论今；一个处世圆滑，一个爱抠死理，但两个人又相互欣赏从未闹过矛盾。

可问题就出在这块玉上。

谢小芳是个文弱的女人，喜欢文化，每次张互生给她讲历史故事时，她都会沉醉在历史的长河里不能自拔。

"小芳，你看这是什么？"一天刘三眼说。

"呀！玉！好洁白呀！怎么跟张互生的那块一样呀？"

"他那块也是我的，这两块玉是一对，因为我们俩特要好，我才给了他一块。"

一对玉，一对人，玉无瑕疵，人有别。

青春少年两小无猜，但面对选择，谢小芳却选择了逃避。

那时候兄弟俩也闹翻了，都指责对方把谢小芳气跑了。

结怨，一直到现在都是解不开的疙瘩。

九、结缘

张互生的儿子张孝芳是第一个认识谢晓娟的。

那是一个星期天早上，张孝芳刚吃过早饭，帮母亲洗刷过碗筷，去倒刷锅水。

当张孝芳把刷锅水倒入猪槽子里的时候，正要往屋里走，刚好走到院子中央，只听锅里"砰"的一声，吓了张孝芳一大跳。

张孝芳低头往锅里一看，原来是一个"砣"。

"砣"是由六块四四方方的布料缝制而成的玩具，里面的填充物，一般都是糠物。就在张孝芳看着锅里的"砣"发愣时，大门口突然出现一个跟他差不多大的女孩。她看张孝芳一眼，然后扑哧一下笑了。

"对不起，我不小心把砣踢到你家院子里了，还我好吗？"

那女孩的嗓音真好听，说话就跟唱歌一样。

张孝芳从锅里把砣拿了出来。

"你住在隔壁？"张孝芳用手指了指西面那堵墙说。

"是呀，我们昨天搬过来的。"

西面那家本是弹弓子的家，他爸嫌地方小了，找大队换了一块大一点的地皮，搬走也不过小半年时间，因此这地也就闲置了下来。不过听父亲说正在跟大队交涉，准备把这地要过来，扩充到自己家用。

"怎么一点动静都没有？"张孝芳自言自语地说了一句。

"我跟我妈昨天刚搬过来，东西也简单，白天妈妈上班，家里就我自己。"

"你不上学？"

"上呀，今儿不是星期天吗？明天我就去上学了。哎，你几年级呀？"

"三年级。"

"咦，我也三年级，嘻嘻，没准我们能一个班。"

"哦。"

"怎么？不喜欢？"

"不是。"

"那没事我们在胡同里玩会吧，反正星期天也不上学。"

就这样，跟块木头似的张孝芳，便跟这位陌生的女孩玩在了一起。

她们玩的是"夹砣"。

中间画一条直线，一人占一边，发砣方用两只脚尖夹住砣的一个角，然后用力向对方方向跳起来把砣弹过去，弹的越远越好。

输赢的判定是这样的，砣落在哪里，哪里就是起点，只要你能夹过那条线就行，夹不过就算输。

　　惩罚方式有很多种，他们采用最多的是弹额头。

　　张孝芳以为她赢不了，一个丫头能有多大劲儿，只要我夹起砣用力一甩，砣就能像弹弓子里的子弹一样飞过去。

　　没想到的是，她比张孝芳还厉害。只见那只砣在空中嗖的一声划过。

　　"嘻嘻，你又输了。来，把脑袋伸过来。"女孩每赢一次显得异常的兴奋和开心。

　　说实话，她弹额头就跟挠痒痒一样。张孝芳憋着一股劲儿，别让我赢一回，只要我赢了，一指头下去，准让她额头起一大包。

　　"邪门了，我就不信踢不过你一个丫头，来，再来。"

　　"嘻嘻！夹砣用的是巧劲儿，你那是牛赶兔子有劲儿用不上。你看我，要有角度，这个角度夹的最远，哪像你，老往天上夹，让你弹弓子打鸟呀？"

　　张孝芳一琢磨，她说得确实有道理，怪不得她老赢。

　　这回张孝芳定好神，憋足了劲儿，选好了角度，夹紧砣双脚迅速离地，猛的用力一甩。嗨，这角度太正了，正好是她说的那个角度，只见砣在空中划过一道漂亮的弧线，还没等砣落地，张孝芳就知道她这次输定了，就对她说，准备伸脑袋吧。

　　啪！

　　就在这时，伴随清脆的响声，只见半空中的砣，突然间炸开了，里面的填充物瞬间四处飞溅，然后噼里啪啦落了一地。

　　"哈哈！他俩玩得挺开心呀！"

　　弹弓子！他就是被村里人叫弹弓子的人。一把弹弓子不离手，走哪玩哪，看见什么打什么，打的还特准。

　　"弹弓子，你干什么？我眼看就赢了。"张孝芳冲着不知道从哪冒出来的弹弓子吼道。

"哦，看来家庭环境不错。"弹弓子也不理张孝芳，顺手从地上捡起散落在地上的一颗玉米粒说，"大户人家吧？"

"你赔我砣！"女孩捡起地上空空如也的砣，气得呼哧呼哧冲着弹弓子说。

"你叫谢晓娟吧？"弹弓子阴阳怪气地对女孩说。

"你管我叫啥，赔我砣。"

"我是你房东。"弹弓子用手指着女孩家的房子说。

"我管你是谁呀。你打坏了人家东西就要赔。"

"对，打坏人家东西就要赔。再说了，你家早搬走了，这早就不是你家了。"张孝芳打抱不平地说。

"谁说的？我家的小库房还在这，我是来拿东西的，这不是我家是谁家呀？"弹弓子辩解道。

"别得意太早，告诉你，这地方迟早是我家的。"

"吹吧你就，我家不腾出库房，谁都别想动，不信就试试。走喽，不给你们费唾沫了，打鸟去喽。"弹弓子说完，消失在胡同里。

十、一锤定终身

"你叫晓娟？"张孝芳问她。

"嗯。"

"真好听。"

"不就一个名字吗？"

"那不一样。"张孝芳也不知道怎么了，是因为跟她玩得开心，还是因为她受了委屈想安慰她的缘故。

"想不想报仇？"张孝芳看了看弹弓子消失的方向问她。

"想，他欺负人。"

"好，跟我走。"

村外是一大片庄稼地，这里四季都不缺鸟食。

最显眼的那棵歪脖树，大人们干活儿累了或歇脚时，唯它是个好去处，这棵树成了这里独一无二的风景。

人兽相同，鸟儿也是这样，找吃的时候俯冲而下，休息时振翅而落，叽叽喳喳，这棵树也就成了鸟儿们捕食歇息的栖息地。

啪！

随着一声风声加树叶的破碎声响，只见一只鸟从树上歪歪斜斜应声而下，瞬间便落在了离树不远的田地里。

弹弓子每次在这里打鸟从不打一只捡一只，他会记准方位，等他玩累了转一圈便一一捡起战利品，得胜而归。

啪！

啪！

……

"哪个龟孙子偷拿了我的猎物？请报上名来。"

弹弓子打累了，想回家，但四处寻找猎物时却空无一物。

"是哪位好汉在此偷猎？"弹弓子开始边巡视边跟偷猎者对话，"是好汉留下姓名，明人不做暗事……"

弹弓子越说越着急，最后逼得全是逢年过节大街上说书艺人说的话了。

弹弓子在庄稼地里转了两圈，没发现情况，嚣张的气焰减弱许多。

"各位爷！小的错了，给大哥们说声抱歉了，小的有眼不识泰山得罪了大侠，请恕罪呀。"

庄稼地里静悄悄的，大树上没有了鸟叫声，田野里也听不见风声。

"呜呜呜……"

弹弓子最后无助地蹲在地上"呜呜"地哭了起来。

"张孝芳，我错了！我知道是你们干的，把鸟还我吧，君子不夺人所好，求你们了。我娘病了，身子虚，需要补身子，家里穷买不起肉，我只能打鸟给娘吃。还有爹的下酒菜。我不怕爹打我，但我心疼娘呀。呜呜……"

"呸！还君子不夺人所好，说的比唱的都好听，你早干吗去了！"草里的张孝芳目视着前方恶狠狠地说。

"你叫张孝芳？"谢晓娟问身边刚认识的男孩。

"嗯。"

"嘻嘻。"

"你笑什么？"

"我妈叫谢小芳，后面两个字的音跟我妈一样呀？嘻嘻，有意思。"

"怎么办？"张孝芳问晓娟。

"什么怎么办？"

"没看见呀？他都哭了。"张孝芳指着前面一把鼻涕一把泪的弹弓子说。

"是呀。我心也软了，他是为了他娘，也是带着爹的任务出来，怪可怜的。算了，给他吧。"

"就这么便宜了他？"张孝芳不甘心地说。

"那又怎么办？他那句话说得好，君子不夺人所好，我妈也经常这样说。"

到饭点儿了，弹弓子像打了败仗失去千军万马的将军一样，从田地里往回走。

当他走到大树下再次回望田地，抬头望着茂密葱郁的大树，刚要依依不舍地往家走时，突然发现大树底下有一堆被打死的鸟。

……

"上课。"

"起立！"

"在上课之前我先说件事。大家看见后面那扇窗户玻璃了吗？有一个角被打坏了，是谁干的请主动站出来承认错误。"老师指着教室后面的一块玻璃对全班学生说。

教室里鸦雀无声。

"请犯了错误的学生主动站出来承认错误，不然就严厉惩罚。"

这时候早有学生把目光投向了弹弓子，这事除了他还能有谁？

弹弓子在众目睽睽之下一副死猪不怕开水烫的样子。

"不要心存侥幸，早有学生看见向我汇报了，不是一个人，是俩人。"

后经老师这么一说，班里的学生们个个都傻了，这肯定不是弹弓子干的事。

当时弹弓子也傻了，一脸的诧异愣在那里。

"报告！是我干的。"

这时候一个座位上突然站起来一个人，甜甜的嗓音震动了班里所有的人。

"嗯。"老师对站起来的谢晓娟点了点头。

"报告！还有我。"

"嗯。很好。"老师说，"你们都还是孩子，不怕你们犯错误，但犯了错误要敢于承认错误，这才是好孩子。说说吧，你俩犯错误的过程。"

"我来说。"谢晓娟站了起来说。

"不，我来说。"这时候张孝芳抢着说。

"不，事情是由我引起来的，必须我先说。"

"主意是我出的，我来承担责任，跟你没关系。"

"好啦好啦！"老师打断了两人的争抢，说，"男先女后，张孝芳你先说。"

"昨天星期天，我跟晓娟在外面玩，玩累了就跳墙头来到教室里，开窗户时不小心把玻璃弄坏了。"

"是这样吗？谢晓娟。"老师问。

谢晓娟看了一眼张孝芳说："不是……哦，是。"

"到底是不是？"

"是的，老师。"

"我首先告诉你俩，撒谎比打坏玻璃的错误更严重。事情的来龙去脉我清楚，但你俩没说实话，现在我再给你俩一次机会。"

"报告老师，我刚才说的是实话。"谢晓娟斩钉截铁地说。

"张孝芳，你呢？你刚才说的也是实话？"老师问。

张孝芳瞥了一眼谢晓娟又狠狠地瞪了一眼左边的弹弓子说："是的老师，我说的也是实话。"

"那好，那你俩出去站着去，什么时候说了实话再进来听课。"老师神情非常严肃地对两人说。

"报告老师。"就在两人刚要走出教室的时候，此时弹弓子突然从座位上站了起来说，"你不要为难他俩了，这事是我干的，跟他俩没关系。"

……

找呀找呀找呀找，我要找个好朋友，敬个礼呀，握握手呀，你是我的好朋友。

不知道怎么了，每到体育课时，张孝芳跟谢晓娟都能分到一个组，就是分不到一个组，他们也会要求分到一个组。

"算我一个。"

体育课上，弹弓子过来捣乱，他们谁都不搭理他，没人喜欢跟他一起玩。

"这个可以吗？"

弹弓子突然从兜里掏出一个崭新的砣，扔在谢晓娟面前说。

"呀，新的。"

砣是女孩子们的最爱。谢晓娟看见地上的砣两眼发光捡了起来。

……

"找呀找呀找呀找，我要找个好朋友，敬个礼呀，握握手呀，你是我的好朋友。"

"你俩站住。"

放学后，张孝芳和谢晓娟一起结伴往家走，忽闻身后有人喊，两人回头一看是弹弓子。

"我问你俩，为什么要为了我背黑锅？"弹弓子问。

"不为别的，就因为你孝顺。"谢晓娟说。

"对，我俩还你鸟也是为了这个。但你打坏人家的东西还不讲理，我们绝不答应。"张孝芳说。

"仗义。"弹弓子对他们伸出来大拇指说，"也正是因为这个，我才敢做敢当，站起来给你俩解围。我弹弓子并不是一个蛮横不讲理的人，只要你对我好，我就会对你们更好！怎么样，我们仨交个朋友吧？"

这事来得太突然，张孝芳跟谢晓娟相互看着，不知道怎么说。

"那你以后不许欺负人。"谢晓娟说。

"好！"

"以后只许做好事，不许做坏事。"

"好！"

"还有，不许跟你爸一样到处算计人。"张孝芳也插嘴说。

"嗨嗨嗨！说什么了你呀？我们说我们，提我爸干吗？这样可不厚道呀。"弹弓子有点急了。

"本来就是，全村人谁不知道你爹呀，吃不得一点亏，占便宜没够，处处算计别人一把。我说的不对吗？"张孝芳不依不饶地说。

"打人不打脸，揭人不揭短……"

"你不许狡辩，你刚说了，只要你不办坏事就行，你要是答应，我们就跟你一起玩。"谢晓娟不想这样吵下去。

"好好好，反正我理亏，我是诚心想交你们这样的朋友，我全认。"

……

"今天我们玩过家家吧。"又是一个星期天，谢晓娟对张孝芳和弹弓子说。

"好呀好呀！"

两人一致同意。

"我妈说，这个游戏可以从小锻炼我们热爱家庭、团结互助的精神，培养我们的责任心和担当。"

"那谁当爸爸哪？"弹弓子说。

"那还用说呀？锤子剪子布呗，谁赢了谁当爹，输了就当儿子呗。"

"来，一拳定输赢！"

于是两人摩拳擦掌开始争夺爸爸的权利。谢晓娟在一旁为两人加油助威。

结果一拳下去，老天爷把机会留给了张孝芳。

"不行，当爸爸的不能白当。"弹弓子不甘心也不服气地说，还想为自己挣回脸面。

"那你说怎么办？"张孝芳问。

"你得拿礼物给当妈妈的，比如说好吃的，有纪念意义的东西都行。"弹弓子说。

"有，这两样东西我家都有。"

"吹吧你就，就你家？穷得吃了上顿没下顿的。"

"不信我现在就回家拿给你看。"

不大的工夫张孝芳就气喘吁吁地跑了回来。

"呀！饼干。"谢晓娟一把拿过张孝芳手里的东西，不由分说就对准饼干的一个角咬了下去。

"别吃！那是玉。"张孝芳赶紧大声地阻拦。

但已经晚了。饼干的一个角已经在谢晓娟的嘴里了。

十一、叮嘱

"喂，张书记吗？"

"哦，唐秘书好！有什么指示请吩咐。"张互生今天又接到了市委唐秘书的电话，他以为是为了上次刘三眼的事，心里赶紧盘算应该怎样应对。

"你们村有个叫谢小芳的人你知道吧？"

"你说的是哪个谢小芳？"张互生赶紧问。

"就是住在你家隔壁，以前刘三眼老房子那个谢小芳。"

"哦，知道知道，这我怎么不知道呀，太知道了。"一个堂堂的市委秘书提及一位平常的女人，这让张互生心中忐忑，他不敢怠慢。

"她的房子产权变更了没有？"

唐书记突然之间问起了这个让张互生摸不着头脑的事，他一时真不知道该怎么回答了。

"唐秘书，我冒昧问一句，你跟她什么关系？"张互生小心翼翼地问。

"你说是就是，不是就不是，这跟我俩的关系有什么问题呀，嗯？"

"对对对，我不该问。是她的，自从她们单位分了房子以后，有关那块宅基地的事，由于我跟刘三眼之间一直有分歧，一直耽搁到现在没有变更。"张互生出了一脑门子汗。

"也就是说，那块宅基地还是属于她的对吗？"

"是的。"

"那好，她明天要到你们村里了解这次拆迁的事，希望张书记接待安排一下好吗？"

"哦，好，好好好，我明白啦。"

张互生挂了电话心里七上八下，他自己都说不清是个什么滋味。

谢小芳在他的视野里突然消失，然后又突然间变成了他的邻居，还带回来一个活泼可爱的小女孩，这些年在她身上到底都发生了什么？

当张互生得知那块玉被自己的儿子拿去给了一个女孩的时候，他又从儿子嘴里得知了女孩的名字——谢晓娟。

这不是我跟谢小芳在那段甜蜜的时光里给孩子起的名字吗？当时我跟她说，以后我俩要是生个男孩就叫张孝芳，让他一辈子孝顺你；要是生个女孩就叫张晓娟……

哦，想想她又一次回到我身边的那段日子，心中泛起的那般浓浓的感受，就好像我们从未离开过一样，虽然一墙之隔，但我们毕竟团聚了。

……

"张书记在家吗？"

张互生刚吃过晚饭，就听见院里有人叫，这声音太熟悉了。

"刘三眼，真是稀罕呀。有事吗？"张互生起身来到了院里，只见刘三眼一手提着一个礼品盒，一手提着一篮鸡蛋。

"你看你这话问的，一个村民来书记家串个门都不行吗？"

张互生没话说了，于是说："你把东西放地上，人可以进来。"

"你看你，来都来了，这……"

"少废话，行你就进来，不行我就送客。"

"好，依你，都依你。"

两个人来到屋里，张互生面无表情地问："我们邻居了这么多年你都没踏进我家门一步，三十年后你这是第一次以这样的方式进我的家门，真不容易，说吧，有什么事？"

"我能有什么事呀？不就是上次对我党员处理的事嘛。你看我确实一时糊涂，做错事了，没有坚持党性，给支部添麻烦了，还请求党支部谅解呀！"刘三眼说。

"咦？这个检讨做得好。"张互生刚说完这话又问，"我觉着这话不像你说的话呀？是你儿子刘多教你的吧？"

"他一个小毛孩子，教我？他哪有那本事呀。"

"咦！你可不能说你儿子这话，人家可比你出息呀。孩子怎么了，有出息不在年少嘛，地产商，我听唐秘书的口气，好像我们村这次拆迁他也想掺和呀？依你的性格，你就不怕你儿子吃亏？"

"一码归一码，我今天来就是为了我的事来的，先不说我儿子好不好，你就说怎么处理吧。"

"好，那我就打开窗户说亮话。本来鉴于你的言行是应该开除党籍的。但考虑到你在当书记时处理我们跟邻村矛盾上，还是为我们村争回不少好处的，就凭这个我们才给予你记大过处分的。后来又通过唐秘书的调和，只让你在群众面前做个检讨，你看如何？"

"别别别！"刘三眼一听就急了，说，"我的青天大老爷，你杀了我算了，你说我这人哪拉得下这张脸呀？你就饶了我吧。"

"支部开会已经饶了你，这么轻的处理，你还让党怎么饶你？"

"互生，我以前待你不薄呀！看在以前的情分上你就饶我一次。"

张互生看着可怜巴巴的刘三眼说："你这一声'互生'，叫得我心里好难受，三十年没听到你这样叫我了，我始终想不明白一个问题，你怎么一夜之间就跟换了一个人一样哪？争取上进，助人为乐，待人和善都是你的优点。你是第一个入的党，你还是我的介绍人，你说你后来怎么就跟鬼附身一样变成那样了？"

呜呜呜……

刘三眼捂住脸无声地抽泣起来。

"三眼，我跟你说件事。"张互生把刘三眼送到门口的时候说，"今天市政府唐秘书给我打来了电话，跟我说这么一件事，你说这里面有什么隐情？"

刘三眼听了事情的经过，说道："木头呀，这不明摆着的事吗？俩人的关系肯定不寻常，要不他那么大一个官，干吗要给你交代这事。好呀谢小芳，你埋藏得很深呀，让我们哥俩明里暗里为你斗了这么多年……"

"儿子呀，老爸跟你说件事呀！"刘三眼回到家怎么想这事都是一件天大的事，于是拿起手机就给儿子打了过去。

"哎哟我的亲爸爸，我还以为什么急事，打了三遍我都不接，你还是没完没了地打，弄了半天就这点破事呀？老爸，这样说吧。好男儿志在四方，岂能让儿女情长左右？人这一辈子有很多选择，如果两情相悦，我宁肯让也不穷追！只有没出息的人才办那样的傻事。您这辈子其实是很幸福的一辈子，但您之所以到老了还烦事缠身，就是什么事都爱斤斤计较。老爸，歇歇心吧，别太累了。"

呜呜呜……

刘三眼孩子般的失声痛哭起来。

十二、相聚

"来啦。"谢小芳是张互生亲自派人接回来的，谢小芳一进门张互生赶紧让座。

"你怎么知道我要来？"谢小芳问。

"是唐秘书关照的呀。"

"他？"

"怎么你不知情？"

"谁稀罕他，事情该怎么办就怎么办。"

"没给你动，这你是知道的，面积虽说小了点，但换一套小的单元房还是可以的。正好你也来了，你说吧，要钱要房随你挑。"

"嗯。这事还要问问孩子们，他们今晚就回来。"

"什么？今晚？我怎么没接到电话呢？"

"别急，会打过来的。"

"哎哟，这太好了，我今晚就能见到我儿子了。"俩人正在说话时，突然刘三眼推门进来了。

"你怎么进来了？不知道敲门吗？这是支部书记办公室，不是你家！"张互生气得冲着刘三眼就吼了起来。

"看你看你，官当的不大，脾气还不小。以前这间屋子我也曾经待过，我怎么不知道敲门哪？这不小芳来了吗？老朋友来了就别讲究那么多规矩，你说是吧，小芳。"

"来，三眼，快来坐下。"小芳招呼着刘三眼。

"时隔这么多年，我们都五十多岁的人了，没想到我们还能重新聚在一起。"刘三眼说。

"是呀，转眼间我们的孩子都快成家了，看见他们就能想起我们那个时候，青春多美好。"谢小芳不禁感叹起来。

"就是就是。"刘三眼赶紧把话接过来说，"那时候的日子苦呀，为了一张奖状，记得我仁还暗地里较劲，哈……"

"就是就是。我们那时候的人，谁都不甘人后，淳朴的人性造就了我们那一代人。"小芳的思绪仿佛又回到了那个年代。

"有人形容我们那一代人是泥土里钻出来的一代人，出污泥而不染。"刘三眼附和道。

"哎，互生，你老抽烟干吗，怎么不说话呀？"小芳问一旁只顾抽烟不说话的张互生。

"我说什么呀？我的话不都让刘三眼说了吗？"张互生说。

说实话，这三人坐在一起，张互生确实不想说话，就因为刘三眼这张嘴，明里一套，暗里一套，怎么觉着都让人别扭。

"互生，怎么说话老是带刺呀？你说我们三个人坐在一起容易吗？就算我鹦鹉学舌，不也是因为你说的话好吗？证明你有文化吗？为什么老跟我过不去呀？"刘三眼说。

"你真是这样想的？"张互生问刘三眼。

"真是。昨晚我不都跟你说了嘛，我想重新做人，但你要给我自新的机会。"刘三眼为难地解释。

"我真佩服你的记性，我几十年前说的话，你一字不落地能记住到现在，不服不行呀。"

"嗨！其实你俩我谁也比不了，就是比你们多长几个心眼儿，别的我还有什么呀？"

嗯，这话张互生还是认同的，确实说出了刘三眼的本性。

张互生看了一眼谢小芳，他有太多的话想跟她说，做邻居那么多年也没说上几句话，他多想去她家串串门说说心里话，但都这把年纪的人了，谁不顾及这张老脸。

他又看了刘三眼一眼，想起了一次跟他拌嘴时的对话。

"三眼，小芳回来了，我们仨都好好的，谁也别破坏各自的家庭，好吗？"

"你得意什么呀？张互生，你以为谢小芳是你的邻居，就是你的人啦？告诉你，你就别臭美了。"

"你看你，怎么这样想呀？我没那个意思。"

"那你什么意思呀？你少跟我耍心眼儿，我不吃你那一套。房子是我的，你别以为你是书记，你让她住进去了，守着你近了就是你的人了。但你也别忘了，她住的是我的房子，我那间小厢房里还存放着锅碗瓢勺，随便她用。她睡的是我睡过的热炕头，做饭用的是我用过的锅，只有夫妻才有这样的生活。"

"你好卑鄙无耻。"

"我卑鄙无耻？你利用手里的权力，把自己喜欢的女人安排成你的邻居，是何居心？村里那么多空闲地方，你为什么不安置呀？"

"是小芳自己提出来非要住这里的。"

"糊弄三岁小孩呀？你给全村人说说谁信呀？"

"三眼，我跟你说的都是真心话。小芳离婚了，自己带一个孩子不容易，她也没什么亲人，所以想回来还不就是怀念我们仨那时候的温馨吗？我们就别闹了，给她一次重拾生活的机会吧。我们都曾经爱过，我不请求你放过我，而是饶了她吧……"

"你们俩呀一见面就拌嘴，我好不容易回来一次，能不能好好说话？"谢小芳见两人又要顶，赶紧说。

"还拌什么嘴呀我们。"三眼叹了一口气说，"没那个劲喽，我就想着，只要我们仨没事时能在一起唠唠嗑说会儿话，比什么都好。"

"对，三眼这话说得好。"张互生也说，"时间留给我们说话的机会不多了，好好珍惜吧。"

"是的，转眼孩子们都长大了，我们那时候的事都过去了，对错都不值得一提了，把精力都放在孩子们身上吧，这才是我们现在应该做的事呀。"谢小芳也说。

"小芳，事到如今我就想问你一件事，行吗？"刘三眼问。

"什么事？"

"那我可说了，我不问会憋死的！你离开我们俩后，到底跟谁结婚了？"刘三眼鼓足了勇气问。

"好吧。"谢小芳并没有拒绝这个话题，而是很大方地说，"是该给你俩一个交代了，这个问题一直折磨着我到现在。他就是唐杰。"

"唐杰？哪个唐杰？"三眼问。

"难道是我们插队时一直给我们派活儿的那个唐杰？"张互生也赶紧问了一句。

"对，就是他。"

几十年的谜团终于破解了。

"那怎么说离就离了呢？"三眼又问。

"我不想说这件事了。"愁云即刻布满了谢小芳的脸。

"他是不是现在市委的唐秘书？"张互生也大着胆子问。

"嗯，就是他。"

"妈的，浑蛋！来了我掐死他。"刘三眼咬着牙说了一句。

"你看你俩，说好了不提我们了，怎么还越说越上劲，不理你们了。"

"好好好，不说了不说了，谁再说，谁是王八蛋。"三眼象征性地打了自己一巴掌。

十三、重逢

"喂，孝芳，现在走到哪儿了？"坐在大奔轿车里的刘多问。

"刚上高速呢。你到哪儿了？"

"我刚下高速，再有半小时就到家了。晓娟跟你在一起吗？告诉你呀，什么东西都可以丢，唯独她不能给我丢了。"

"啊？那是我的人，用你嘱咐呀？别让我醋意大发呀。"

"哈哈！你看你，没跟你争，不是惦记嘛，也怕是你怠慢了，提个醒而已。"

"知道，斗啥闷子，别在意。她临时有点事，我们没在一辆车上，她坐飞机回家。"

"这样呀，好，我知道了，我们在老地方集合。"

334

"好的，老板。"

"哈哈！贫吧，你就。"

小哥仨是在游戏中慢慢长大的，友谊也是从那时候开始建立的，相信那时候，孩子们在游戏中孕育孩提时代的梦想。

那时候的游戏都赋予了一个时代的内涵。

比如，"补窟窿"是大人们教育男孩子遇困难时自觉地去承担；"夹砣"的游戏好比现在大家熟知的"争上游"游戏，你追我赶不为人后；"过家家"这个游戏可以说是那个时代的经典之作，它后来被人继承成为前辈的期许，远比"丢手绢"用委婉的旋律来联络情感要实在得多。

游戏是可以触摸的童年记忆。三个人在一起六年，高中后各奔东西。

但三个人有个约定，那就是永远也变不了的志向——改变家乡的面貌。

三个人中最不安分的要数刘多了，华南理工大学毕业后，开始走入社会磨练自己了。从工地上干苦力到专业设计，深得大家的好评，一路顺风顺水。三年后自己拉起一支队伍，开始单干。

张孝芳和谢晓娟毕业后继续深造，三年后双双毕业去用人单位实习。

三个人从小建立起的友谊从未间断过，一部手机可以跨越时空，使人与人之间变得没有了距离感。

"孝芳，商量点事呗？"一天刘多打电话给张孝芳说。

"有话就说，婆婆妈妈的，还商量，你生分呀？"

"你的专业技术修炼得炉火纯青了吧？我现在的基建公司很具规模了，活儿是接不过来，但有些附加值高的楼盘还需要上档次的高端设计呀。怎么样，来我这吧？"

"哈，好事呀，我跟晓娟正发愁找不到好靠山呢，这不送上门了。说说待遇吧！"

"哈！这还叫事呀？早为你俩想好了，薪资按高级工程师待遇，另外赠送百分之十的股份，怎么样？"

"抠吧你就，我要百分之十五，你说行不行吧？"

"打劫呀，别忘了还有晓娟呢，你俩都要百分之十五。这也太黑了吧？"

"少废话，你就说行不行吧？"

"得！谁让我求贤若渴呢。说实话，我现在的成功完全得益于小时候打鸟那件事，从那以后彻底改变了我的人生轨迹。从这一点上讲，给你俩出让百分之三十的股份，值。"

"哈！你还记得那件事。刘多，这都是命里注定的事，我也不怕你不高兴，假如你这辈子真随了你老爸的性格，那你这辈子真就完蛋了，你说是吧？"

"是呀，你说得没错，我老爸就是太过于自私，眼里没有别人，前一阵子我还说他来着，嗨！不说这些了。哎，你跟晓娟的事怎么样了？商量好日子了吗？"

"嗯，马上就三十了，也是时候了。我们商量今年就结婚，你看成吗？"

"好呀！可盼到这一天了。礼物我早就准备好了，就是替你俩的事着急。"

"哈！什么礼物呀？可不许抠门，要上档次的，最起码得是一辆宝马。"

"俗，你就！放心，我保证你俩都喜欢。"

刘多挂了电话，从脖子上摘下一个东西。

那是一块父亲送给他的玉，像饼干一样带着花边洁白无瑕的玉。

"儿子呀，今天爸爸给你一件非常珍贵的物件，这是爸爸的最爱，它留在我身边已经没有用了，现在就传给你吧，但你要答应爸爸一件事。"

"什么事？"

"先听爸爸给你讲个故事。"刘三眼就把他们仨之间由这块玉产生的感情纠葛讲了一遍。

"看见晓娟脖子上戴的那块玉了吗？那块玉就是我送给张互生的那

块。现在你们都长大了，又轮到你们做我们那个时候该做的事。晓娟是个好孩子，像极了她妈妈小时候。刘多呀，好女孩可不多，相中了就大胆追，不然又是别人的，你老爸不甘心。"

"老爸，晓娟的确是个好女孩，我也特别喜欢，我们在一起玩得非常开心。但是你说的这件事我只能去努力，成与不成这不好说。"

是的，刘多努力过，也争取过，但每次谢晓娟都会拿出脖子上那块玉，手指着被她咬过的缺口说："你们俩我都喜欢，也喜欢这块玉。这块玉在我脖子上戴了这么多年，你说让我取舍谁？"

事情是明摆着，心有所属了，是谁都拆不散。老一辈人为了这块玉矛盾了一辈子，同样的事又摆在了他们面前，莫非还要重蹈他们的覆辙吗？

几十年了，这块玉该有个归属了。

十四、幸福

"喂，孝芳，你们现在在哪儿？给我发个定位。"谢晓娟在电话中跟张孝芳说。

"你到白云机场了吗？晓娟。"

"到了，我马上打车去找你们。"

"你看你，早说一会儿呀，我开车接你去。"

"不用，你们开车这么长时间，早累了，不用接我，个把小时的事。"

"好，我把定位发给你。"

"到了？"躺在宾馆沙发上的刘多问。

"可不。"张孝芳说。

"这人，还是那个毛病，万事不求人。"

"是呀，她经常给我讲她妈的事，她家那样的环境是她从小养成的，谁也改变不了。"

"老一辈人受苦了，是该我们让他们安享晚年的时候了。"

回家乡创业是刘多提出来的建议。他说现在国家力推乡村振兴战略，倡导低碳、绿色、环保的生活方式，正好可以利用家乡独有的青山绿水，把家乡建设成独具魅力的示范区，让老辈人可以老有所养，年轻人又有就业的机会，旅游观光作为主打项目，发挥他们特长的大好机会已经到来。

这个想法好，孝芳和晓娟听后一致赞同。就这样，刘多亲自出马来到了市里，向市政府领导汇报了自己的想法。了解到他们的资质和实力后，市领导给予了大力支持。

嘭、嘭、嘭。

"来了，晓娟到了。"孝芳一听敲门的声音，就断定是谢晓娟到了。

"哈哈！好默契。欢迎我公司最年轻有为的，还是唯一的女性高级设计师！"刘多一瞧可不是嘛，正是谢晓娟到了。

"别贫了，有水吗？快给我喝一口，渴死我了。"晓娟把行李交给孝芳，边说边往里走。

"不至于吧？我公司一个堂堂的高级设计师，路上渴了连买瓶水的钱都没有呀？这要是传出去，我这老总的脸还往哪儿搁呀？来，赶紧的，喝瓶快线吧，这个适合女人。"

"说吧，下一步我们怎么办，刘总。"晓娟咕咚咕咚喝了半瓶水后问刘多。

"怎么你俩叫我刘总，我听着就特别的别扭。得，从今往后我们定个规矩，有人的时候可以这样称呼，没外人的时候就叫我弹弓子。好了，这个决定就不需要举手表决了。"

"哈哈！老总说话就是霸气。好吧，弹弓子就弹弓子，不叫还真不习惯。"孝芳打着哈哈说。

"哎，这就对了。其实我还挺喜欢这个名字的，有侠气之风，侠肝义胆嘛，要不我怎么能把事业做这么大呢？"刘多自以为豪地说。

"行了，你看都什么时候了，赶紧安排工作吧。"晓娟催促着。

"好吧，我们时间紧，任务重，大家到齐了就先开个碰头会。"刘多说。

"我给唐秘书通过电话了，他约我六点半到他办公室细谈，现在时间也不多了。我们这样，你俩先回家，父母亲们都在家等着我们回家吃团圆饭。你们先走一步，我跟唐秘书谈完事即刻赶回去。"

"好，那我俩就先走一步，你也要抓紧，我们等你。"晓娟说。

"先别急。"刘多把他们拦了下来，说，"你俩临走之前，我先跟你俩说件事。"

刘多对着孝芳说："孝芳，还记得我跟你说的话吗？"

"什么话？"

"这次我们回家乡有两个目的：一是为了改变家乡的面貌，二是你俩的婚事。我答应过你给你俩送一份礼物，这礼物可是重若千金呀。"

"就你那抠门劲儿，还重若千金？"晓娟把嘴一撇问孝芳，"孝芳，你信吗？"

"我宁肯相信公鸡下蛋，也不相信他能给我们什么贵重的礼物。"

"你看看，狗眼看人低了吧？"刘多说着话，便从脖子上摘下一样东西，用手指着另一掌心一块玉说，"这是我父亲给我的，这可不是一般意义上的一块玉，在它身上镶嵌着两代人的情感。你们看这块玉，它多么的洁白，洁白得真让人爱不释手。它本身是一对，时隔了半个多世纪，该重逢了，否则老天都不会饶恕我们的。今天我把它交给你们，希望你俩一定要好好珍惜……"

"妈，你是不是在村里呀？"晓娟坐在孝芳的车上打着电话。

"是的，正在跟你两个大伯唠嗑呢。你回来了吗？"

"回来了，妈，都回来了。我跟孝芳先回家看望你们，刘多去市里办事去了。"

"好好好，我们就等着你们回来呢，你们赶紧往回赶，我们先去饭店定好饭菜，回来我们就开席。"

"好呀好呀！我们还要半小时就到家了。"

刘多送走孝芳和晓娟独自回到了宾馆。

他缓缓地坐在沙发上，回想起刚才那一幕，顿觉内心空荡荡的。

是呀，自己的那块玉在身边很多年，始终贴在胸口上。今天突然不在了，好像谁把自己的心挖走了一样难受。

他的这种感受突然让他想起了父亲的话："老爸始终都在佩戴着它，这么多年从未离开过自己。梦好想，事难圆，几十个年头了，好像梦还在。儿子呀，你要是能跟晓娟成了婚，我能叫她妈一声亲家母，我这辈子死也瞑目了。"

都说玉养人，玉里面有魔咒，饼干一样的玉中心那个胖胖的可爱的娃娃，怎么就那么招人待见哪？笑得那么可爱，肉肉的身子，圆圆的脑袋，眼睛、脸、嘴、鼻子，哪儿都让人看着想亲一口。

这块玉估计没人亲过，就晓娟狠狠地亲过一口，那一口的感觉估计只有晓娟知道。相信随着岁月的流逝，那种感受会越来越深刻。

"对不起老爸，让你老人家失望了。你儿子什么事都能做到，可唯独这件事我不能随你的心愿了。"刘多狠狠地闭上了眼睛，两行热泪顺着脸颊流了下来。

"喂，刘总吗？到了吗？"唐秘书的电话响起。

"在路上，马上。"

"小心开车。"张孝芳开着车，手中拿着刘多给他的那块玉，内心里翻江倒海一样奔腾着，谢晓娟看在眼里不放心提醒。

"晓娟，你知道刘多交给我这块玉，是什么意思吗？"张孝芳问。

"傻呀你，他不跟你争我了呗。"

"你想得也太简单了。"

"那依你应该怎么说？"

"大义灭亲。"

"停车！"

吱——

"你等会儿。"

张孝芳一句"大义灭亲"深深地刺痛了她。

"怎么了？"张孝芳诧异地看着谢晓娟问。

谢晓娟突然想起妈妈经常从梦里惊醒的情景。

"你怎么了妈妈？怎么又做噩梦了，看你这一头汗，赶紧擦擦。"

"没事孩子，我也不知道我怎么了，最近总是做这样的梦。"

"是不是因为我脖子上这块玉？你在梦里老是念着玉呀玉呀，不行我就给他。"

"不要不要，千万不要。这块玉得来不易，也是你命里应该有它。你妈命薄，没那福气。"

"怎么着？听你话里的意思是说这块玉跟你也有关系？"

"何止是有关系。晓娟，听妈妈说，这块玉是有魔性的，要得就要得到两块，一块会折磨你一辈子。但是，失去那块玉的人也会痛不欲生，你一定要处理好，人有轮回，我相信玉也有轮回，它俩也该团聚了。"

"喂，弹弓子，你在干吗？"谢晓娟急忙拿出了手机。

"在去市里的路上，怎么了，有事吗？"刘多听得出谢晓娟内心急切的声音。

"你没事吧？"

"我？怎么了你这是，我能有什么事呢？晓娟，别瞎想了好吗？我懂你的意思，你就放一百个心，我刘多是谁呀，拿得起放得下的汉子，不然我怎么能独闯天下，赶紧回吧，我挂了。"

刘多挂了电话，内心再次翻腾起来，久久不能平静，他真想掉转车头去追赶孝芳的车，但他知道那已经是不可能的事情了。

他太明白刚才晓娟给他打电话的意思，话里饱含的浓浓友情，甚至爱情都在不经意间流露出来了，那份纯真、那份急切足以让他感动得热泪盈眶。

我这积的德也太大了。玉是我们家的，人也应该是我们家的，这怎么弄的，怎么就全没了哪？刚才的电话其实已经道出了真意——玉还在，人也在，不然，这样的牵挂是绝对不会出现。嗨！看来这玉还真是有说不清的魔性。

"喂，爸。"行驶中，突然来了电话，孝芳一看是父亲打来的。

"到哪儿了？家里人都等你们了，酒菜都点好了。"张互生说。

"马上就到。爸，告诉你一个好消息。"

"什么好消息？看把你美的。"

"那块玉终于归我了，现在就在我手上。"

"好。是人家刘多主动让给你的吧？"

"是的，老爸。"

"嗨！我们两家人为这块玉折腾了半个世纪，终于团圆了。当初，那块玉是你刘叔给我的，它象征着友谊天长地久。今天刘多把那块玉又给了你，那就更珍贵了，它象征着爱情甜如蜜。一定要好好珍惜，一定要呵护友情。"

"放心吧，老爸，我一定会把这件事放在心上的，不管是亲情、友情还是爱情。它都如同这块玉一样洁白无瑕，任何人都不能玷污。哎，对了，爸，我刘叔也在你身边吧，我想跟他说几句话。"

"哈哈！你刘叔早就抢我电话了，非要跟你说话，正好，你俩说吧。"

"喂喂喂，孝芳，是我，你刘叔。"刘三眼迫不及待地抢过电话说，

"你先听我说，玉是我的不假，但好玉是会说话的，它会主动寻找有缘人。既然它找到了你俩，你俩就要好好珍惜。刘叔为你们高兴，祝福你俩，只要让我好好喝顿喜酒，我就知足了。"

孝芳听到刘三眼这话，感动得眼睛都湿润了："谢谢刘叔，别说喝一顿喜酒，刘叔，您这辈子的酒我都管够，只要您开心、幸福就好。"

"好呀好呀！多懂事的孩子，赶紧回来吧，我们在等你们回来。"

孝芳长长地舒了一口气，稳定了一下情绪，一踩油门，只见轿车瞬间便消失在路的尽头。

"同志们，各级领导们，家乡父老乡亲们，大家好！"

小学操场上摆放着一排铺有红布的桌子，后面还挂上了横幅，台下黑压压坐满了人，市政府的唐秘书开始讲话。

"今天是个好日子，迎来了我们村一件开天辟地的大喜事，那就是通过各方努力，我们终于圆满达成拆迁协议，这是一件非常值得庆贺的大喜事。"

台下响起了一阵雷鸣般的掌声。

"下面有请我市引以为豪的地产翘楚，同时也是家乡父老非常熟悉的刘多刘总为我们讲话，大家热烈欢迎！"

台下又是一阵经久不息的掌声！

"乡亲们，大妈大伯叔叔婶婶们，我是那个打小淘气的要命的弹弓子，今天我回来是来还债来了，我打碎了谁家几块玻璃，拆坏谁家的几块瓦，我心里记得清楚呢！"

哈哈哈……

台下顿时笑声一片！

"现在我弹弓子混出个人样来了，吃水不忘挖井人，我感谢生我养我的这片土地，没有乡亲们的包容，可以说就没有我弹弓子的今天。所以呀，这个恩情我是一定要回报的。"

又是一阵掌声四起！

"好了，话不多说。现在有请我们公司的两位高级工程师，也是我们家乡的骄傲，大家熟悉的我的发小张孝芳和谢晓娟，同时他俩又是即将完婚的一对新人，我们用最热烈的掌声欢迎两位佳人为我们本次拆迁剪彩。"

顿时，鞭炮齐鸣，欢呼声、掌声、锣鼓声响成一片！

安卡

紫小耕

安卡是个小提琴家，一个你第一眼见了便不会忘记的女孩。她光洁的小脸面若桃花，两只大眼睛不安地镶嵌在柳叶眉下面，长长的睫毛扑闪扑闪的，像极了两只天堂凤蝶的翅膀。小提琴家拥有两只白皙纤细的小手，那种娇嫩仿佛能掐出水来似的。如果小提琴家光有美貌也只能让人妒忌她天生的好基因，但更要命的是，她的这双手是拉小提琴的，每当她拉着架在肩膀上的小提琴时，长发若瀑，洁白的连衣裙和着琴声，衣袂飘逸，让人看着不知不觉入了迷。所以她参加的乐团，常常场场爆满。那些从四面八方来赶场的人，有的迷醉于她的琴声，有的迷醉于她飘逸的长裙。

我对小提琴家情有独钟，凌驾于她的美貌和名师教出来的悦耳的琴声之上。安卡从小便是我的伙伴，我依稀记得那年我和爸爸告别垂柳青烟的曲阜，安卡就成了我最要好的朋友。我们比邻而居，一同上学一同归来，只是她总是要拉那个能发出嘈杂破铜音的小提琴，而我，只好躲

345

进房间里看书做作业，抑或把妈妈临走前给我的一条项链拿出来把玩一阵子。

我时时不能忘记这些，那条项链成了除安卡之外我最重要的伙伴，偶尔想念母亲，我便拿出来睹物思亲一番。我和安卡之间的亲密，犹如我借着项链隔空想我的母亲。我再怎么责怪她，恨她长时间以来将我遗忘，但一转身，我便对着项链发久久的呆，想念她。

不消一小会儿，安卡就会来见我，她说她有要事要找我。自从她和杜康城恋爱之后，就从我的住所里搬出去了，我嘲笑她飞蛾扑火，她嘲讽我是嫁不出去的剩女，永不开窍的老古董——现代自梳女。

安卡从安保处打来电话。

"让她进来。"我对安保员说，"让那女孩接电话。"我能想象安卡接过安保员电话时那得意的神情，从小到大，她都是用脸色说话的家伙，喜怒哀乐，只要看一眼她的脸，就能明白。

"到行政处楼下花园来。"确认她听明白了，我就挂电话了。

行政处楼下的花园玫瑰吐蕊，小径通幽。此处只允许鑫安生物医药公司高级员工进出，是公司给内部高级员工小憩的小天地。远远地看着她满脸春色地走来，我会心地笑了：这小妮子，一定又跟杜康城好上了，前几天才哭丧着脸到我的住处撒野闹酒疯，这会儿还喜上眉梢了。

"杜康城又去找你啦？"我笑着揶揄她。

"你怎么知道的？"

"你告诉我的。"我扑哧一笑，白了她一眼，"安大小姐，傻子都看出来你有多嘚瑟啦。好了，闲话休扯，快说，有什么重要的事情，我还上班呢。"

"嗯。"她嗯了半天，终于说，"康城的侄子初中毕业不想读书了，在找工作呢。"

"嗤，你不会连这都管吧？"我瞪着眼看她，心想她和杜康城八字还没一撇呢，这也管得太宽了吧。果不其然，她噘起小嘴，勉强一笑，面有难色道："好小曼，你就行行好，帮一下我嘛。"

"行行行，打住，不要叫我小曼，我最讨厌人家叫我小曼，我姓陆，叫陆维曼，明白吗？"

"以前你又不说，哼，答应了？"她又露出了笑脸，我喜欢的小酒窝在上面。

一只麻雀掠过灌木围篱，我看了看手表，10：37，HR 经常出没在这四面都是高楼林立的小花园里面。

"行了，这就是你重要的事了？你连班都不上，就为这事专门跑过来啊？"

"这两天乐队在 A 大学排练，今天休息，明天晚上正式演出。"

"得，这是钥匙，下班再跟你聊。"我扔了钥匙给她，快步回了办公室。

日头悄无声息地落下，当我拿起最后一份文件——厂区空气细菌菌落总数监测布点报告单，映入眼帘的是报告人居然是叶小童、张茜。张茜是叶小童的入门老师，才两周时间叶小童就做报告，看来张茜是下了血本啊。之前的什么产品表层包装、粉剂、水剂、胶囊等，一个下午，几十份报告。等批审完毕，下班时间就到了。

叶小童是新人，食品专业大专毕业，CEO 特批，我的团队里文凭最低的一个。这情形，在全国屈指可数的鑫安医药科技外企里头，就是罕见的一个。所以我特别留心她，生怕娇生惯养的她胜任不了工作，然后给我理直气壮的理由向上司交代，对于这个令我进退两难的祖宗，我时时刻刻想抓住她的把柄，好在日后踢出门去。我不相信大专毕业、靠走后门的她，能在我们这群研究生面前生存下去。

她为什么要来我的部门呢？我有些纳闷儿。公司有的是她唾手可得的职位，其实她可以去人事部、销售部，甚至后勤部，都比这里强多了。

实验室是专业性极强的部门，她来这里，不是添乱吗？据我的上司说，这是她自己选择的，贵胄就是贵胄，有的是特权。我们日夜奋斗，挤过独木桥，才挤到这踮脚尖的地儿，可人家一张嘴就进来了。想归想，但事实就摆在前面，谁让她老爸认识我们 CEO 呢。

审批完所有材料，我伸了伸懒腰，叫来米娜，把资料送到总经理办公室去。而后，给自己倒了杯玫瑰茶，边呷边开窗欣赏着窗外楼下小桥流水，杨柳扶风的美景。

举步轻盈地去实验室视察一圈，刚踏进隔离门，就见到李冬梅和叶小童身着白大衣口蒙大口罩从外面抱着培养皿进来。她们恭敬地朝我点头打招呼，说陆经理下午好，然后进去二层隔离室。透过透明的玻璃隔墙，我看见我的团队有条不紊地进行各自的工作。

看见张茜从显微镜台上走下来，我招手让她到玻璃隔墙外，直到与她走进办公室，我才开口问她："张茜，有件事情我问一下你，今天早上的报告是不是叶小童做的？"

张茜点了点头，有些不安："出错了？"

"你看着呢，能错哪儿去。"我直视着她说，"叶小童学的是食品检验，跟我们医学检验内容虽然有点类似，但究竟有区别，她的报告是没瑕疵，但我还是要说一下，这放手有些太早了，要让她再历练一段时间。"

"我知道了。只是下周，我妈妈有个小手术需要请几天假，我想让她早点上手，最近还要搞什么愈伤组织培养，我们科室人手本来就紧张。"张茜埋怨道。

"嗯，这个我知道，公司要研发新产品，任务是重了些。你放心吧，你妈妈那儿，我会向公司报告的。"说完我顿了顿，"也没什么特别的事，就这些，实验室里还有事情要做吗？"

"那谢谢您啦，室里还要收尾呢，我先走了。"看着她离去的背影，她时常生病的母亲、三岁的儿子都在我的脑海里一一掠过，结婚就是麻烦，我心里嘀咕，还不如剩下来呢。

离下班还有 5 分钟，安卡就发了两次微信给我，第一次是问我晚餐吃紫苏排骨好不好，第二次她说伍海彦已经等在门口了。

秋日的夕阳无限温暖，我的手机也合时宜地响起来了，"我，伍海彦，在家门口了。"

"刚从北京过来？天哪，你怎么老搞突然袭击！"我差点儿背过气去，对着电话尖叫。

秋阳西沉，火烧云将天际烧成一片通红。汽车缓缓绕过公司门口的喷水池时，我看见叶小童站在人群最后，正准备坐停靠在喷水池一侧的班车。公司规定，班车是车间班长以上级别和公司办公大楼里的白领才能坐的，当然也包括我们实验室的全体科员。

还记得六年前，我刚进公司时，第一次坐班车，是没有她懂事的。那时候，我是抢在前面上车并挑了最佳的位置准备坐下，却被张茜一把拉住的。然后，又被她往车尾带，在后面寻了位置坐。"公司年纪大的员工和领导们也坐这车的。"她轻声提醒我。那时的私家车在公司的员工里远没有今天这样普及……如今，看着被云霞镀成金色的班车，心里暗暗感谢张茜，她的提醒，至今还如醍醐灌顶——她的那次提醒，让我在公司里面，至少在长辈面前收敛了不少轻狂。这些年来，我没少请教过她，她年长我十岁，从不吝啬教我她沉淀的积累。我在公司里虽然不算平步青云，但成长算快，要记她一份功劳。

目送叶小童上了班车，我一边想着这些陈年往事，一边脚踩油门，朝市区驶去，将红霞覆盖之下的公司和群山远远的抛诸脑后。

听雨轩的三居室房子是爸爸给我买的，在市区地段。一进家门，家的温馨扑面而来，缕缕饭香飘进鼻孔。

"我回来啦。"我大声说，甩去高跟鞋，换上橘色的拖鞋。

"回来啦。"伍海彦挂着围裙，手里拿着锅铲，转过身冲着我微笑，

"累了吧。"说完他转回身去盛锅里的菜。

"好久不见啦，我看看变了没有。"伍海彦又说，端出菜，打量着我。伍海彦一米八的个头，浓浓的黑发自然卷曲，他把它们整齐地梳到右边，鬈发的下面是一对浓眉，它们像两条硕大的毛毛虫，活泼地躺在那对大眼睛上面。

"老巫婆一个，嗷。"我朝他扮了个鬼脸。

"哎呀，吓我一跳，闪。"他哈哈大笑，端菜到我前面。

"哇，紫苏排骨！"我转过身去洗手，忍不住捏了一块放入口中，外脆内嫩。"安卡呢？"我边吃边问，从伍海彦手里接过盘子，把一大盘香的五脏都酥化了的紫苏排骨端到了饭桌上。

"那好吧，你晚点来接我，注意身体啊，不要喝高了，亲亲，啵。"伍海彦还没回答我，就听见安卡扭着杨柳腰，边打电话边从阳台走进了客厅。

我一听她嗲声嗲气的在那儿啵啵啵，就浑身起了鸡皮疙瘩。

"失望吧。"我朝着她笑。

"幸灾乐祸。"她白了我一眼，"人家是老板，有应酬还不正常。"她把"应酬"两字拉得老长，语气里显摆又无奈，末了忽地来个一百八十度转弯，"吃饭。"

无论去哪里，她总少不了要给杜康城打电话，但后者出现的概率极少，我知道她心有不甘，也就识趣地打住了舌头，没再揶揄她。"伍大厨，搞定了吗？"我转头对着厨房喊。

"好了。"伍海彦端着碗筷出来，我忙接住了往饭桌上放。安卡心不在焉地盛着汤，伍海彦歪着头笑着看我。

"哈，又搞突然袭击，不过，看在你做菜的分儿上，我不追究你。"我抿着嘴，故作严厉。安卡夹了一块炸乳鸽塞到我嘴里，说："塞住你，看你还张嘴。"

伍海彦掩着嘴偷笑，他和杜康城是大学同学，杜康城有一次去听交响乐，无意中看到了长发飘逸、樱桃小嘴的安卡，就追着捧她的场，那时夜夜曲后送花，更兼保姆司机，即便有时出差，也会差遣下属送花护花，嘘寒问暖，种种无微不至。他原本就生得一副好皮囊，又是富二代，安卡就这样无可救药地坠入他的温柔网里。三个月后的一天，他把安卡追上床后，那股火山一样炙热的进攻态势就慢慢地冷却下来了。现在，却是安卡倒追着他一般了，甚至是她热脸贴着杜康城的冷屁股了。顺便说明一下，伍海彦就是杜康城与安卡热恋的副产品，起初为安卡的安全着想，我总是自愿去做电灯泡，杜康城就拉来伍海彦，以便出去玩的时候对等的成双入对。

伍海彦被外派长驻北京分公司也就两个月，却半个月不到就回广州一次，而且总是冷不丁地就出现在眼前，真让人找不着北。

饭后，我在厨房里收拾着残局，安卡和伍海彦坐在沙发上看电视聊天。

"嗨，伍海彦，最近城城可有跟你联系？"安卡问。安卡现在无论谈什么话题，最终一定绕到杜康城身上。

"偶尔吧。"伍海彦懒洋洋地说，"许久没回来了，给我看看珠江新闻吧。"

"快了快了，就一点点了。"安卡追着连续剧，满嘴的零食，说话声音支支吾吾的，"哎，你别走，还没说城城的事呢。"

"你天天对着他，还问我。"伍海彦笑她，走到我身边。

"你就别吊着人家胃口了，到底是人家心尖上的人物。"我乐了，"她现在转地下战了。"

"怎么就没有人臣服我呢，哎呀，还真失败。得，找杜康城取经去。"伍海彦说着推了推架在鼻梁上的眼镜，帮我把碗碟接过去放进消毒碗柜里。

"呃，终于完结。"安卡说完这句话，也从客厅走过来，"你得天天堵在人家下班的路上，鲜花不断，嘻嘻，是不是小曼？"

"不要叫我小曼。"我嫌恶地看一眼嬉皮笑脸的安卡，正色道，"再那样叫我，跟你绝交！"

她吐了吐舌头，轻蔑了我一眼，"那我走了。"她说完还真假装往外走，伍海彦一把拉住她，"安卡，把话说完了再走。天天堵在下班的路口，送花，然后呢？"

"这没良心的，还取经呢，主人都没下逐客令，你倒巴不得我走了——哎，我碍着你们呢？"她那大眼睛骨碌一转，把手往伍海彦眼前一伸，"交学费。"

我忍不住扑哧一笑，"还天天送花呢，不嫌老土。"

"我觉得也是，还是我们有默契啊！"伍海彦马上附和道。

"呃，开始麻麻了。好了，不做电灯泡了，真要走了。"安卡拉长了尾音说道，"接老公喽。"她娇柔地说，那声音跟唱的一样动听，我和伍海彦听了都一乐，相顾对看。

还没走出门口，安卡忽然杀了个回马枪，"哎，维曼，那个小亲戚的事办得怎么样了？"

"说了，不过得下工厂里。"我回答道，"不过，我就纳闷儿了，你不是说杜康城家里是搞地产的嘛，随便给他点事做都强过去我们公司，干吗是你来帮他呢？"

"小……哦，不是，维曼，曼曼。"安卡举起手在我眼前一扬，"他们家可复杂着呢——这是他亲妈家的远亲，他们家现在是'姨娘'当家，他爸爸是唯二奶马首是瞻。这又不是至亲，若是至亲，拼死也要进去吧，你们不知道啊，这'姨娘'最忌讳他妈妈娘家亲戚进他们家公司……"安卡话没说完，我就听得稀里糊涂的，大致知道杜康城家是大奶与小三之间斗得厉害的意思了。

"什么乱七八糟的，哦，明白，难怪杜康城那鸟样。"我粗鲁地打断安卡的话，"没心情听这种八卦。反正你托我做的事办妥了，后头上班。"

我的话音刚落，安卡的手机就响了，"什么，打架？"

当我们几个急匆匆赶到装饰得金碧辉煌的乾坤酒店时，踮脚看见黑压压的人群围着杜康城和几个陌生人。我们挤进去，只见杜康城身着酒红色缎绸面料的衬衫，一条黄澄澄的金项链明晃晃地挂在脖子上，乌黑浓密的头发斜分了，被额头的血黏合了盖在眉毛上，正坐在金黄色的椅子上喘气。

杜康城的对面，另一名衣着讲究的中年男子一脸怒气，横眉戳着旁边掩面哭泣的一个打扮时尚的年轻女子，嘴里不停地骂道："你个骚货、贱货，我刚刚去了趟洗手间，你就耐不住跟人眉来眼去了。骚货！"他喘着气又戳了两下。旁边的服务员轻声劝他说，"大哥，有话好好说，别打人。"那男人收手往腰上一叉，怒目盯着低头不语的女人看了一小会儿，自己气恼恼走了。

看着扬长而去的男人，我笃定那不是个真心吃醋而认真打一架的人。他看见杜康城这边徒增了我们仨，人多势众，早预谋着逃脱了，骂人不过是掩人耳目而已。全世界的男人，无非如此，包括安卡认为宝贝一样的杜康城，什么好货色，背地里居然和别的女人眉目传情，要是换了我，此刻就转身离去。

"哎呀，怎么了得，流血了呀。"我还没来得及收回思绪，就听见安卡惊叫道，"疼吗？"她极度温柔又极度关切的声音传来，我和伍海彦又无比惊讶地对视了一眼。

对着额头那点小破皮，安卡像对着三岁孩儿一样对着杜康城又是心疼又是嗔怪又是细心地用嘴对着吹气。我伸手去拉拉她的袖子，她却陌生人似的干瞪了我一眼。

我按捺住恶心，摇了摇头，头也不回地走了。

酒店外面的大街上，人来人往，霓虹灯闪烁在一片灯红酒绿之中，我厌恶周围的这些人。我的母亲就是在爱情面前卑微地离去的，现在我最要好的朋友，我的发小，我的两小无猜，也在重蹈覆辙。我最爱的人，为什么都这样，爱情就是魔鬼，夺命鬼。我抬眼看了一眼黑黝黝的树梢，不知什么时候，泪流满面。

那个五月的一天，阴雨绵绵。姥姥带我溜达回来，我在门缝中，看见妈妈死死抱着爸爸的腰不松手，爸爸用力把她推搡开，她跌倒在地上……我发疯地甩开姥姥的手，冲过去朝着爸爸的手腕狠狠地咬了一口，我清楚地记得，他颓丧的脸上掠过一丝惊讶，紧接着他的手上出现一排整齐的血印子……但是，我哀伤，我的全力以赴并没有帮助妈妈挽回爸爸那颗心……就在那天下午，我醒来后再也找不到我的娘亲，我的妈妈，她从那天起就消失在空气中了。而我的爸爸，却不远千里，来到广州。我想他一定是在逃避妈妈，因为我每次问及，他总闪烁其词，满脸愧疚，这让我更加深信不疑。

我懂事之后知道了我的妈妈和亲娘是孪生姐妹，亲娘临终前嘱托她的亲妹妹照顾我。可是我的世界里，母亲的位置只有妈妈，没有亲娘，亲娘只是一个称呼，只是一块冰冷的墓碑，而我的妈妈，有温暖的怀抱，她亲我，看着我笑……然而我的爸爸却背叛了妈妈。在曲阜时，妈妈经常为此独自伤心，后来，她伤心过度就离家出走了。她骗我说去很远很远的地方出差，一开始我是信她的，等到很大之后，我就不信了。当然，我很期待奇迹出现，比如有一天清晨我醒来的时候就看见了她……我流着泪思念着妈妈，漫无目的地走在大街上……安卡的出现，弥补了妈妈不在时的一部分空缺。我的整个童年、青少年时期，所有的喜怒哀乐都与安卡分享，即便爸爸给我最新的玩具，最好吃的零食。安卡能完好无缺地回到我身边吗？她远远不如我明白，男人对女人狠起来是什么样子，犹如我的妈妈……

初秋的凉风吹落白玉兰硕大的叶子，黄澄澄地铺满地，这满地黄金提醒我，我已经走到离家很远的蒂峰山脚下了。

在清晨，在黄昏，我都来过这里，欣赏它原生态的粗犷的自然美。然而，现在，猫头鹰婴孩般的叫声阵阵传来的时候，我毛骨悚然，天地间也变得漆黑无底。蒂峰山的阴风嗖嗖地钻进我的脖子，挠得脊背一阵阵发凉。恐惧让我猛然清醒，我随即停住脚步，开始转身狂跑回家，不知道是心理的缘故，还是大山压顶的缘故，我切切地感觉到有人在追踪我，这更加剧了我的惶恐，我疯狂又紧张地拔腿往回跑，并开始责备自己的任性和大意了。

一路心跳怦怦作响，回到家中我瘫坐在地上，双腿发软。许久以后，草草洗了个澡，而后躺在床上，我身心疲惫，沉沉睡去。

线上的腊肠

紫小耕

一个月前，老汉从医院里回来后，很少下楼了。他佝偻着背，左脚踏上台阶，鸡爪一样的手，嵌紧磨得锃亮的不锈钢扶手，一借力，右脚迈上去了。想当年，他去卧龙雪山，海拔 5600 米的顶峰，都不曾这么吃力过。他是一个倔老头儿，一年前胃癌没夺走他的命，他就越发地顽强——脖子上的筋连着锁骨，架起下颚那层皱巴巴的皮，喉结尖锐得几乎要挑破那层老皮了——它上下滚动着，帮着气喘吁吁的主人调节刚刚咽下去的口水。

大风乒乒乓乓地掀开通向天台的铁门，哐当一声巨响，又将门拍在门框上。狂风掠过天台的呼啸声一阵紧过一阵，老汉后知后觉地想起，中午老伴儿挂了腊肠在天台的瓜棚下！一想起这个，他那两只泛绿的眼睛动了动，人缓慢地从木沙发上站起来。

"呃，老头子，老头子，"他的老伴儿在喊他，她刚从外面回来，一眼不见了躺在木沙发上的老汉，就叫喊起来。

老汉没回答她，已经使出吃奶力气朝前攀的老汉没力气回答她。不过，老伴儿很快就发现了已经爬到楼梯中间的老汉了。

"哎哟，你怎么爬那儿去了呢！"老伴儿放下手里的空食盒，快步抢到了他的身边。

那双毫无生气的泛着绿光的眼睛转了过来，直勾勾地望着老伴儿，顿了半天，才嗫嚅着几个字来，"刮风了。"

"刮风也不用你担心喽，你要摔着怎么办？"老伴儿边说边越过他，咚咚咚地跑去开门，一阵强推，才将门挤开来。

门开了，狂风呼号着灌进屋子里来，老汉用两只干瘪的爪子抓紧了扶手。即使自己走到门前了，也是推不开那扇门的，老汉张了张嘴，狂风已经把铁门甩在了门框上，一声巨响，扶梯震动了一下。老汉还没回过神，老伴儿已经收了腊肠急匆匆地进来，骤雨已经噼噼啪啪地打在她的脚跟上，又是一声响彻屋寰的撞门声——老汉已经木然了。过去，谁要是动了他巨资买进来的房子，他非着急不可。但现在，一切都缥缈得如九霄云外的玉砌金銮殿，即使他曾经两手空空地来到这里，建立了家园，即使狂风吹落了他的腊肠——他只想回到屋里，窝在木沙发上，一只雪白的猫也窝在木沙发上，靠着他，隔一段时间就抬头朝他喵地叫一声。

老伴儿去厨房里，片刻之间，屋里飘满南乳的香味、八角的香味、蒜蓉的香味、烈酒味……腊肠的香味。老汉知道，老伴儿又在做腊肠了。

喵，猫看见老汉蜷在沙发上，立刻跳到他的大腿一侧趴下。入秋了，最后一场台风来了，他和猫更喜欢偎依在一起。只要温暖就好。老汉现在一年四季穿着袜子，那双赤脚爬过山冈的脚如今金贵了。他曾经挑着两筐腊肠，赤着脚，一路叫卖到一个叫窈窕的村里来，然后在那块土地上落了脚。如今，他那么怕冷，秋风刚裹挟着秋雨而来，他已经穿上棉夹袄了。

老伴儿做的腊肠味道不如他，他知道，就是火候的问题。去年他见她学不来，还暴跳如雷，像个跳脚小丑怒不可遏——不要说窈窕村的居民已经吃了他三十来年的腊肠，远到横门，也有客户每年入秋就要他的腊肠的……如今，他对她学得好不好已经丝毫不关心了，味道嘛，不算绝对出色，九成是有的。他知道，九成的技术，去到顾客味蕾上，区别并不大，这秘密，也只有自己知道罢了。

蜷身坐了一会儿，他又感觉冷了。

"老伴儿，该上棉垫了。"他嘟哝，跟猫挨得更紧了。

他倚在沙发的扶手上，眼睛直直地望着厨房的方向，紧巴巴的神色。耳畔沙沙的雨声越来越响，一阵新鲜的空气从门外吹进来，猫抖了抖身子。

"妈，妈，"儿子进来了，"还有货吗？线上卖空了。"

"这么快？就盆里那些了。"

"哎，以前你跟爸仅仅在开发区卖，现在是线上呀，当然快了。"

老汉哆嗦了一下，他觉得儿子是可笑的，更觉得现在的人跟儿子一样都是可笑的，线上卖，以前腊肠打结的地方用的是肠衣，现在都改麻线了，还美其名曰线上卖！他说过，九成的技术，去到顾客味蕾上，区别并不大了。

老汉满足地笑笑。这些，其实都不紧要了，他巴巴地望着妻子，只希望她快快来铺垫他屁股下的木沙发。

老汉的周围渐渐迷糊起来，眼眶被烟气氤氲，他的眼皮如灌进铅水，正慢慢地耷拉下去。

如一根风干的老腊肠。